CW01562250

客
下巻

病む剣

春雨がけむっている。

夜の闇《やみ》が、霧のような雨の幕におおわれ、おもくおもくたれこめていた。

茂平次老人が病死した翌年……正保四年（一六四七年）三月の或《ある》夜のことだ。

この夜……。

笹又高之《ささまたたかの》助《すけ》は、親父《おやじ》橋の下にうずくまっている。

笹又が江戸へあらわれたのは、三年ぶりのことであった。

（三年前の、あの夜も雨だったな。しかも強い雨だった……）

その雨の中で、笹又高之助は場所もおなじ、この親父橋の西たもとへ待ちかまえ、橋をわたって来る辻十郎を襲撃した。

結果は、失敗した。

吉原《よしわら》帰りの水野十郎左衛門が通りかかり、重傷《ふかで》の辻十郎を助けて三番町の自邸へはこびこんでしまった。

笹又は、

(もう、いかぬ)

と、おもいきわめてしまった。

(おれが、あれだけの重傷を負わせたのだから、おそらく辻十郎も生きてはおられないとはおもうが……)

だが、本当に死んだのかどうか、いまになっても、はっきりとはわからぬ。

水野が、死んだ辻十郎をだれにも知られずに密葬してしまったことに、笹又高之助は気づいていない。

あれから二日ほど、彼は、寺沢屋敷へはもどらず(もどれるわけもなかった)水野屋敷の見張りをつづけていたが、

(どうも、あぶない)

危険を直感した。

その直感は、たしかにあたっていた。

一夜のうちに、辻十郎と笹又高之助が消えてしまったので、寺沢兵庫頭《ひょうごのかみ》は、

「一時も早く両人をさがし出せ!」

と、三木兵七郎に命じた。

「笹又めが辻十郎を斬《き》りそこねたか……または両人がこころを合せて逃亡したか、そのどちらかじゃ」

兵庫頭は、そう断定し、

「かまわぬ。両人を見つけしだいに討て！」

と、いった。

これは〔上意討ち〕である。

すぐに唐津藩士たちが多勢、江戸市中に散って、笹又と辻の行方をさがし始めた。

(こうなっては、寺沢家を去るよりほかに道はない)

と、笹又は決意をし、そうなると、

(もう水野屋敷など、見張ってはおられぬ)

辻十郎暗殺に失敗した自分を兵庫頭が生かしておく筈《はず》はないと、笹又もわかっている。

そこで、すぐさま江戸から逃げた。

それからの三年間に、笹又高之助が何をして暮したかというなら、彼がまた、寺沢家へつかえる前の生活にもどったとこたえれば、読者もなっとくされる筈である。

いま、親父橋の下にかがみこんでいる笹又高之助が、これからしようとしている所業も、その〔生活〕につながるものといってよいだろう。

もっとも、やることは年々に悪化するばかりであった。

笹又の服装《みなり》は、そうひどいものではない。

袴《はかま》もつけているし、腰に帯している大小の刀も以前のもので、別に貧乏暮しをしているわけでもない。

笹又の顔貌《がんぼう》も姿も、三年前にくらべて、これはかなり変ってしまっている。

二年ほど前から、旅を歩いていて、笹又は、

（どうも躰《からだ》が、だるいな……）

と、感じるようになった。

旅をしていても、疲れる。

以前のように歩けなくなって来たし、一年もたつと、めっきり食欲がおとろえてきた。

京都で、しばらく旅籠《はたご》にとどまり、養生もし、医薬にもかかったのだが、どうもはかばかしくないのである。

そのうちに、金がなくなる。

金がなければ、稼《かせ》がねばならない。

寺沢兵庫頭のような変質者が、どこにもいるわけではないから、笹又のような浪人をやとってくれるものはない。

だから単独で金を得なくてはならないのだ。

そうなると、笹又のような腕に自信があり、人を斬り殺した経験が何度もある者がやることは知れている。

盗みか、辻斬《つじぎ》りか……。

どちらにせよ、刃にかけて金品をうばい取るのが、もっとも早道なのであった。

そこで実行した。

やって見れば、笹又にとってわけもないことだ。

しかし、めったやたらに実行したわけではない。

金がなくなれば、やってのける。

やるときは、ふところのあたたかそうな人が遊里などから酒に酔って出て来る後をつけて、暗がりで殺《や》る。

だから、けっこう酒色をたのしみながら放浪生活を送っていても、食べるには困らなかった。

（なれど……どうも躰《からだ》のぐあいが悪くなるばかりのようだな）

笹又は、暗澹《あんたん》としてきた。

物もあまり食べないのに、腹の皮が張ってきて胸苦しくなることが、たびたびある。朝に顔を洗っていて急に胸がむかついてきて、おもわず吐くと、血がまじっていることさえあるのだ。

躰も、すっかり痩《や》せてしまった。

しばらく中国すじを歩いてから、

(久しぶりに江戸へ行って見るか……いまなら寺沢兵庫頭も帰国していることだし、それにもう、おれのことなど忘れてしまっているだろう)

そこで江戸へ来た。

来て二十日目が今夜である。

ふところの金が、こころ細くなってきている。

そこで、日中から吉原の廓《くるわ》へ出かけた。

三年前にあそんだことがある〔嶋屋《しまや》〕という揚屋《あげや》へ上り、遊女と酒をのみながら、夜を待った。

どこかの家中らしい立派な姿の武士が編笠《あみがさ》におもてをかくし、家来一名、奴《やっこ》二名をしたがえて廓を出て行くのを二階の窓から見て、笹又高之助は嶋屋を出た。

辻十郎を待ち伏せたときと同じように、彼は先まわりをして親父橋の橋下へ忍びかくれ、吉原帰りの武士を待っていたのである。

当時、吉原から江戸の町の中央へ帰るには、この道を通るのがもっとも近い、道順である。

立派な身なりの武士が町の中央に住むことは当然であった。

橋の向うで人の声がした。

(来たな)

笹又は、橋下から出て西たもとへまわった。

まさに、先刻の武士だ。

家来に上きげんで何かはなしかけながら、ゆうゆうとして親父橋にかかる。

笹又は、西たもとへ伏した。

雨にぬかった泥道に突伏しているからには、只事《ただごと》ではない。

怪我《けが》か病気の人か……いずれにせよ、この男が恐るべき〔人殺し〕だとは、だれも考えまい。

一行四名の足音が近づき、

「や……?」

「人が倒れております」

家来と奴たちの声が、泥の中へ伏せている笹又の耳へ入った。

「どうしたのでございましょう?」

「辻斬りにでもおうたのではないか……」

と、主人の武士らしい声が、

「たすけおこしてとらせい」

「へい」

こたえた虎ひげ奴が二人、笹又の躰を抱きおこそうとした瞬間、いきなり飛び起きた笹又高之助、気合声もかけずに抜き打ちの一刀を奴たちへあびせた。

「ぎゃっ……」

「うわあ……」

絶叫をあげて転倒する奴たちへはかまわず、無言のまま、笹又は橋板を蹴《け》り、件《くだん》の武士へ斬りかかった。

「く、曲者《くせもの》!」

主人の前へ出た家来が大刀を半分も抜きかけたのが精一杯のところであった。

家来は、横なぐりに顔を斬られ、悲鳴を発してのけぞってしまった。

「な、何者……」

主人も、笠をはねのける間がない。

あわてて飛び退《の》き、それでも辛うじて抜き合せた。

笹又高之助が、ななめ横に飛び、抜き合せた武士の側面から片手なぐりに斬った。

「あっ……」

小びんのあたりを刃にかすめられ、狼狽《ろうばい》した武士が、

「おのれ……」

それでも懸命に刀をふりまわしつつ、体勢をととのえようとしたが、おそかった。

飛びぬけて左足を軸に、くるりと振り向いた笹又必殺の一刀が、武士の肩口からふかぶかと割りつけてしまったのである。

武士の手から刀が落ちた。

武士は声も発せず、のめりこむように橋上に倒れ伏した。

ふところをさぐって、武士の懐中物をうばいとった笹又は、闇夜の雨に溶けこみ、どこかへ消えた。

翌日。

笹又高之助の姿を、神田川にかかった筋違橋《すじかい》附近の小さな旅籠の一室に見ることが

できる。

この日も、雨であった。

筋違橋は、江戸城の〔神田口〕にあたり、十二年前に門が建てられ、番士がつめている。

ここは江戸城の外郭ともいえるし、市中と市外との関門の一つとして人馬の往来がきわめて多い。

ゆえに、門扉は昼夜あけはなしのまま、ということになっていた。

いま、笹又がいる旅籠は、現・千代田区東神田の川沿いのあたりだろう。

当時、このあたりには寺院が多かった。

日本橋周辺が江戸の一流繁華街なら、このあたりは三流の〔盛り場〕で、宏大《こうだい》な寺院の木立がつらなる隙間《すきま》隙間に、売女《ばいじょ》が客の袖《そで》をひく家もあるし、後年の居酒屋のような店もある。

笹又が泊っている〔ふくろ屋〕という旅籠も、うすよごれた小さな宿屋だが、それだけに気やすく、もうここへ、彼は半月余も滞在しているのだ。

（ああ……疲れがひどいな、今日は……）

河岸道沿いの、二階の自室へ寝ころび、笹又は先刻からためいきばかりもらしていた。

昨夜、親父橋で四人も斬殺《ざんさつ》した。

殺した武士の財布にはかなりの金子《きんす》が入ってい、

（これなら、三月は保《も》つ）

ほっとしたわけだが、それにしても人を斬った後の疲れがひどいのは、どうしたことであろう。

以前には、このようなことがなかった。

単なる疲労ではない。

ここ一年ほど前から、人を殺《あや》めた翌日の疲れは、まるで躰中の骨という骨が粉ごなになってしまうような感じがする。

もちろん、一粒の米も食べたくないし、腹から胸へかけて、得体の知れぬ不気味な鈍痛があり、便所へ行くことさえも、たまらない苦痛を感じるのである。

（おれも、もう長くはないな……）

と、笹又はおもった。

午後になって、雨がやんだ。

笹又は熱い酒をたのみ、ちびちびとのんでいるうち、いくらか気分がよくなってき

たので、

(雨も、やんだらしい)

立ちあがって、窓の障子を開けた。

開けて、眼下の河岸道を見たとたん、

「あ……」

おもわず低く叫び、すばやく身をそらせて隠れた。

(塚本、伊太郎にちがいない)

身をかがめつつ、笹又高之助は障子へ貼《は》りつくようにし、そっとまた河岸道を見おろした。

まさに、伊太郎である。

人足らしい屈強な若者を五人ほどしたがえ、いましもふくろ屋の前を通りすぎようとして、立ちどまった伊太郎がかぶっていた笠をとり、まげのゆるみを直してから、また笠をかぶったところを、笹又は見たのであった。

伊太郎は、笹又に気づいていない。

笹又は、くびをひねって、遠ざかる伊太郎の後姿を見送った。

伊太郎は武士の風体ではない。

髪も〔町人まげ〕にゆい、太縞《ふとじま》の着物に茶の帯。着ながしの腰に脇差《わきざし》をさしこんでいる。

(伊太郎め。あいつ、いま、何をして暮しているのか……?)

人足らしい男どもと一緒に歩いているのも、笹又にはわからなかった。

寺沢兵庫頭との関係が切れてしまったいま、笹又高之助にとって塚本伊太郎の存在は何の意味もない。

だが、そこは前に、たがいに白刃をふるって斬り合ったこともあったことだし、

(退屈しのぎに後をつけて見ようか……いまの伊太郎を、もっとよく見たい気もするし……)

おぼえず、笹又は大刀をつかみ、腰を浮かせていた。

ふくろ屋を出た彼は、浅草橋の方向へ向って行く伊太郎たちをすぐに見出《みいだ》した。

伊太郎は、浅草寺《せんそうじ》を目ざして行くようだ。

浅草寺の手前、諏訪明神《すわみようじん》の近くまで来ると、背丈のとびぬけて高い塚本伊太郎よりも一まわり大きい男が三頭の荷馬の手綱をひいて、

「おう、伊太郎さまではございませぬかい」

と声をかけた。

その声が、編笠をかぶって伊太郎の後をつけて行く笹又高之助の耳へも、はっきりときこえた。

笹又は立木の蔭《かげ》に身をよせ、伊太郎たちを注視した。

笠をとった伊太郎は、人足たちを先に行かせ、巨体の男と笑いながら語りはじめた。

この大男が、放《はな》れ駒《ごま》の四郎兵衛《しろべえ》だということを、笹又は知らぬ。

四郎兵衛は、いまも三十頭の馬や荷車と二十余人の手下をつかい、相変らず、いまでいう〔運送屋〕のような仕事をしている。

三十歳の壮年に達した四郎兵衛は、一層のたくましさをそなえてきているようだ。

孤児だった放れ駒の四郎兵衛をすくいあげ、これまでにしてくれたのは山脇《やまわき》宗右衛門である。

人前では、宗右衛門のことを、

「お頭《かしら》」

と、呼ぶ四郎兵衛であるが、一昨年夏にもらった女房のお元《もと》などと宗右衛門のことを語るときは、

「おやじさま」

と、いう。

大恩人であると共に、四郎兵衛にとって宗右衛門は父親とおなじにおもえる。

こうした間柄だし、仕事の上でもいろいろとつながりがあるので、四郎兵衛は三日に一度は舟川戸の〔人いれ宿〕へ顔を見せる。

塚本伊太郎についても、四郎兵衛はある程度のことを宗右衛門からきいている。

しかし、いよいよ寺沢兵庫頭が伊太郎の父のかたきだときまったことまでは知らぬ。

伊太郎が〔人いれ宿〕で暮すようになると、

「これで大安心でござりますよ」

と、四郎兵衛が宗右衛門にいった。

「何がじゃ？」

「お頭の後つぎが、できましたゆえ……」

「なに、わしが稼業《かぎよう》などは後つぎも何もきまってはいないわえ。わしが死んだのち、後をひきうけようというものがあれば、だれがやってくれてもよいことじゃ。四郎よ、おぬしがひきうけてくれてもよいのじゃぞ」

しかし四郎兵衛は、もう伊太郎とお金が夫婦になり、

「おやじさんの後をつぐにきまっているわさ」

きめこんでいるらしい。

だから伊太郎と会っても、すべて、そのつもりで語り合う。

「お金さんと夫婦になるのは、いったい何時《いつ》のことなので？」

と、今日も四郎兵衛は伊太郎をつかまえて、同じことをくり返して訊《き》く。

伊太郎は苦笑をもらすのみだ。

「どうもその……」

と、四郎兵衛は声を低め、

「お頭も、だいぶんに弱ってきたようなので、一日も早く、後つぎをきめてもらいませぬと……」

「いや四郎兵衛どの、それなら、おぬしが後をついでくれるとよいのだ」

伊太郎も、まじめに、

「おぬしなら、宗右衛門殿も安心だし、あれだけの大仕事ゆえ、なみの人ではやりこなせまい。四郎兵衛どのなら立派にやってのけられる」

「いや、それゆえに、伊太郎さまでなくてはなりませぬよ」

四郎兵衛も真剣な表情になり、

「たしかに、人入れの稼業は只の稼業ではござりませぬ」

と、いった。

〔人いれ宿〕が一種の職業紹介所をかねた宿泊所だと、一口にいってしまえばそれまでである。

しかし、三百年前のそのころは、現代のように制度がととのい、戸籍が完備しているわけでもなく、日本の政権をになう徳川幕府にしてからが、戦乱の世の後の建設と政権自体の確立に奔命《ほんめい》している最中で、民間の、こまごまとした生活へいちいちかまける余裕がない。

なによりも幕府が手をやいているのは、諸方から江戸へながれこんで来る浮浪人たちの始末であった。

「江戸へ行けば、仕事もある。食べるに困らぬそうだ」

というので、どしどし人があつまって来る。

それは、たしかにそうだ。

徳川将軍おひざもとの都市になってから四十年。

ありとあらゆる商売があり、絶え間もなく工事がすすめられ、人手はいくらあっても足りない。

だからといって、はたらくものの身状《みじよう》もわからぬまま、やたらにはたらかせることはできぬ。

浮浪者の中には狂暴な者もいるし、悪漢も多い。

また、家もない彼らを野放しにしておいて、江戸市民たちが迷惑をこうむること非常なものがあったのである。

いまの江戸には〔人いれ宿〕が五カ所ほどあるけれども、山脇宗右衛門のそれが、もっとも信頼され、武家屋敷で人をやとうときなどは、先《ま》ず、

「宗右衛門がところへ……」

というのが常であった。

ここ数年間に、宗右衛門の仕事はさらにふくれあがり、毎月、二百人にあまる男たちをあつかわねばならぬ。

これらの荒くれ男たちをさばいてゆくためには、当然、それ相応の力量・人格をそなえたものでなくては〔人いれ宿〕の頭領はつとまらぬ。

伊太郎と四郎兵衛が、たがいに、たがいの人柄を見こんで宗右衛門の後つぎにとおもっていることも、このことなのである。

伊太郎は、四郎兵衛が今の仕事と兼業で〔人いれ宿〕をやってくれるとよい……そう考えている。

たしかに、このごろ山脇宗右衛門の健康はよろしくない。

「なるべく、伊太郎どのは外へ出てはならぬ」

というのだが、宗右衛門自身、外出のたびに疲労が烈《はげ》しく、一日一日と弱ってゆくようなので、今年に入ってから、

「なに、出かけても大丈夫です」

伊太郎は宗右衛門のかわりに、諸方の屋敷や役所をまわることもはじめた。

姿かたちも全く変っている上に、骨格のたくましい躰に肉がつき、顔貌《がんぼう》もふっくらとしてきた伊太郎は、以前の彼とは別人のように堂々として見える。

また、伊太郎がおそれるのは、寺沢屋敷のものたちの眼だけであった。

放れ駒の四郎兵衛と別れた塚本伊太郎が、舟川戸の〔入いれ宿〕へ入るのを、笹又高之助は見とどけた。

それから浅草寺・境内に出ている茶店へ入って、茶をもらい、そこの老婆《ろうば》に問いかけてみると、山脇宗右衛門のことを語るに、老婆はわがことのような親愛と尊敬をこめて、

「ずっと以前には、このあたりにも悪い者がむらがっておりましたがのう、宗右衛門さまが住みつきなさってからは、ほんとうにもう、おだやかな土地になりました」

と、いう。

それとなく、伊太郎のこともきいてみた。

すると老婆は、

「あの方はな、宗右衛門さまの後をおつぎになるお方じゃそうで、な」

「……そうか」

と、笹又高之助は、

(ひとつ、やってみるかな)

茶店を出て、ひげの伸びたあごを撫《ぶ》しつつ、帰途についた。

青白かった笹又の顔へ、かすかに血がのぼっている。

(やってみるか、おもいきって……)

なにをやろうというのか……。

笹又は、

(伊太郎の居所を寺沢屋敷へ知らせてやろうか……)

と、おもいたったのである。

別に、伊太郎を憎んでいるわけでもないが、あれだけ執拗《しつよう》に塚本父子を暗殺せんとしていた寺沢兵庫頭なのである。

(おれが、伊太郎を殺《や》ってもいいな)

であった。

だが、以前とちがい、いまの笹又高之助だとて、もしも寺沢家の、たとえば三木兵七郎などに見つけられたら、只事ではすまない。

塚本父子と寺沢家との間にある〔秘密〕を知っていたらしい辻十郎を斬《き》りそこね、辻と共に姿を消してしまった自分であるから、寺沢家がどのような眼で自分を見ているか知れたものではない、と、笹又高之助は、

（だが実のところ、おれは辻十郎から何のはなしもきき出してはいないのだし、もちかけようによっては、金になる）

と、おもいついたのである。

二度と、寺沢兵庫頭の家来になるつもりはない。

（あのような気ちがい殿さまは、もう、たくさんだ。なれど、伊太郎を斬るか、または、やつめの居どころを教えるのと引きかえに、金を出してもらおう）

寺沢兵庫頭が、もしも伊太郎のいのちをのぞむなら、必ず金を出すにちがいない。

それも、八万三千石の大名相手のことだ。

（まず、五百両は、ほしいな）

伊太郎に、それだけの価値があるなら、

（きっと出すだろう）

笹又は、にんまりとしたものだ。

（五百両あれば、なんとか死ぬまで……）

と、笹又はふくろ屋へもどって夜の酒をのみながら、自嘲《じちよう》的に笑った。

「長くはない……もう、長くはないものな」

盃《さかずき》をかたむけつつ、彼は〔ひとりごと〕をもらす。

ここ数年の間に、笹又高之助は〔ひとりごと〕をいうのがくせとなってしまったようだ。

それも、彼の生活の孤独さをものがたる一つの現象といってもよいだろう。

ことに躰《からだ》のぐあいが悪くなってから、この彼のくせは尚《なお》、はげしくなってきた。

「あと、五年……いや、三年生きれば、よいほうか、な」

漠然と、笹又高之助は〔死の影〕が自分に近づいてくるのを感じていた。

まだ四十にもならぬ笹又だが、朝の洗面のときなど、水にうつるわが顔を見てぎょっとなることがある。

むかしから、痩《や》せて頰骨の張った顔だちなのだが、ひたいのあたりから両眼にかけての皮膚が鉛色に沈み、小鼻の肉が削りとられたようにそげてきていた。

死を予感しているだけに、仕官の希望は捨てている。

死ぬまで、せめて好きな酒だけはのみつづけて、なるべくは気らくに暮したい。

「ああ、もう……厭《いや》だ、人を斬るのは、たくさんだ」

また〔ひとりごと〕であった。

笹又に〔良心〕が芽生えてきたのかというと、別にそうではないのだ。

ただもう、生理的に殺人をおこなうのがやりきれなくなってきている。

後のつかれがたまらなく、つらい。

全身の気魄《きはく》を愛刀にこめ、獲物《えもの》へ襲いかかるときは、もう無我夢中でわからぬのだが、斬ったあとの地の底へのめりこむような疲れの、暗澹《あんたん》とした感じが、もうたまらなくなってきたのだ。

「斬るなら……人を斬るなら、もう、塚本伊太郎ひとりにしたいものだ」

来月の末ごろになると、寺沢兵庫頭が参観《さんきん》で江戸屋敷へもどって来る。

そのときまで、待たねばならぬ。

むろん、いささかのゆだんも禁物であるが、笹又には自信がないでもない。

「ふ、ふふ……なんだか、またすこし、生きるのがおもしろくなってきた」

その夜の酒が、久しぶりにうまかった。

笹又高之助は夜明けまでのみつづけながら、計画をねりはじめた。

その翌日から、ほとんど毎日のように、彼は浅草へ出かけて行った。

編笠《あみがさ》に顔をかくし、それとなく〔人いれ宿〕を見張る。

伊太郎が外出するとき、かならず笠をかぶって行くのを見て、笹又は、

(たしかに、まだ伊太郎は寺沢家の眼をおそれているな)

と、おもった。

反転

約一カ月後……。

寺沢兵庫頭《ひょうごのかみ》の行列が、江戸屋敷へ入った。

そして三日目……。

「お屋敷の、三木兵七郎さまへ、ちょとお目にかかりたいのでございますが……」

寺沢屋敷の正門へ、男がひとり、たずねて来た。

見るからに実直そうな、町人風の老人である。

「なんの用だ?」

門番の足軽が、

「用を申せ、取りつごう」

「それが、はい……じかにお目にかかって、申しあげたいので……」

「ならぬ、ここで申せ」

いかさま、殿さまの寵臣《ちょうしん》たる三木兵七郎の威勢をおもえば、このような見も知らぬ町人を直接に取りつぐわけにはゆかない。

「では……」

と、仕方なさそうに老人が、

「三木さまは、いま、たしかに、このお屋敷にいらっしゃいますので?」

「ああ、おられる」

「では、これを……おわたし下さいまし」

一通の、ごくうすい手紙のようなものをさし出した。

「これを、おわたしすれば、よいのか?」

「はい。御返事を……ここで待っておりますゆえ」

「しばらく待て」

門番が、これを奥へ通ずると、折から表御殿の用部屋にいた三木兵七郎が、

「どれ？」

手紙をうけ取った。

宛名《あてな》は自分の名になっているが、差出人の名前は表記してない。

封を切って、中を見る。


お久しゅうござる。

御貴殿にとっても、また兵庫頭様にとっても重大なる一件、お知らせ申しあげたく、なにとぞ、門前に待つ者を、じきじきに引見《いんけん》ねがいたし。

笹

三木様

三木兵七郎は、

「笹……ささ……？」

と、つぶやいて、今度は口に出さず、

（笹又高之助《ささまたたかのすけ》か……）

おもい出した。

そして、もう一度、手紙を読み直してから、しばらく、考えこむ。

やがて、三木は立った。

ひとりで御殿を出て、門へ向う。

門の傍《そば》から、先刻の門番が駈《か》け寄って来た。

「どの男か?」

「あれに……」

「よし、ここへ、つれてまいれ」

「はっ」

三木は、門内の右がわの〔供待《ともまち》〕の腰かけへ行き、近づいて来る老人を見まもった。

見おぼえのない相手だ。

老人も、こちらを見つめながら、腰をかがめて近づいて来た。

老人が急に破顔《はがん》し、

「まさに……三木兵七郎さま」

と、いった。

「わしの顔つきを、だれかにきいておったのか」

「はい」

「笹又高之助にか？」

「はい」

「申せ。なんのことだ？」

「これを……」

また、老人が別の手紙をさし出した。

「念の入ったことだな」

三木が、ひらいて見る。


明後日七ツ（午後四時）に、千駄《せんだ》ヶ谷《や》村、聖輪寺《しょうりんじ》観音境内まで、三木様御一人のみにて御光来下さるべし。それがし、塚本伊太郎がことにつき、ぜひぜひ御面談いたしたし。

尚《なお》、伊太郎がことに御関心なきときは、この手紙を持参せし老爺《ろうや》まで、お申しつたえ下されば結構でござる。


三木兵七郎の両眼が針のように細くなった。物事を熟考するときの、彼のくせであった。

「いま、笹又はどこにいるか?」

「それは、わたしにも存じませぬことで」

「お前とは、どのような知り合いなのか?」

「ま……申せば、酒の飲み友だちというようなものでござりまして」

「お前の名は?」

「伝兵衛と申します」

「どこに住んでおる?」

「へ。日本橋の小田原町でござります」

「ふうむ……」

三木は、この老人が、名も住所もうそのことをのべたてていることを看破した。

ややあって、三木は決意のうなずきを見せ、

「承知した、と、笹又高之助につたえい」

「はい。まさに、うけたまわりましてござります。では、これにて……」

門を出て行く老人を見送りつつ、三木は、せわしく門番詰所へ手をあげ、老人との応接に出たのとは別の足軽を呼びつけた。

「いまの老爺に顔を見られてはいないか?」

「はい。私は中におりましたゆえ」

「よし。いま出て行った老爺のあとをつけ、居どころをたしかめよ」

「は、はっ」

「笠《かさ》をかぶり、合羽《かっぱ》をつけて行け、早く、早くせい」

足軽が、ころげるように走って行き、手早く仕度をするや、潜門《くぐり》から飛び出して行った。

一刻《いっとき》（二時間）もたたぬうち、この足軽が帰邸し、

「と、途中で見うしなってしまいました」

と、三木へ報告をした。

三木兵七郎が白い眼をむき出し、

「ばかもの！」

ちからまかせに、足軽の顔を何度もなぐりつけた上、足蹴《あしげ》にした。

おびただしい鼻血をながし、足軽は転倒したまま、三木の暴力にまかせていた。

そのころ……。

件《くだん》の老人が、筋違《すじかい》橋外の旅籠《はたご》〔ふくろ屋〕へ入って行った。

この老人、なんとふくろ屋の主人で源六という。

「行ってまいりましたよ」

源六老人が、笹又高之助の泊っている二階へあらわれると、

「どうだったな？」

笹又が、むっくりと起き上り、

「三木に会えたか？」

「きいておいた通りの顔つきのお人だったので、すぐわかりましたわい」

笹又の手から小判が飛んだ。

小判を、ふところへしまいこんだ源六が、

「後をつけられてなあ」

「ほう、そうか……」

「ふん、あんなやつらに、うまうまと後をつけられるような源六ではないわい」

「大丈夫だな」

「わけもないこと」

「で……三木は承知をしたのか？」

「たしかに」

「よし。御苦労だった」

「なあ、笹さまよ」

「うむ？」

「なにやら、うまいはなしなら、このおやじにも一枚のせてくれぬかい」

「うまいことでもないがな」

「いやいや、その顔にちゃんと書いてあるわい」

「よしよし。また何か、たのみごとをするときは、よろしくたのむ」

「こう見えても、すかさぬじじいじゃ、安心をして何でもたのみなされ」

「よしよし……ところで、酒がきれた。だれぞに申しつけてくれ」

「承知、承知」

ほくほくしながら源六老人が階下へ去ったあとで、

（さて……三木兵七郎の肚《はら》の中は……？）

笹又高之助は、盃《さかずき》をなめつつ、考えふけった。

いささかもゆだんのならぬ相手であることは、笹又もわきまえている。

しかし、源六の報告による三木兵七郎の応答のありさまをおもうと、

（やはり、塚本伊太郎の居どころを突きとめたがっている。これは、たしかなことだ）

と、おもわざるを得ない。

千駄ヶ谷観音の境内で、先《ま》ず三木と会い、それから交換条件を出すつもりの笹又であった。

のぞみの金高などを手紙に書かなかったのは、あくまでも三木との面談によって事をはかろうとする笹又高之助の慎重さから出たものだ。

(伊太郎を斬《き》るなら五百両……居どころを教えるだけなら三百両。いや、もっと吹きかけてもよいかな……)

新しくはこばれてきた熱い酒をのみ、笹又はいま、久しぶりに生気にみちてきているのである。

同じ夜。

寺沢屋敷では……。

三木兵七郎が奥御殿の一室で沈思《ちんし》している。

(もしも、笹又の申してきたことが本当なら……かれは、伊太郎の居どころを教えるかわり、もう一度、当家への仕官をのぞむか、または金がほしいというにちがいあるまい)

と、三木はおもっている。

（わしと相対で会《お》うて、のぞむところをいいたいのだろう。念の入ったことだ）

しかし、塚本伊太郎の居所がわかるのなら、

（むろん、知りたい）

のである。

主君（兵庫頭）と塚本父子とのかかわり合いは、兵庫頭自身の口から三木はきいている。

あのとき、虹《にじ》の松原で塚本伊織《いおり》に襲われ、投げつけられた槍《やり》に左肩を傷つけられ、さらに左腕にも伊織の切先《きっさき》をうけた。

そのときのくやしさ、烈《はげ》しい憎悪《ぞうお》を、寺沢兵庫頭は忘れきれなかった。

父・志摩守《しまのかみ》が健康をとりもどし、自分の後見として、ふたたび実質上の政務をとるようになってからは、兵庫頭もあたまが上らなくなり、塚本伊織への憎悪をかたちかたちの上にあらわすことができなかったのだが……。

数年後に、志摩守が病歿《びょうぼつ》するや、

「おのれ、伊織め。生かしておくべきか！」

と、叫んだ。

辻十郎に命じて、費用を惜しまず、塚本父子の探索にとりかかったのである。

肥前・唐津の領国は八万三千石でも、実質はその二倍三倍の収益があるところだから、寺沢家は裕福であった。

寺沢志摩守が生きているうちは、流浪《るろう》の旅も気らくであった塚本父子の身辺が危険になったのは、このときからだ。

そして……。

ついに、塚本伊織を暗殺することを得たのである。

伊織の死を知ったときの、寺沢兵庫頭のよろこびかたは非常なもので、辻十郎へ百石の加増があったほどだ。

その後、辻十郎は側近から遠ざけられ、三木兵七郎が擡頭《たいとう》し、兵庫頭の寵愛《ちようあい》を一身にあつめるようになった。

「辻めを始末せよ」

と、兵庫頭が三木に命じ、笹又高之助をもって辻十郎を暗殺せんとしたいきさつは、すでにのべた。

そのとき、三木兵七郎は、

「塚本伊太郎も、生かしておいてはなりますまい」

と、いった。

「伊織めの子じゃな」

「はっ」

「ふむ。伊織め、生前に、このわしを傷つけたことなど、手柄顔に、せがれへも語りきかせていたにちがいない」

こういったとき、兵庫頭の顔色が一変したものだ。

「そうじゃ、伊織のせがれめ生かしておいてはならぬ！」

と、兵庫頭は叫んだ。

家来に切りつけられて、重傷を負った恥を恥ともおもわぬかわり、変質化した自分の〔ほこり〕をふみにじられた、その事情を知るものは、わが家臣でないかぎり、みな生かしてはおけぬ。

ことに憎んでもあまりある塚本伊織のせがれに、このことを知っていられては、たまったものではない兵庫頭だが、そのくせ伊太郎が自分をうらみにおもうだろう、などとは考えても見ない。

こういうところが、この〔殿さま〕の異常な神経なのである。

三木兵七郎は、また別の意味で、

（塚本伊太郎を生かしてはおけぬ）

と、考えている。

伊太郎の口から、もしも主人・兵庫頭の異常な行状と、血なまぐさい過去が世間へもれひろまったら、

(とり返しがつかぬことになる)

島原・天草の戦乱における失敗以来、将軍も幕府も、寺沢家に好感を抱いてない。さらに、寺沢兵庫頭自身の行状も悪化するばかりで、いっこうにつつしむところがないのだ。

三木も、

(なんとかして、殿がおだやかに暮すことを好むようになって下さらねば……)

心痛している。

このごろ幕府は諸大名の行状や失策に眼を光らせているらしい。

徳川政権の土台も、どうやら、しっかりとかたまったし、

(もう、そろそろ大名たちへも強い態度でのぞむべきである)

という方針が一層に強化されようとしているし、

(大名のみではない。徳川家の臣たちのわがままなふるまいをも取りしまらねばならぬ)

と、水野十郎左衛門のような〔あばれ旗本〕たちへの対策も、ひそかにねられているようであった。

三木兵七郎の不安と心配も当然であったろうが、もし、このことをそのまま兵庫頭へ申したてたなら、とんでもないことになる。

「ぶれいものめ！」

たちまちに、三木自身の首が飛んでしまう。

家臣である辻十郎の妻を暴力で犯し、そのことが原因になって、あれほど寵愛していた辻をも、

「ひそかに斬れ」

といった〔殿さま〕なのである。

三木も、うかつにはうごけぬ。

それよりも先ず、塚本伊太郎の口を封じてしまわなくてはならない。

一時は、上野の幡随院《ばんずいいん》にかくれていることをつきとめたが、天下にきこえた名刹《めいさつ》内へふみこむわけにはゆかなかった。

そのうち、伊太郎の行方がわからなくなってしまい、三年の歳月がすぎ去った。

だが三木兵七郎は、まだ伊太郎探索のことをあきらめていたわけではなかった。

用部屋の沈黙からさめた三木兵七郎は、部下の榎《えのき》文蔵という者をよびつけた。

「御用で？」

「これへ寄ってくれい」

「は……」

「実は、たのみごとがある。御家の大事にかかわることじゃ」

「は……？」

「おぬし、笹又高之助をおぼえているか？」

「笹又……あ、三年前、行方知れずとなりました新参者《しんざんもの》のことで……」

「さよう。顔を見おぼえておるか？」

「おぼえております」

「おぬしのほかに、笹又の顔をおぼえおる者は、ほかに……？」

「隠密《おんみつ》の御用でございますな」

「その通り」

「では、浜田主税《ちから》などは？」

「うむ、よし。浜田ならよい。すぐさま、これへよべ」

屋敷内のわが長屋へもどり、妻を相手におそい食事をしていた浜田主税が、用部屋へよびつけられた。

榎も浜田も、所属は目附《めつけ》役の下にある者たちであるが、三木兵七郎の手足ともなってはたらく。

「両人、もっと近くへ……」

と、三木は二人をさしまねき、ひそかに、何事か打ち合せをした。この密談は二刻《ふたとき》
（四時間）におよんだ。

翌朝。まだ暗いうちに、浜田と榎が編笠に顔をかくし、寺沢屋敷の塀を乗りこえ、
だれにも知られず、どこかへ出て行った。

二人は病気届を出している。

病気といえば……。

寺沢兵庫頭も、このところ体調がよくない。

もともと狂人じみた酒色への惑溺《わくでき》に絶え間がなく、正夫人との間に子も生まれぬ兵
庫頭だけに、健康であれというのがむりなのだ。

今度、江戸へ出て来る長い道中で、急に倒れ伏し、何度も血を吐いた。

京をすぎ、ゆるゆると東海道を下りはじめてから、だいぶんに元気となったけれど
も、病気で手足が思うままにならぬ苛《い》らだちから、異常な癇癪《かんしゃく》が爆発し、小姓一名と

家来一名が手討ちにされている。

行列の家来も女中も、ただもうおびえきってしまい、この間の三木兵七郎のはたらきがなかったら、もっと犠牲者が出ていたろう。

いつもは三木をよくおもわぬ連中までが、今度の道中では、

「いやもう、三木殿がおらなんだら、どうなったことか……」

と、嘆息したそうである。

江戸屋敷へ入ってからは、兵庫頭も落ちつきをとりもどしている。

奥御殿の寝所で床についているわけだが、日中から、

「酒をもて」

などといい出し、これを押しとどめようとすると〔殿さま〕の三白眼がぎらぎらと光り出す。

こうなると、どうしても三木でなくてはおさまらないのだ。

三木兵七郎も、げっそりとやつれてしまっている。

現・渋谷区千駄ヶ谷一帯が、江戸市内にふくまれたのは正徳年間のことだから、それまでは野方《のがた》領・千駄ヶ谷村といい、谷ふかく樹林も多く、まったく田舎であったわけだ。

このあたりの惣鎮守《そうちんじゅ》として、千駄ヶ谷八幡宮《はちまんぐう》の社がある。

この社の南方に、観谷山《かんこく》・聖輪寺《しょうりんじ》という寺があり、本尊が如意輪観世音《にょいりんかんぜおん》であるところから、

「千駄ヶ谷観音」

と、よばれていた。

その縁起に、

「……行基大士《ぎょうきだいし》、東国遊化《ゆうげ》のころ、同年初夏に、しばらく此地《この》に息《いこ》いたまう。ときに如意輪観世音、かたわらの谷より出現したまい、大士に霊示《れいじ》あり。よりて仏意に応じ、かしこにありし古株を仏材として、この本尊を彫刻したてまつる。ゆえに観谷聖輪の号《な》ありといえり」

などとある。

その真偽はさておき、むかしの千駄ヶ谷あたりの景観が、この文章にもよくあらわれているのではないか。

千年も前のそのころよりは田地もひろがり、人家も増えていたことはむろんだが、塚本伊太郎が生きていたころの千駄ヶ谷も、現代のわれわれが想像をする以上の野趣あふれた景観であったにちがいない。

約束の日が明日にせまったその日……。

昼すぎに、笹又高之助が観音堂の境内にあらわれた。

小高い台上にある本堂を、鬱蒼《うっそう》たる樹林がかこんでいる。わらぶき屋根の山門を入り、高い石段をのぼって本堂の前へ出るまで、かなりの距離があった。

鐘楼がある。

その南に小さな門があって、田舎道へ出られる。ここに石段がないのは、山門前から別れた道が坂になっているからだ。

草深い土地ながら、江戸市中にもきこえた寺だけに、門前には茶店が一つ。田舎道にそって農家のわら屋根もならんでいる。

あまり人気がない場所ではかえっていけない。

もしも相手が人数をもよおし、自分を捕えようとするかも知れぬことを考え、笹又は、前に一度やって来たことがある、この千駄ヶ谷観音の境内をえらんだのだ。

笹又は、鐘楼にのぼって見て、

「うむ」

と、うなずいた。

ここから見ると、寺の境内から山門、田舎道まで一目に見わたせる。

山門へ入って来る三木兵七郎の姿も、はっきりと眼にとまる筈《はず》であった。

下見をすませた笹又高之助が此処《ここ》を去って、およそ一刻ほどしてから、何かの行商人らしい風体の男が二人、この境内へ入って来た。

二人とも、がっしりとした躰《からだ》つきで、菅笠《すげがさ》をかぶった顔をさらに布でおおっている。

二人の行商人は、榎文蔵と浜田主税であった。

注意ぶかく変装をし、彼らも現場の下見に来たのである。

かなりの時間をかけて入念に下見をすませてから、二人は境内を出て行った。

三木兵七郎は、この二人に、どのような秘命をあたえたものであろう。

いま少し早く、二人が千駄ヶ谷観音の境内へあらわれたなら、笹又高之助の姿を発見したにちがいないのだが……。

榎と浜田は、この夜も寺沢屋敷へ帰らなかった。

翌朝となる。

暗いうちに、行商人姿で小さな荷を背負った榎、浜田が千駄ヶ谷へあらわれた。

二人は、聖輪寺の北がわの林の中へ入り、ここから小高い山へのぼった。

この山の向うが聖輪寺の境内になることを、二人は昨日、たしかめておいてある。

山の樹林の中で、二人は時を待った。

竹製の水筒に酒もつめてあるし、弁当も持ってきている。

もう初夏の季節であった。

どんよりと曇った、妙にむし暑い日で、風が絶えていた。

「雨にならぬとよいが……」

「雨でも来るのか？」

「笹又がか……それはともあれ、三木様は晴雨にかかわらず、おいでなさるそうな」

竹筒から酒を吸いこみながら、二人は昼の弁当をつかった。

鳥の声のみがきこえる。

やがて、七ツになった。

若い寺僧があらわれ、鐘楼にのぼり、時の鐘をつきはじめる。

このときすでに、笹又高之助は鐘楼にのぼってい、寺僧へ、

「ながめがよろしいなあ」

いかにも、くったくもない声を投げた。

「はい、はい」

寺僧はいささかも怪しまず、鐘をつき終えたのへ、

「いますこし、ここにいてよろしいかな」

笹又が、にっこりと笑いかける。

「よろしゅうございますとも」

寺僧は去った。

近くの村人らしいのが二人ほど、本堂の前にぬかずいている。

(来た!)

笹又は、山門の前に馬をとめた三木兵七郎を見つけた。

そのとき、浜田と榎は山林を下って、境内の北がわの斜面へまわり、石の不動を安置した堂の背後へかがみこんでいた。

境内をへだてて、南端に鐘楼が見える。

雨はまだ、ふり出してはいなかった。

三木兵七郎が山門前へ馬をつなぎ、塗笠をかぶったまま石段を上って来た。

笹又高之助が鐘楼を下り、手にした編笠をかぶった。

境内へ入って来た三木へ、笹又が近づき、

「笹又高之助でござる」

と、名のった。

三木がうなずいた。

「笠をかぶったままがよろしゅうござるか？」

「どちらでも」

「拙者の声をお忘れではござるまい」

「しかと、おぼえておる」

「では、笠のままにて……」

「よろしい。ところで笹又、辻十郎は生きておるのか？」

「さて……その御返事は、いずれ後で、ということにしていただこう」

「仕官がのぞみか？」

「いいや」

「では、金か」

「いかにも」

「いくら、ほしい？」

「塚本伊太郎を殺害するなら金五百両。居どころのみをお教えいたすなら三百両」

「ふうむ……」

「それだけの値うちはござろうというものだ」

　と、笹又高之助はわざと、

（おれは、すべてを知っているのだぞ）

というようなそぶりを見せた。

そうすれば尚《なお》、相手は乗りかかってくるだろうとふんだのである。

笹又は、塚本父子と寺沢兵庫頭の間に横たわる〔秘密〕をくわしくは知っていない。

ただ（何かがある）と感じているだけにすぎない。

だが、このとき三木兵七郎は、

（こやつ、何か知っているな）

と勘ちがいをしてしまった。

なにしろ笹又は、三年前に辻十郎の暗殺を命じられ、そのまま、辻と共に行方不明となってしまった男なのだ。

三木兵七郎だとて、辻十郎が生きているのか死んでいるのか、わかっていない。

水野十郎左衛門が、だれにも知らせず、辻の遺体をほうむってしまったからだ。

「いかがでござる、三木殿……」

笹又は、笑いをふくんだ声で、

「それだけの値うちがない、などとはいわせませぬぞ」

もう一つ、さそいをかけてみた。

（こいつ……いよいよ何か知っている）

三木兵七郎は笠の内で顔をしかめた。

このとき、笠をかぶったままの面談にしたのは、後になって考えると、笹又もまずかったといえよう。

なぜなら、顔を見せ合っていれば、三木兵七郎の表情のうごきから、笹又も何か、をつかめたろうからである。

「よろしい」

ついに三木が、大きくうなずいた。

「どちらになさる」

「居どころのみを教えてもらいたい」

「三百両でござる」

「心得た」

「いつ、ちょうだいできますかな？」

「大金じゃ。今日、明日とはまいらぬ。さよう……明後日の、今日と同じ時刻に、それがし一人にて持参しよう」

「かならず？」

「武士に二言はない」

三木兵七郎が境内を出て、山門前の木につないであった馬へまたがった。

笹又高之助も、そこまで見送って来た。

「三木殿」

「なにか？」

馬上から振り向いた三木へ、

「ちかごろの塚本伊太郎は、ちと手強《てごわ》くなっておりますぞ」

笹又は、おどしをかけた。

できるなら、殺害を自分に命じてもらいたい。そうすれば三百両が五百両になる。

笹又も、いささか、あせってきているらしい。

あまり長くはないらしい自分のいのちへ、最後の歓楽を味わわせてやるためには、五百両でも千両でも、多ければ多いほどよい。

「もしも……」

と、三木がいった。

「おぬしの手を借りるようなことがあれば、もちろん、考えておこう」

しずかに、落ちついた声音《こわね》であった。

「ただし、笹又。このことは、わしとおぬしとの間のみのことじゃ、よいな」

「心得た」

「では明後日……」

「お待ち申す」

馬を歩ませて行く三木兵七郎の後を、ややはなれて笹又はつけて見た。

(たしかに単独で来たらしい。やはり、三木は伊太郎のことを真剣に考えているのだ。よし、これなら、うまくゆくだろう)

しばらく後をつけてみて、笹又高之助は安心したらしく、別の道へ切れこんで歩きだした。

ところが……。

その笹又の後を、たくみにつけている二人の男がいる。

いうまでもない。榎文蔵と浜田主税であった。

さすがの笹又だが、これにはまったく気づいていない。

笹又は笹又なりに、ずいぶんと念を入れて事をはこんだつもりであるが、三木兵七郎にはおよばなかったといえるだろう。

まさかに、朝くらいうちから弁当と酒持参で、境内の裏山に二人が隠れていようとは思いもかけなかった。

笹又にしたところが約束の時刻の一刻（二時間）余も前にきて、あたりの様子を一応は見ておいたのである。

夜に入ってから、笹又がふくろ屋へもどった。

榎と浜田は、これをたしかめ、神田《かんだ》川の対岸からふくろ屋の二階部屋に灯が入って、笹又の影がうごくまで、しかと見とどけた。

それから二人は、寺沢屋敷へ引き返した。

途中、どこかの空地へ入り、背負っていた荷物の中から武士としての服装、大小の刀をとり出して身につけ、

「われらじゃ」

門番に声をかけ、堂々と帰邸をした。

三木兵七郎が待ちかねていた。

「わかったか?」

「しかと、たしかめましたぞ」

雨がふりだしてきたようだ。

榎と浜田によって、笹又高之助の〔居どころ〕が判明したとき、もう三木兵七郎の

決意はうごかぬものとなっていた。

（笹又を、生かしてはおけぬ）

これである。

今日の千駄ヶ谷観音での笹又高之助を見て、

（笹又は、すべてを知っている）

と、感じた。

それもこれも、笹又自身がおもわせぶりなことばとそぶりをして見せたからだ。

しかし、三木兵七郎は、そのそぶりを真のものとしてうけとってしまった。

（あれほどに身近く、辻十郎の下ではたらいてきた笹又だ。辻も気をゆるし、殿と塚本父子の秘事を笹又にもらしていたのやも知れぬ……そういえば、辻の生死について、ことばを濁したのも、あやしいことだ）

今日の面談がどのような結果になろうとも、とにかく笹又高之助の（居どころ）だけはつきとめておきたい。そう考えて浜田と榎に後をつけさせた三木であった。

（知っている。たしかに、笹又は知っている）

塚本伊太郎や辻十郎などとちがい、笹又高之助のように天涯孤独な浪人者は、どんなまねをやってのけるか知れたものではないのだ。

辻十郎暗殺を命じられた笹又が、辻ともども姿を消してしまったことについても、三木兵七郎はこう考えている。

(長い間、下についていただけに、笹又は辻を斬《き》れなかったにちがいない。だが、斬らずに屋敷へもどることはできず、ついに逃走してしまったのだ。せっかく仕官がかない、寺沢家の臣《もの》になれたものを、つまらぬ人の情にからまれて主《あるじ》の命をも仕とげぬほどの気ままなやつ。いつまでたっても根なし草の生活《くらし》からぬけ出ることができぬやつ。いま、世の中にうろうろしている浪人どもは、みんなこれだ。みんな笹又のような……)

いちばんよいのは、笹又を捕えて来て、拷問《ごうもん》にかけ、知っていることを洗いざらい白状させた上、殺してしまうことだ。

(なれど……そうはゆくまい。のめのめと捕えられるような笹又ではない)

殺すのとちがって、生かしたまま捕えることは実にむずかしいことだ。

強い相手であるし、あくまでも秘密に事をはこばなくてはならないからである。

(よし、討とう)

二人の配下が屋敷へもどったとき、三木兵七郎は七分通り計画をたてたところであった。

「たしかに、その旅籠《はたご》へ泊っておると申すのだな、榎」

「はい、まさに……」

「よし。丸山千五郎をよべ」

丸山千五郎は〔鉄砲組〕に属していて、射撃の名人である。

この丸山も三木兵七郎に手なずけられている藩士のひとりだ。

すぐに、丸山が長屋から呼びつけられた。

次の日も雨であった。

笹又高之助は、昼すぎになって、ようやく寝床から起き、

「雨か……明日までにはあがってくれぬと、困るな」

例のひとりごとをつぶやきつつ、窓をあけて空をながめた。

その姿を、神田川をへだてた河岸道の土手の茶店から、行商人姿の榎文蔵がひそかに見張っている。

笹又は、まったくこれに気づいてはいないのだ。

このとき、やはり行商人姿の浜田主税《ちから》が茶店へ入って来た。

「この雨ふりでは、どうにもならぬ。夕暮れまで、ここでやすんで行こう」

「それがいい、それがいい」

二人とも、人からあやしまれぬ程度の行商人らしいことばつきで、たっぷりと茶代をはずんだものだから、茶店の老爺《ろうや》も大よろこびで、土間の奥の、神田川に面した席へうつしてくれた。

午後もおそくなるまで、二人は、この茶店にいた。

笹又もまた、酒をのみはじめたようだ。

「もう大丈夫。きゃつめ、外へは出まい」

「この雨では、な」

雨は強まってきている。

「よし、急げ」

榎にいわれて、浜田主税はまっしぐらに寺沢屋敷へ走った。

それから一刻《いっとき》ほど、榎は茶店にいて時をすごしてから、外へ出た。

雨は、小やみになっている。

夕暮れとなった。

ふだんならば初夏の夕方で、あたりも、まだあかるいし、人も出ているのだが、この天気でうす墨をながしたような夕闇《ゆうやみ》がたちこめ、ひどい泥濘《ぬかるみ》の道を往来するのは、よほどの用事を抱えているものたちだけであろう。

六ツ（午後六時）をすぎてから、榎文蔵は神田川の上流の崖下《がけした》へ出た。

上流から小舟が近づいて来る。

榎が手をあげ、合図をした。

舟が尚も近づき、榎が飛び乗った。

舟の中に、黒布で面をおおい、身軽な服装《いでたち》の武士が五人。

そのうちの三人は浜田主税であり、三木兵七郎であり、丸山千五郎であった。

残る二人は、いずれも三木の腹心で、腕のたつものたちばかりだ。

これに榎文蔵を加え、合せて六名である。

舟をあやつるのは、浜田主税。

「旅籠の中には、笹又のほかに、だれがおる？」

と、三木が榎にきいた。

夕闇が夜の闇に変りつつあった。

「先日、お屋敷へ笹又の書状を持参した老爺、これが旅籠の亭主でございますが……」

そのほかに小女が二人、小者が一人。あとは笹又をふくめて客が五人ほど……」

「客の中に武士はおらぬな？」

「おりませぬ。これはもう、何のじゃまだてもいたしますまい」

「よし」

「では、そろそろ……」

「いや、いま少し待とう」

岸の下へ小舟をとめ、六人は尚も半刻ほどすごしてから、

「よし、行け」

三木の声で、小舟が、ゆっくりと川面《かわも》をすべって行く。

やがて、筋違橋の下をくぐった。

右手にふくろ屋をのぞみつつ、さらに舟は下って行く。

〔柳堤《やなぎつつみ》〕とよばれるあたりで、舟が土手の下へつけられ、三木兵七郎と丸山千五郎のみを残し、榎、浜田ら四名が土手へ飛び移った。

すると、丸山が舟をあやつり、川面を、今度は逆に引き返して行く。

舟がふくろ屋前の川面まで来るや、三木兵七郎が合図をした。

岸に寄せた舟の〔とも綱〕を杙《くい》に固定する。

この舟尾に近いところへ小さな屋根のようなものがついてい、この中へ丸山千五郎が入った。

また、雨がたたいてきはじめた。

岸辺の人家にも、灯がともっているところはすくない。

この時代には、燈油《とうゆ》が貴重品であって、人びとは米同様といってよいほど大切にしたものである。

だから、暗くなれば、寝てしまい、朝は早く起きてはたらく。

燈油の生産が豊富になって、江戸の庶民たちが、これをふんだんに使用するようになるのは、このころより百五十年ほど後のことになる。

ふくろ屋の河岸道の二階……笹又高之助の部屋には灯がともっていた。

旅籠の客でも、燈油は別の勘定になるわけだから、この一事を見ても、笹又浪人のふところがあたたかいことを知ることができようというものだ。

岸へあがった四人は何処《どこ》へ行ったものか……。

「仕度はよいな?」

舟の中では、三木兵七郎が丸山千五郎に、

「ぬかるなよ」

と、いった。

「おまかせ下さい」

丸山が鉄砲の仕度にかかっている。

鉄砲の火縄へ、火が点じられた。

このとき……。

すぐ前の河岸道へ、榎文蔵があらわれた。彼も黒布で面をかくし、大刀を帯している。

榎は、あたりに眼をくばり、人気のないのをたしかめてから、舟上の二人へ合図の手をあげ、大きく振って見せた。

そのときふくろ屋の二階では……。

笹又高之助が酔った上でのうたた寝から、ふっとさめた。

雨の音が、また強まっているのに気づき、彼は何度も舌うちを鳴らした。

晴雨にかかわらず、明日は三木兵七郎が金をもって千駄ヶ谷観音へ来ることになっている。

こちらもまた、雨ふりでも行かねばならぬ。

(だが、雨の中を千駄ヶ谷まで行くのでは……)

実に、たまらないとおもう。

雨がふると、体調がひどく悪くなる笹又なのだ。

(だが三百両……いや、五百両になるやも知れぬのだから、な)

にやりとして、酒をのみかけたが切れている。

「おい、だれかおらぬか」

大声にいって、笹又高之助が立ちあがったときだ。

戸外から飛んで来た何かが、河岸道に面した障子を叩《たた》き破り、部屋の中へ飛びこんで来た。

「なんだ？」

見ると、小さな石である。

外から、たれか石つぶてを投げこんだのだ。

笹又が大刀をつかみ、障子ぎわまで行き、しずかに障子を引きあけたとたんに、

「およびかい？」

亭主の源六老人が廊下へ上って来て、これも大声をかけた。

その源六の声に、笹又がふり向いた瞬間であった。

だあん……。

すさまじい鉄砲の発射音が神田川の方からきこえた。

「あっ……」

笹又が、するどい叫び声をあげ仰向けに倒れた。

「わあっ……」

おどろいた源六老人が動顚《どうてん》して、階段をころげ落ちるように下った。この源六を突き飛ばすように、裏口から土間へ躍りこんで来た黒覆面が三人、ものもいわずに階段を駈《か》け上って行った。

笹又高之助は、灯を消していた。

あの転瞬……。

もしも源六の声がかからなかったら、完全に笹又は胸板を撃ちぬかれていたろう。源六の声に振り向いて、その姿勢が変った瞬間に、神田川の舟から丸山千五郎が鉄砲の引金をひいた。

ために弾丸は、笹又の胸板から少しそれて、左の肩口を貫通したのである。

(やられた……)

一瞬は転倒した笹又だが、すぐに肩口の負傷だと気づき、何よりも先に灯を消さねばとはね起きた。

吹き消すのと同時に、白刃をぬきつらねた三人が廊下へあらわれたのを見た笹又は、壁ぎわへ身を寄せると同時に、大刀をぬきはらっていた。

刺客三名のうち、浜田主税が龕燈《がんどう》を持っていた。

その龕燈の光りが部屋の中へながれこんだとき、

「えい！」

壁ぎわに背をつけた笹又高之助が右腕一本に大刀をつかみ、猛然として斬って出た。

刺客三人、まさか笹又に、これだけの攻撃力が残っていたとはおもわなかった。

銃声をきいたとき、三人は、

(先《ま》ず、丸山の鉄砲に仕とめられたろう)

と、おもった。

しかし万が一ということもあるし、それに完全なとどめを刺しておかねばならなかったので、この旅籠へ飛びこんで来たのだ。

だが、まるで待ちかまえてでもいたかのように、笹又高之助が逆襲を仕かけて来た。

「わぁ……」

一人が笹又の一刀に斬られて、がくりと両ひざをついたときには、

「えい、おう！」

負傷をうけた自分の気力をはげますかのような咆哮《ほうこう》をあげ、笹又は廊下へ突進した。

廊下の龕燈の光りの真向《まっこう》から烈《はげ》しい突きを入れた。

「あ、ああっ……」

左手に龕燈、右手に大刀を持っていた浜田が、大きく口を開け、やゝみくもに刀をふりまわしたけれども、すでにおそい。

したたかに腹を突き通され、悲鳴を発してよろめくのを、

「おのれ!」

笹又は浜田を蹴《け》ると同時に、大刀を相手の腹から引きぬきざま、背後の敵を横なぎに斬りはらっていた。

すさまじい早業ではある。

浜田が階段をころげ落ちたところへ、戸外から笹又の部屋へ石つぶてを投げこんだ榎文蔵が、抜刀して裏口から土間へ駈けこんで来た。

「は、浜田、どうした?」

「う、うう……」

階下の客も、旅籠の者たちも、戸外へ逃げだしてしまっている。

「浜田。おい、しっかり……」

「い、いかぬ」

と、それでも浜田は必死に、

「に、逃げ……逃げろ、早く……」

いい終えて、がくりとくびをたれてしまった。

榎文蔵は、土間から階段の上を見た。

暗い。真暗である。

その暗い中から、人のうめき声がきこえる。

土間の柱には灯がともっているので、上から見ると榎の姿はまる見えのかたちだ。

榎は浜田の死体から飛びのき、刀をかまえ直した。

二階の階段口のあたりの暗闇から、声がした。

「おい……きさま、寺沢屋敷のものだな」

たしかに、笹又の声だと知ったとき、われにもなく榎文蔵は胴ぶるいをしたものだ。

「来い。来いよ、上って来い」

「む……」

「きさま、一人だ」

「あ……」

「外から鉄砲を撃ちかけたやつは……きさまではあるまい」

「うぬ……」

「来ぬか……では、おれのほうから行くぞ」

階段の音がきしみをたてた。

榎は、恐怖にたまらなくなり、刃を引いて裏口から外へ逃げた。

ふくろ屋前の岸辺の舟の中では、三木兵七郎と丸山千五郎が、引きあげてくるだろう四名を待っている。

丸山は、

「大丈夫。仕とめました」

と、いいきったので、三木もほっとしたところ、ふくろ屋二階で烈しい斬り合いの響きがおこった。

斬り合いといっても、笹又の一方的な勝ちで、三人の刺客はろくに刃もまじえてはいなかったのだが、気合声と絶叫と悲鳴が、あきらかにきこえた。

同時にふくろ屋の者と客たちの悲鳴がおこって消え、河岸道にいた榎文蔵が抜刀して裏口へ駈け去った。

「しまった……」

はじめて失敗をさとり、丸山千五郎が鉄砲の仕度をあわててはじめた。

榎が裏口へ通ずる小路から走り出て来たのは、このときであった。

「榎、どうした？」

舟中に立って、三木が声をかけると、

「いけませぬ。早《はよ》う、逃げぬと……」

「ばかな……」

「い、いけませぬ。いけませぬ」

舌打ちをした三木が、

「よし、早く乗れ」

すぐに、榎が舟へ飛び乗り、川面へ出した。

筋違御門のあたりで、松明《たいまつ》の火がゆれうごいている。

暗い人家の其処此処《そこここ》で、人の声がさわぎ出しはじめた。

「もう、いかぬ。急げ」

三木兵七郎は、不きげんに命じた。

舟は、ぐんぐんと川面を下りはじめた。

丸山も榎も、うつ向いたまま声が出ない。

もっと日数があれば、笹又をつけまわして、ついでに塚本伊太郎の居所もつきとめることを得たろう。しかし明日は金をわたすかわたさぬかというので、笹又高之助にあやしまれぬうちに、三木としてはこうするより他に仕様がなかったのであろうが……それにしても、今夜の三木兵七郎は完全に打ちのめされたかたちであった。

潜入

三木兵七郎が、笹又高之助《ささまたたかのすけ》暗殺に失敗してから一カ月ほどを経た或夜《あるよ》……。

「寺沢兵庫頭《ひょうごのかみ》の寝所がわかりました」

と、八百屋・小平が〔人いれ宿〕へ来て、塚本伊太郎に報告をした。

「それは、まことのことか？」

伊太郎が息をのんで、

「それは、どのあたり？」

前に、権兵衛《ごんべえ》がつくってよこした寺沢屋敷の絵図面をとり出し、

「どの……どのあたりなのだ、小平どの」

うなずいた小平が、ふところから絵図面を出して見せた。

これも、むろん、権兵衛がつくってよこしたものである。

三日前の昼すぎに、中間《やっこ》部屋へあらわれた部屋頭《へやがしら》の亀平《かめへい》が、

「権兵衛よ、ついて来い」

と、いった。

権兵衛のほかに、三人の中間が亀平の後について、南の内塀から奥へ入った。

中間たちは、亀平の指図で、斧《おの》や、のこぎり、畚《もっこ》などを持っている。

内塀の出入り口には番所がもうけてあり、五名の番士たちが塀の内外をかためていた。

内塀の中に、また奥塀がめぐらしてある。

その間の石畳の通路を、絶えず、番士が交替で巡回しているというものものしさであった。

中間たちは、平常このようなところに用はない。

亀平も妙に緊張の面もちで、番士の一人の案内により、さらに奥塀の番所を入った。

「ここで待て」

いい置いて、その番士は木立の向うへ去った。

まさにここは、殿さまの寺沢兵庫頭が起居している奥御殿の一部にちがいなかった。

権兵衛は、とどろく胸の高鳴りをおさえ、つとめてさりげなく、あたりの様子、塀や建物などのかたちを記憶にとどめようとし、眼をくばった。

うっかりとはできない。

この番所にも三人の番士がいて、中間たちを注視しているのだ。

右がわは御殿の外部の羽目と壁であった。

左がわは奥塀が屈曲して、つらなっている。

前面は浅い木立で、この中を石畳がぬってどこかへ通じている。

その石畳の向うから、先刻の番士と、大きな躰《からだ》つきの武士がやってきた。

裃《かみしも》をつけた、この中年の武士は井坂藤五郎といって、兵庫頭のそば近くつかえる藩士である。

「ついてまいれ」

と、井坂が中間たちにいった。

木立をぬけると木戸があった。この外にも、番士が一人、立っている。

木戸を入ったとき、急に、視界がひろくなった。

奥庭の一部だと、権兵衛にもわかった。

見事に組みたてられた切石《きりいし》や植込みに、初夏の陽ざしがみちあふれているかとおもうと、竹林のつらなりがほの暗いまでの翳《かげ》りをつくっている。

「その楓《かえで》の木を、みな切りのけい」

と、井坂藤五郎がいった。

そこは、広縁に面したところで、若葉の色もあざやかな楓の木が軒先から小さな池のまわりにかけて、いくつか立ちならんでいる。

その、みごとな若楓を全部、切りのけてしまえ、というのだ。

ほんらいならば、この仕事は、寺沢屋敷へ出入りをする庭師たちのすることなのだ。

それなのに急遽《きゅうきょ》、中間《やっこ》たちがよびつけられて木を切りのけることになったのは、

「急げ」

と、寺沢兵庫頭が侍臣《じしん》に命じたからであった。

「眼ざわりである」

と、いうのである。

つまり、この楓の木に面した建物が、兵庫頭の寝所なのだ。

いま、兵庫頭は病気で床についているらしい。

初夏のことだし、日中は広縁に面した障子を開けさせ、奥の寝所から奥庭をながめている兵庫頭が、

「あの楓の木を見たくない」

こう、いい出した。

絶えず、いらいらと神経をとがらせている兵庫頭だけに、江戸へ着いてから一カ月

余も病床についていると、まるでもう狂人そのものといってよい。

楓の木を切れ、といい出したら、庭師たちをよびつける時間が待てない。

「すぐに切れ」

叫び、わめく殿さまのわがままにしたがわぬときは、またも犠牲者が出ることになりかねない。

そこで、中間たちがよびつけられたのであった。

中間たちが作業をしている間、広縁の障子はとじられたままで、しかも、その広縁には五名の家来たちが居ならび、

「早く、早く」

きびしく、作業をせきたてた。

作業を終えて、中間たちは切りとった楓の木々をはこび出し、奥御殿から引きさがった。

中間部屋へもどってから権兵衛は、先刻、見てきたばかりの奥御殿の模様を紙へうつした。

事情がわかったのは、その夜に、部屋頭の亀平が部屋へやって来て、中間たちへ、

「実は、今日のことはな……」

と説明をしてからのことである。

翌日。八百屋小平が屋敷へ野菜をとどけに来て、ひそかに権兵衛から絵図面をうけとった。

「ま、こうしたわけなので……」

と、八百屋小平が伊太郎へ語り終えた。

「ここが、兵庫頭の寝所だというのは、まちがいのないことなのだな？」

「それは権兵衛が、部屋頭の亀平とやらにしかときいた、かように申していました」

「さようか……」

「伊太郎さま」

「うむ？」

「兵庫頭は、いま、病気なそうで」

「うむ」

伊太郎の両眼が、らんらんと光りはじめた。

「小平どの」

「はい」

「まさに、この機会《おり》だ」

「私も、また権兵衛も、そうおもっております」

「よし、やろう」

「いますこし、お待ち下さい」

「待て……？」

「数日の間です。権兵衛が手はずをととのえます」

「そうか……そうだった……」

「伊太郎さまは、八百屋小平の店の者として、寺沢屋敷へ入ります。そして、権兵衛がととのえておく隠れ場所へ隠れます」

「で……私がいなくなっては、屋敷を出るときに困りはせぬか？」

「ま、それは権兵衛と私におまかせ下さい」

「たのむ」

「では、今夜はこれにて……ともあれ、伊太郎さまは只《ただ》一人にて事をはこばねばなりませぬ。お覚悟下さい」

「わかっている」

「私も、何とか、お手つだいするつもりでしたが、権兵衛からきいた寺沢屋敷のようすでは、つけこむすきがありませぬ。伊太郎さまおひとりを忍びこませるだけが精いっぱい」

「よいとも、小平どのの御助力、おろそかにはおもわぬ」

伊太郎は両手をつき、あたまを下げた。

小平は居残れなくとも、権兵衛だけは何とか助勢をすることができるだろうということであった。

ともあれ、中へ入ってからがむずかしい。

あれほどに、きびしい警備がおこなわれている寺沢屋敷内なのである。

いま、権兵衛は懸命になり、伊太郎を奥御殿へ潜入させることを考えているらしい。

「あわてぬことじゃ」

すべてを伊太郎からきいた山脇《やまわき》宗右衛門も、

「権兵衛に何も彼《か》も、まかせるよりほかに道はない。いまは伊太郎どの。その、権兵衛が書いてよこした絵図面を、しっかりとあたまへ入れておくことがたいせつ」

「はい。わかりました」

それから、また十日ほどがすぎた。

「いよいよ、きまりました」

八百屋小平が来て、

「明後日の昼すぎに、寺沢屋敷へ……」

と、伊太郎にいった。

このとき、山脇宗右衛門も同席している。

「いつにても」

伊太郎は、むしろ、静かな表情でこたえる。

決死の覚悟が、しっかりと胸に落ちついたのであろう。

「なれど、伊太郎さまは明日のうちに、私のところへおいで下さいますよう」

「小平どの。心得た」

すると宗右衛門が、

「この人いれ宿を出て行くときは、あくまでも何気なく出て行くことじゃ」

と、いった。

伊太郎が当夜、身につけて行く武器などは、この夜のうちに八百屋小平が持ちはこんで行ってくれることになった。

小平は、伊太郎の大小の刀と、手槍《てやり》をうまく荷物にこしらえ、帰って行ったのである。

翌日の昼前に……。

塚本伊太郎は、

「八百屋小平どのへまわり、帰りには幡随院《ばんずいいん》へ久しぶりに寄ってまいりますゆえ、もしやすると、泊って来るやも知れませぬ」

わざと、お金《きん》がいる前で宗右衛門にあいさつをし、人いれ宿を出た。

お金も、若い女の直感で何か異常を感じていたらしいが、まさかに、明日は伊太郎が、単身で寺沢屋敷へ乗りこむとはおもっていなかったようだ。

(お金どの、さらばだ)

伊太郎は胸の底で別れを告げた。

お金が、昼食の仕度に台処《だいどころ》へ去った後で、

「これまでの御恩は忘れませぬ。なれど、ついに、御恩報じがかないませぬ。おゆるし下さい」

伊太郎は山脇宗右衛門の前に、ふかぶかとあたまを下げた。

「わしも行きたいが……うかつにうごいては、かえってままにならぬゆえ、伊太郎どの只ひとりを見送るよりほかに道はない。それが残念じゃ」

「御安心下さい。たとえ一太刀なりと、兵庫頭へ、かならず……」

「応《おう》。たのもしいおことばじゃ」

「では……」

「首尾《しゅび》よう、な……」

伊太郎は最後の一礼を宗右衛門へ送り、わざと顔を見ず、くびをたれたまま宗右衛門の居間から出た。

表口から外へ出て行く塚本伊太郎を、お金が台処の土間へあらわれて見送った。

刀も持たず、着ながしのまま出て行った伊太郎だけに、お金も安心をしていたようである。

そのころの大名屋敷でつかう食糧は、出入りの八百屋なり魚屋なりが、屋敷でつかう品物と、家来たちの長屋へ売るものとをわけて荷車へつみこみ、はこびこむのである。

長屋からは、藩士の家族が通路へ出て来て買いものをする。

こういうわけで、相当の分量を荷車ではこぶことになる。

前夜……。

八百屋・小平方へ泊った塚本伊太郎は、小平との間にめんみつな打ち合せをおこなった。

この計画は、むろん、権兵衛が考えに考えぬいてたてたものである。

計画をきいて、

(やれる!)

と、伊太郎はおもった。

自分は討ちとられるにきまっているけれども、寺沢兵庫頭へもうらみの一太刀をあびせることが、

(できる!)

と、感じた。

権兵衛の計画というものは、一見、単純なように見えて、実はなかなかにおもいつかぬものだ、といってよい。

権兵衛は、八百屋小平に、

「屋敷内の、人間《ひと》の足が歩むところは見張りもきびしいが、屋根の上には野良《のら》猫がいるくらいなもので」

と、いった。

つまり、塚本伊太郎を屋根づたいに、奥御殿へ潜入させるのが、もっともよいと考えたのである。

このため、権兵衛は、新しい絵図面を小平へわたしてよこしている。

先日、奥庭へ入ったときに記憶している部分のみなのだが、権兵衛の図面はかなりの精度をもったもので、

「屋根づたいに行くからには、めんどうでも大台どころの屋根からのぼらねばならぬそうです」

と、小平が権兵衛のことばを伊太郎へつたえた。

大台どころの屋根へのぼれば、屋根づたいに奥御殿へ行ける。他の場所からだと、棟が切れてしまっていたり、内塀にさまたげられたりして不可能だという。

「なるほど……屋根づたいに、とは気づかなんだ」

伊太郎は、あらためて権兵衛の頭脳《あたま》のはたらきに感心をした。

そういわれて見れば、何でもなく考えつきそうなことなのだ。

それでいて、なかなかに考えおよばぬということがよくある。

伊太郎は、ただもう警戒厳重な寺沢屋敷の木戸や番所をどうして突破したらよいものか……と、そればかりを考えぬいていたし、小平も同様であった。

「もしも、われらが盗賊であったら、権兵衛どのと同じおもいつきをしたろうが……」

伊太郎は苦笑した。

翌日の昼すぎ……。

八百屋小平は荷車に野菜をつみこみ、店の者三人にこれを曳《ひ》かせて、寺沢屋敷へ出向いた。

この中に、塚本伊太郎がまじっている。

伊太郎は他の二人と同じ八百屋の小者といった風体をしているが、主人の小平はきちんとした服装《みなり》をし、みじかい袴《はかま》もつけていた。

そして……。

荷車につんだ野菜の底へ、伊太郎の武装と武器がかくしこまれてあった。

空に、雲がたれこめていた。

風もなく、非常にむし暑い。

寺沢屋敷の南・裏門から、

「ひと雨、やって来そうでござりますな」

と、八百屋小平が門番たちへあいそよく声をかけるや、

「おう、小平か」

「御苦労。通れ」

門番たちは、小平にまったく気をゆるしている感じであった。

この日のことを考え、かねてから小平は、門番たちへ酒や銭を贈りとどけてある。伊太郎も大胆に顔をかくさず、堂々と荷車を押して屋敷内へ入って行った。まず、裏門から大台どころ口へかけての邸内にいる寺沢の家来たちで、伊太郎の顔を見知っているものはないと考えてよい。

「や、小平さまか」

と、大きな声がした。

ちょうど、大台どころのあたりにいた権兵衛が声をかけてきたのである。

これも、あらかじめ時刻を打ち合せておいたものであろう。

小平が合図をすると、伊太郎をふくめた三人の小者が、野菜を大台どころへはこびこむ。

〔御膳番《ごぜんばん》〕や、その他の藩士が、品物をいちいちあらためる。これに応接をするのは主人の小平だ。

三人の小者たちは、すぐに外へ出て、別の野菜がつまれている車を家来たちの長屋がならぶ通路へひきこんだ。

家来の長屋は、屋敷内の外塀の内がわに沿って、たくさん並んでい、当番の足軽が拍子木を鳴らして通路を行くと、家族たちが長屋からあらわれ、都合三カ所に車をとめて待機する八百屋へあつまり、買物をするのである。

これに、かなりの時間を要する。

ひとまわりして、もとの大台どころ口へもどって来たのは一刻《いっとき》(二時間)後であった。

と……。

いきなり、雨がたたいてきた。

八百屋小平は用事がすんでいたものと見え、すでに大台どころ口へ立ち、荷車がもどって来るのを待っていた。

伊太郎たちの姿を見るや、小平が、そばにいた中間部屋頭の亀平へ、

「酒をいささか持ってまいりましたゆえ、夜に、みなさま方でめしあがって下され」

と、いった。

「そうか。そうか。それはありがたい」

亀平は大よろこびである。

すると……。

どこからともなく権兵衛があらわれたので、亀平は、

「ちょうどいい、権兵衛。八百屋小平どのが酒くれたわい。部屋へはこびこんでおけ

よ」

と、命じた。

「へい、へい」

権兵衛が荷車へ走りより、伊太郎へちらと眼くばせをした。

「たのむぞ」

いいすてて、亀平は他の用事があるらしく、急いで馬屋の方向へ走り去った。

あたりに通行の人影もない。

雨が激しくなってきた。

権兵衛が、これさいわいとばかり、にやりと伊太郎へ笑いかけ、

「それっ」

声をかけた。

伊太郎ともう一人が権兵衛と共に、酒樽《さかだる》を二つと細長い〔こも包み〕を担《かつ》ぎ、すぐ前に見える中間部屋へはこびこんだ。

中間《やっこ》たちの長屋は一棟だが大きな建物で、これが四つの区画にわかれてい、出入り口も同じく四カ所ある。

それぞれの出入り口を入るとひろい土間で、両側が物置になっていた。

その向うの板戸を開けると中間たちの居住区である。

その一つの出入り口へ、伊太郎と別の一人が酒樽だけをはこびこむ間に、権兵衛が〔こも包み〕を物置へかくしこんだ。

すぐに伊太郎たちがもどって来る。

権兵衛が戸を開けて待っている物置の中へ、伊太郎は鉄砲玉のように飛びこんだ。

すぐに、権兵衛は戸をしめ、錠前をおろしてしまい、

「出るぞ」

八百屋の店の者にいい、中間部屋の外へ走り出た。

入ったときは三人。

出たときは二人になっていたわけだが、これに気がつくものは全くいない。

しぶくような雨の中を走って行く足軽や藩士たちの姿も見られたし、中間部屋の中には非番の者も多勢いたのだが、万事、まことにうまくはこんだ。

あっ……という間の出来事なのである。

八百屋小平は、南門手前の通路へ荷車を置き、待っていた。

これからがむずかしい。

門を入って来たときは四人。

出るときは三人になっている。

ここは中間部屋のようなわけにゆくまい。

なにしろ、常時、門番が二人も立っているし、入って来るときの八百屋小平たちを見ているわけだ。

小平は、権兵衛たちが出て来るのを見るや、荷車に残っていた二つの酒樽へ手をかけた。

権兵衛が荷車の傍を走りぬけざま、酒樽の一つを抱き上げて南門へ駈《か》けつけ、うれしげな、たのしげな声を張りあげ、

「みなさまへ、八百屋小平からの酒を……」

さっと門番小屋へ駈けこんだ。

つづいて小平方の者が、もう一つの酒樽を肩へかつぎ、これも、まっしぐらに門番小屋へ……。

「おう、これはこれは……」

「すまぬな、小平」

門番の二人も、おもわず門番小屋の方へ視線をうつした転瞬、

「夜になって、ゆるりとめし上って下され。ではこれにて、ごめんを……」

小平が雨音に負けぬ大声でいいつつ、みずから手をかけて荷車を門外へひき出した。

荷車を外へひき出したのは二人である。

雨の中を、車をひいて走る店の者の顔はまっ青になっていた。

小平も走りながら、うしろをふり返って見た。

門番小屋へ酒樽をはこびこみ、あとから門を出て来た店の者が、これも必死に駈けて来る。

折からの豪雨だし、いくら顔色を変えて走ってもあやしまれることはない。

この二人の店の者は小平の亡父が子供のときからずっとめんどうを見てきてやった孤児で、小平も信頼している。

だからこそ、決行の当日に起用したわけだが、さすがに二人とも緊張の連続から解放されて屋敷の外へ出たときは、

「かえって生きた心地《ここち》もしなかった」

そうである。

小走りに走りつつ、小平が、

「大丈夫か？」

追いついて来た店の者へ問うた。

「へい」

「よし」

御成橋《おなりばし》の門番も、一行をあやしまぬ。

「伊太郎さまは、うまく、かくれたのだな？」

外濠に沿った道を東へ駈けながら、小平がきいた。

「へい。うまくゆきました」

「よし。すこし、様子を見よう」

小平は荷車をとめさせ、御成橋の方をふり返って見た。

夕暮れも近いことだし、まだ雨足はおとろえず、視界はきかなかったが、どうやら追って来る者もいない。

小平は、二人にうなずいて見せ、今度は歩調をゆるめて帰途についた。

芝・源助町の家へもどるや、小平は、弟の忠太郎をはじめ、奉公人や下女たちをよびあつめ、

「事情《わけ》あって、二日ほど店をやすむ。家があるものは家へ帰り、こちらから知らせがあるまでは一歩も外に出ずに待っていてくれ。ほかの者は、忠太郎と共に、いったん、この家を出ていてもらいたい」

と、いった。

奉公人たちは、小平のことばをきいて不安の顔つきになったが、

「いやなに、案ずることはないのだ。二日間のことゆえ、だまって、何もきかずに、私《あるじ》のいうことをきいてくれ」

と、小平はなだめた。

塚本伊太郎は、今夜から明日の未明にかけて、寺沢兵庫頭の寝所を襲う筈《はず》である。

その成果はさておいて……。

どちらにせよ、

(伊太郎さまは、無事で帰れまい)

小平もおもいきわめている。

とにかく、寺沢屋敷は大さわぎになることであろう。

伊太郎が、幸運にも脱出することができれば、八百屋小平へうたがいがかかることもあるまい。

もし、うたがいがかかっても、いいぬける道はいくらもある。

しかし、伊太郎が邸内で討死をした場合、これは小平ものがれることはできない。

なぜなら、八百屋の小者として裏門から入り、はたらいていた伊太郎を邸内のもの

が何人も見ているからだ。

そうなったとき、八百屋小平の家が寺沢屋敷のものにふみこまれることは当然である。

町奉行所からの捕手がやって来ることも考えられる。

(自分ひとりはよいが、弟や奉公人たちをまきこみたくはない)

だから小平は、それぞれに奉公人たちを解き放ったのだ。

江戸に家のない奉公人は、忠太郎がつれて、浅草の〔人いれ宿〕へかくれることになっている。

八百屋小平は、塚本伊太郎の遺書をあずかっていた。

これは伊太郎が、何カ月もかかって書きしたためた部厚いもので、内容は、寺沢兵庫頭と塚本伊織《いおり》・伊太郎に関する事実があますところなく書きのべられている。

伊太郎は、遺書《かきおき》を幕府老中の松平伊豆守信綱《いずのかみのぶつな》へあてて書いた。

伊太郎が死んだのち、八百屋小平は、この遺書を水野十郎左衛門へとどけ出るつもりである。

遺書を小平へあずけたとき、伊太郎はこういっている。

「ともかく、この遺書を水野十郎左衛門さま御屋敷へ持ちこんでいただきたい。水野さまなら、どこへ、どのようにして差し出すのがいちばんよいか、相談にのって下さるだろう。うっかりと奉行所などへ差し出し、御老中の御耳へ達せぬうちに、にぎりつぶされてしまうようなことがあっては残念だし……それに水野さまなら、小平どのの身がらも引きうけて下されよう」

さらに伊太郎は、水野十郎左衛門へあてての手紙をも小平へ托《たく》した。

夜に入って、雨がやんだ。

すでに八百屋小平方の奉公人は源助町の店から去っている。

家には小平がひとり残り、まんじりともせず、仏壇の前へすわり、亡父・久兵衛と塚本伊織の位牌《いはい》にいのっている。

そのころ……。

寺沢屋敷の中間部屋の物置内で、塚本伊太郎は身仕度をととのえ終っていた。いま新しい肌着をつけ、黒の筒袖《つつそで》の着物に短袴《みじかばかま》、皮足袋にわらじ。大小を帯し、手槍《てやり》を持ちかけたが、これはやめた。

屋根をつたわってすすむのに、余分な武器はじゃまになるとおもったからである。

手槍は、物置へ残しておくことにした。

にぎりめしと、竹の水筒もはこび入れてあり、腹ごしらえを充分にした。

だが、にぎりめしの味は、伊太郎にわからなかった。やはり極度の緊張に心身を硬直させていたものであろう。

小平にいわれたように、伊太郎は竹筒の中へつめられた酒をのみ、すこし、ねむることにしたが、やはり、ねむりきれない。

権兵衛が迎えに来るまでの時間の重味が胸苦しいまでに伊太郎へのしかかってきた。

決闘への恐怖があったのか、というと、そうではない。

ただ、

(なんとしても兵庫頭のいのちを絶ちたい)

という熱望があり、そのためには、どのようなことがあっても成功したかったのだ。

亡父・伊織のうらみをはらしたいという、その復讐《ふくしゅう》の念のみではなかった。

茂平次老人の口から、父と寺沢家との秘密を知ってからの伊太郎は、寺沢兵庫頭という権力者によって、どれほどの人間のいのちが絶たれ、何の理由もなく幸福な家族との生活を破壊された犠牲者が何人もいたことを知った。

父もそのうちの一人である。

戦乱が日本国内に絶えたかとおもうと、寺沢兵庫頭のような権力者があらわれて、領国を支配し、家来や領民を苦しめ、しかもそのことがあくまでも内密にはこばれてい、全国の大名を統治している徳川将軍や幕府の耳へ入らぬ。入らぬから幕府も寺沢家の乱脈を知らぬ。

（これで、よいのだろうか……）

であった。

封建の制度は、日本の六十余国を諸大名がおさめ、これをまた徳川幕府が統一している。

しかし、一国の主は一国の大名であって、将軍も幕府も、その内部事情へ、いちいちくわしくは立ち入りきれない。

他国の大名のことは知らぬ塚本伊太郎であったが、寺沢兵庫頭のような大名におさめられている国々がないとはいえぬ。

そこに、塚本伊太郎の今夜の襲撃決行の意義があった。

伊太郎の死は、むだになるまい。

すくなくとも、八百屋小平に托した彼の遺書は水野十郎左衛門の手へわたり、そうなれば水野も、だまってはいまい。水野はすべての事情を知っているのである。

水野十郎左衛門は、将軍直属の家臣（旗本）である。

ゆえに、他の大名とのあらそいごとを堅く禁じられている。

将軍の家臣であるがゆえに、天下の政治向きに口を入れることはゆるされない立場にあるわけだ。

けれども、すでに何度ものべたように、旗本の武俠《ぶきょう》の熱血をもってすれば、大名相手の喧嘩《けんか》をも辞さぬ水野十郎左衛門である。

それを知っているからこそ、塚本伊太郎は水野の助勢をことわりつづけてきた。

最後まで、水野にめいわくをかけぬつもりの伊太郎であったが、いざとなると、自分の遺書を託すのは、

（水野さまをおいて、ほかにはない）

と、おもった。

なんとしても、この遺書だけは、老中・松平信綱へ直接にとどけたい。

日本全国を統治する幕府に、自分のしたことと、寺沢兵庫頭について、はっきりと知っておいてもらいたい。

伊太郎は、幕府の政治機構の全部が正しく運営されているとは考えていない。

寺沢家のような一大名の国や家にも、あれだけの恐るべき秘密があり、それが何年にもわたって他へもれてはいなかったのである。

まして、幕府のような大きい政治機構の中では、それぞれの利害関係が複雑にむす

びついているにちがいない。

大切な、いのちがけの遺書を役所へ差し出してしまうことに、伊太郎は不安をおぼえたのである。

水野へあてた手紙に、伊太郎は、

「……水野さまへ、いまさら、このようなおたのみをいたしますこと、まことにもって申しわけなく存じます。なれど伊太郎一生のおたのみでござります。この遺書のみを、御老中のお手もとへおとどけ下さいますよう」

水野は、むかしの知り合いであった塚本伊太郎のたのみごととして、開封せぬままに、松平老中へ遺書をわたす……これなら水野へもめいわくはかかるまい。伊太郎はそう考え、おもいきって、水野十郎左衛門の義俠《ぎきょう》へすがることにきめたのであった。

さて……。

いつの間にか、とろとろと伊太郎はねむりかけていたらしい。

だれかが、肩を押したのに気づき、はっとして大刀をつかみ、飛び起きかける耳もとへ、

「権兵衛でごぜえます」

ささやく声がした。

「お……」

「しずかに」

「心得た」

「いま、子《ね》の下刻《げこく》（午前一時）でごぜえます」

「そうか……」

「お仕度は？」

「できている」

「では、こうおいでなせえまし」

二人は物置からすべり出た。

中間《やっこ》部屋を出るとき、権兵衛は伊太郎へ合羽《かっぱ》を着せかけた。

この合羽は、寺沢屋敷の中間が着るものであった。

「大丈夫でござります。ゆったりと気を落ちつけなされて……」

と、権兵衛がささやく。

伊太郎はうなずいた。

南門のあたりに、門番の人影がうごいている。

彼らは、こちらを見たようであるが、ゆっくりと通路を行く二人をあやしむ様子も見せない。

「さ、早く……」

馬小屋のうしろへ出たとき、権兵衛が伊太郎にいい、小走りに走り出した。

大台どころ口が、すぐ眼の前にあらわれた。

そこは〔土の間《つち》〕とよばれる大台どころの一角で、つまり土間《どま》のことだ。

走りながら権兵衛は、すこし前に用意をしておいたらしく、二棟つづきの馬小屋の板羽目《いたばめ》の間から梯子《はしご》をつかみ出した。

さっと、あたりの気配に眼をくばった権兵衛が、伊太郎へうなずくや、土の間の外壁へ梯子を立てかけた。

間髪をいれず、塚本伊太郎が梯子へ足をかけ、

「では……」

権兵衛にうなずいて見せ、身がるく、土の間の軒から小屋根へ……。

さらに大屋根の一角へのぼった。

すぐに梯子を壁から外した権兵衛が、馬小屋の物蔭《ものかげ》へ駈けもどり、梯子をかくしてからその場へかがみこんだ。

人の気配はない。

ひろい邸内の、どこもかしこも寝しずまっているようだ。

権兵衛は大屋根を見上げた。

伊太郎の姿は、もう見えない。

(これで、よし)

だが、これからが問題である。

(伊太郎さまが、どこまでおやりになるか……?)

であった。

案外に、うまく伊太郎は寺沢兵庫頭の寝所近くへ行きつけるようにおもえる。

屋根づたいに奥庭へ出て、寝所近くの戸を外し、屋内へ入る。

戸を外すための小さな刃物も伊太郎は用意しているはずであった。

奥庭へは、番士の巡回もおこなわれるし、寝所のまわりは宿直《とのい》の藩士たちがつめている。

屋内へ潜入してからの伊太郎が、そのまま簡単に兵庫頭の寝所へ達することはむりといえよう。

先日、権兵衛たちが楓《かえで》の木を切りはらった奥庭を見わたせるところに寝所はあるらしい。

それはわかったが、こまかい屋内の間取りまでは知らぬ。

こうなれば、もうあとは運を天にまかせるばかりであった。

権兵衛は、中間部屋へもどった。

伊太郎がかくれていた物置へ入り、残してあった手槍の始末をしようとして、

(これは、手ごろな……)

と、権兵衛はおもった。

これからの権兵衛のすることは只《ただ》ひとつ、でき得るかぎり、塚本伊太郎の脱出をたすけることである。

伊太郎が奥御殿で討死をしてしまえばともかく、万一にも包囲を切りぬけて、内塀のあたりまで出て来たときは、必然、屋敷内は大さわぎとなろう。

その混乱にまぎれ、権兵衛は奥へ駈け入って伊太郎に助勢するつもりだ。

(かなわぬまでも……)

であった。

そのとき、伊太郎が残していったこの手槍は役に立つ。

武術をまなんだことはない権兵衛だが、これまでに荒くれ男どもを相手に、数えきれぬほどの大喧嘩《おおげんか》をしてきているし、負けたことは一度もない。

物置の戸をしめたが、錠はおろさなかった。

いざとなったとき戸を開けて手槍をつかむことにしたのである。

中間部屋の中へ入ると、三十人ほどの中間《やっこ》たちのいびきが十五坪の板敷きにみちみちている感じであった。

権兵衛は、戸口に近い自分の寝床へ横たわった。

「権よ……」

となりに寝ていた同僚の佐介《さすけ》というのが目をさまして、

「どこへ行っていたのだ?」

「なあに……」

こともなげに、権兵衛はこたえた。

「どうも寝そびれてしまったので……門番小屋へ行ってあぶらを売ってきた」

「酒はあったか?」

「それが……」

くびをふって笑ってみせ、権兵衛は、

「あ……どうやら、ねむくなってきたわい」

佐介も、すぐにねむりこんでしまったようだ。

（伊太郎さまは、うまく、奥へすすんでいるだろうか……おれの描いた図面は、あれで間ちがいがなかったろうか……？）

こうなると、さすがに権兵衛はねむれない。

どちらにせよ、間もなく邸内にさわぎがおこることはたしかであった。

（ともかく、えらいものだ。あの伊太郎さまというお人は……）

この広大な屋敷内にいて、きびしい警備と多勢の家来たちにまもられている寺沢兵庫頭を討ちとるため、只ひとりきりで乗りこんで来た若い塚本伊太郎の烈《はげ》しさにも、肝《きも》のふとさにも、権兵衛は瞠目《どうもく》している。

これは、男が成功と不成功を度外視して、のぞむところへわき目もふらず直進しようとする強烈な意欲から出たものであった。

そのころ……。

塚本伊太郎は屋根づたいに、奥御殿へ接近していた。

権兵衛のつくった図面は的確なものであった。

むろん、彼は寺沢屋敷の屋根へのぼったことはない。

先日、楓を切りに奥庭へ入ったときの記憶と、南の裏門を中心とする権兵衛自身が熟知している区域とを、屋根でつなげてみたまでのことである。

大台どころの屋根から坊主《ぼうず》部屋、料理の間（伊太郎が知っているわけではない）の上をすぎ、そのあたりから右へまわり、伊太郎はあくまでもゆっくりと、こころしずかに、屋根をつたわって行く。

月もない暗闇《くらやみ》のことだし、灯をともすわけにもゆかないので、伊太郎は図面をくり返し見て、自分で何度も紙に書きとり、すっかりあたまの中へたたみこんでしまっていた。

（あ……）

伊太郎は屋根の上で眼をこらした。

ななめ左下に、奥庭らしい一部が見えたからであった。

（ここらしい。いや、ここだ）

尚《なお》も、這《は》いながらすすむ。

通路の向うから提灯《ちょうちん》のあかりがうごいて、奥庭へ近づいて来た。

伊太郎は、うごきをとめた。

警備の番士が、通路から奥庭の木戸口へ来て、ここに立っている別の番士に何かいった。

うなずいた奥庭の番士が、今度は奥庭の中をまわりはじめるらしく、その提灯のあかりが木立の中をぬってうごきはじめた。

その間……通路を来た番士は奥庭の木戸に立っているのだ。

なるほど、警戒はきびしい。

天下泰平の世の大名屋敷内の警備としては、異例のものといってよい。

これは、寺沢兵庫頭自身が無反省だとしても、この殿さまがもつ過去と現在のうしろ暗い、陰惨な秘密の生活を家臣たちが、天下に対し、世の中に対し、

「疚《やま》しい」

と、感じているからであろう。

伊太郎が、うごきだした。

奥庭もひろい。

番士の提灯は、もう見えない。

こやつがもどってくるまでに、

(屋内《なか》へ入らねば……)

と、伊太郎はおもった。

奥庭の木戸口に近い屋根の上から、尚もすすむと、

(ここらしい……)

伊太郎は直感し、屋根から軒へ……。

手足をはなし、闇の底へ飛び下りた。

（まさに、ここだ）

下りてみると、権兵衛に教えられたように、楓の木を切りとった場所であることが、はっきりとわかる。

伊太郎が雨戸へ近づき、腰から刃物を取り出した。小柄《こづか》より少しふと目のものだが尖端《せんたん》はするどい。

その尖端を戸の隙間へさしこんだとき、伊太郎がはっと息をのんだ。

そのとき……。

雨戸の向うの屋内で、なにか異様な物音がきこえたのだ。

物音とも、叫び声ともつかぬ……。

（なんだ……?）

刃物の手をとめた伊太郎の耳へ、今度は、はっきりと、

「お出合いなされ！」

叫び声がきこえ、雨戸一枚をへだてた畳廊下を走る足音が飛びこんできた。

（し、しまった……）

塚本伊太郎は、発見されたと直感をした。

あとでわかったことだが、この判断は間ちがっていたのだ。

しかし、この場合の伊太郎としては、そうおもったのも当然であろう。

ここまで、自分が潜入して来たことについては、

(だれの眼にも見つけられてはいない)

という自信があったけれども、このときの伊太郎の脳裡《のうり》を電光のようによぎったものは、

(権兵衛が見つけられたのだ)

このことであった。

自分と別れたのちに権兵衛があやしまれ、捕えられ、ひいては自分が奥へ潜入したことが知れて、寺沢邸内に非常呼集がかかった……こうおもったのである。

とっさに、伊太郎は雨戸へ体あたりをかけた。

刃物でこじあける間はなかった。

こうなれば、戸を蹴破《けやぶ》って中へ飛びこみ、死にものぐるいで切ってまわるよりほかに道はないとおもいきわめたのである。

屋内の声は、たちまちにふえ、足音がみだれ走っている。

何度も、伊太郎は体当りをかけた。
おもい雨戸は、なかなか外れなかった。
そこへ……。
「何者だ！」
背後から、先刻の番士が駈《か》け寄って来た。
伊太郎は、ふりむきざま、抜き打ちに切った。
いや、刃を返して番士を撃った。峰打ちである。
「う、うう……」
うめいて、倒れ伏した番士を見たとき、伊太郎を絶望が抱きすくめてきた。
（これは、いかぬ……こ、こうなっては兵庫頭を、到底、討つことはできまい）
雨戸は開かないが、屋内のさわぎはいよいよひろがってゆくばかりだ。
南門へ通ずる各通路のあたりでも叫び声がきこえ、駈けあつまって来る様子であった。
（おのれ……兵庫頭へ、一太刀でもあびせぬかぎりは死んでも死にきれぬ）
一歩も中へふみこまず、この庭先で斬《き》り死をするのは、
（いやだ。どうあっても、いやだ！）

なのである。

見ると、伊太郎に撃たれたとき、番士の手をはなれて落ちた提灯のあかりが、うまく消えていなかった。

伊太郎は、その提灯をひろいあげた。

寺沢家の定紋《じようもん》入りの提灯である。

大胆にも、伊太郎は自分の顔をおおっている黒布をかなぐりすてた。

彼は、奥庭の木戸口へ向って走り出した。

「おい、おい、おいっ」

木戸口から先刻の番士が伊太郎へ駈け寄りつつ、

「おい、何事だ。何のさわぎだ？」

「一大事だ」

叫んだ伊太郎が我から走りかかり、番士の脾腹《ひばら》へ拳《こぶし》を突き入れた。

「あ……」

気をうしなって倒れる番士へは見向きもせず、伊太郎は通路へ走り出ている。

向うから三人の番士が駈け寄って来る。

「どうした？」

「何事だ?」

くちぐちに叫び、問いかけるのへ、

「一大事だ。早く、早く奥庭へ……」

と、伊太郎はわめきつつ、おそろしい勢いで走り、番士たちとすれちがった。

たがいに提灯を持っているとはいえ、急場のことだし、闇につつまれたせまい通路上のことではあるし、番士たちは、伊太郎を奥庭の番士とおもいこみ、どこかへ急を告げに行くのだと見たらしい。

「急げ!」

見返りもせずに、奥庭さして駈けこんで行く。

伊太郎は、木立の中の通路を走りぬけた。

前方に、番所がある。

ここにつめていた三人の番士が、いま伊太郎とすれちがって奥庭へ駈けて行ったものらしく、番所にはだれもいない。

ここを走りぬけると、内塀の中の通路であった。

そこへ出たとき、番士のみか、宿直《とのい》の藩士たちが、あわただしく走りまわっているのを伊太郎は見た。

もう、無我夢中である。

「一大事だ。早く、早く奥へ……」

わめき、叫びつつ、伊太郎は、人の群れの中へ飛びこみ、幸運にも、たちまちに内塀の番所を突破してしまった。

「あっ……」

番所を出たとたんに、伊太郎はだれかに腕をつかまれた。

「おれだ、伊太郎さま」

「おお……」

「さ、早《はよ》う……」

「うむ、なれど、おぬしは……？」

「大丈夫。お気づかいなさるな」

「なれど……」

「かまいませぬ。その定紋入りの提灯をふって、南門から駈け出して行きなされ」

そのあたりにも、人びとが、あわただしく走りまわっている。それでいて、権兵衛と伊太郎を見返ろうともしない。

伊太郎は気ぬけをしたような、一種ふしぎなおもいにとらわれながらも、南門へ向って駈けた。

南門を駈け出るときも、伊太郎は門番のとがめをうけなかった。

外から入ろうとするものへの警戒はきびしいが、内から、しかも寺沢家の定紋入りの提灯をふって飛び出して行く伊太郎を、見とがめるだけの余裕が門番にはなかった。

とにかく、急変がおこったのである。

飛び出して行った伊太郎は、自分が見つけられたと勘ちがいをしていたのだが、実はちがう。

伊太郎が奥庭の雨戸へ忍びよった、ちょうどそのとき、屋内の、寺沢兵庫頭の寝所では、別の異変がおこったのだ。

病気中ながら、この夜、兵庫頭はるいという若い侍女を寝所へつれこみ、例によって変態的な愛撫《あいぶ》を加えたのち、るいを下らせ、ねむりについた。

そして、伊太郎が奥庭へ下り立ったころに目をさまし、まくらもとの鈴をふって、次の間にひかえている宿直の小姓をよびつけた。

小用《こよう》に立つ、つもりであったらしい。

二名の小姓にたすけられ、寝所から出て、便所へ通ずる畳廊下を二歩、三歩とあゆむうち、

「ぎゃあっ……」

寺沢兵庫頭が、突然に、すさまじい絶叫をあげ、両手で胸をおさえ、倒れかかった。

「と、殿……」

「いかがあそばされました」

小姓たちもおどろいた。

これまでに、兵庫頭が胸の疼痛《とうつう》をうったえることはしばしばあったが、これほどに恐ろしい叫びを発したことは、かつてない。

「う、うう……」

歯をくいしばり、白眼をひきつらせ、畳廊下の上で、この〔殿さま〕はもがき苦しみ、その苦痛のあまりの烈しさに耐えかね、ついに気をうしなってしまったという。

これで、大さわぎとなったのだ。

侍臣たちが叫びかわし、駈けあつまる。

医者がよばれる。

一時は、兵庫頭の呼吸もとまってしまったかに見えた。

この奥御殿のさわぎは、すぐに表御殿から邸内のすべてにつたわったけれども、中間《やっこ》どもの耳へ事態がつたわるわけではなく、したがって権兵衛も、はじめは、

(伊太郎さまが見つけられた……)

こう感じ、手槍《てやり》をつかんで飛び出した。

すると、どうも伊太郎ではないらしい。

部屋頭の亀平が、

「殿さまの御病気がお悪いらしい。そのことでさわぎがおきたのだ」

と、知らせてきた。

権兵衛は、あわてて手槍を物置へしまいこみ、すぐに内塀の番所へ走った。

そこで事情をさぐろうとおもったのだが、駈けつけるや否《いな》や、中から伊太郎が提灯をかざして飛び出して来たのには、権兵衛もおどろいたらしい。

一刻の間も惜しいので、事情も語らずに伊太郎を逃した権兵衛であった。

それにしても、権兵衛は気の強い男である。

本来ならば、

(こうなったら、おれの身もあぶない)

とおもい、伊太郎のあとから逃げ出すのが当然であったろう。

だが、彼は、

(いますこし、様子を見てからでもおそくはない。伊太郎さまが奥庭でどのようなことをなされたにしろ、おれがうたがわれなければすむことだ。もしここで、おれが逃げ出してしまえば、はっきりとおれがあやしまれることになるし、ひいては八百屋小平のもうたがわれる）

そうなっては、もう、寺沢屋敷の内情をさぐり出すための手段が絶えてしまうことになるではないか。

ところで、塚本伊太郎が、奥庭と通路で打ち倒した番士二人が間もなく息を吹き返したことは、いうまでもあるまい。

彼らの口から、

「奥庭へも、あやしい男が一人、忍びこんでいた」

ことが判明した。

これが〔殿さま〕の発作と、どのような関係にあるのか、それはだれもわからない。

とにかく曲者《くせもの》が奥庭をうろついていたことだけは、たしかである。

この番士たちの報告をうけたのが、兵庫頭の侍臣・井坂藤五郎であった。

「よし、相わかった」

うなずいた井坂は、

「このことは、だれの耳へも洩《も》らすな」

口どめをしておき、すぐさま屋敷内の内偵にかかった。

藩士たちから、足軽、中間、女たちにいたるまで、目附役の調べがおこなわれた。

この最中《さなか》にも、八百屋小平は荷をつんで寺沢屋敷へ出入りをした。

逃げ帰った伊太郎のことばをきいた小平は、これも権兵衛同様の考え方をし、おもいきって平常のごとく野菜をはこびこんだのである。

これが、かえってよかった。

半月もたったが、いっこうに〔曲者〕の正体はわからぬ。

八百屋小平にも権兵衛にも、うたがいはかからなかった。

寺沢兵庫頭の病状は悪化するばかりであったし、そうなると、夫人との間にも側室との間にも、後つぎの男子をもうけていない兵庫頭だけに、

(これは一大事じゃ)

家来たちがさわぎ出した。

もしもここで、兵庫頭が病死してしまうことになると、後つぎの子がない大名の家は、幕府の定めによって絶え果ててしまうことになる。そうなれば家来一同、浪々の身となって、明日からは食べるにも困ることになるのだ。

これまでに、重臣たちが何度も、兵庫頭へ養子縁組のことをすすめたのだが、この

殿さまのあたまは半分狂ってきている。

わが身の享楽《きょうらく》のことは考えても、わが家のこと、わが家来のことなどにおもいおよぶはずがなく、頑としてきき入れなかったのである。

目黒下屋敷

夏が来た。

寺沢兵庫頭《ひょうごのかみ》の病状は、依然はかばかしくない。

快《よ》くなったかとおもうと、血を吐いたり、卒倒したりする。

塚本伊太郎が寺沢屋敷へ潜入した夜……。兵庫頭は小用《こよう》に起き、廊下へ出たとたんに、はじめて卒倒した。

ところが、あの夜以来、こうしたことがたびたびあるのだ。

いくらか気分がよいと、典医や家臣たちのとめるのもきかず、酒をのむ。手あたりしだいに侍女をとらえて来ては、例の変態的嗜好《しこう》をみたすための餌食《えじき》にする。

気分が悪化すると、やたらに家来どもへ当り散らす。

うっかりすると、また〔お手討ち〕にもなりかねないというので、家来どもは戦々恐々たるありさまだ。

侍女たちも、

（とても、このような御奉公はできない）

と、おもいはじめたらしく、

「なにとぞ御暇《おいとま》をたまわりたく……」

ねがい出てくるものが多い。

だからといって、うかつに、

「よろしい」

と、ゆるしてしまえるものではない。

侍女たちが屋敷をはなれ、それぞれの実家へ帰って行ったなら、彼女たちの口から寺沢屋敷の異常なありさまが、たちまち、世の中へもれてしまうことになる。

これは、おそろしい。

そうなれば、幕府の耳へもうわさがきこえてしまうだろう。

だから、兵庫頭の侍臣・三木兵七郎の苦悩はふかまるばかりであった。

（なにとか、せねばならぬ）

のである。

またそれに……。

あの夜、どこからか潜入していたらしい曲者《くせもの》の詮議《せんぎ》もついていないのだ。

なにしろ〔殿さま〕が半狂乱の態《てい》なものだから、落ちついて詮議もできない。

三木兵七郎が絶えずつきそっていなければ、この殿さま、何を仕出かすか、知れたものではないのだ。

三木は、配下の丸山千五郎などに、

「一応は、屋敷内の奉公人などもしらべておけい。邸内《なか》から手びきをしたものがあったとも考えられるゆえ、な」

よくよく、いいふくめて内偵をさせているが、

「どうも屋敷内には、そのようなものはおりませぬようで」

と、丸山の報告であった。

どうにも、手がかりがつかめぬ。

結局は、

「やはり曲者は外から、単独で侵入したらしい」

と、いうことになった。

そうなれば、邸内の警備がゆるんでいたことになる。

「二度と、あのような不始末が起きたときは、只事《ただごと》ではすまぬ、とおもえ」

三木は、邸内の番士、足軽、小者たちへ、きびしくいいわたした。

「どうやら、事なく、すみそうですよ、伊太郎さま」

と、八百屋小平が、塚本伊太郎へ告げに来た。

いま、伊太郎は、上野の幡随院《ばんずいいん》にひそみかくれている。

「そうか……それは、よかった」

「権兵衛《ごんべえ》さんも相変らず、寺沢屋敷におります」

「いや……あの夜、権兵衛どのがいなくば、とうてい逃げきれなかったろう」

「いえ、伊太郎さまの大胆不敵さには、権兵衛さんもつくづく、おどろいておりましたよ」

「それはちがう」

伊太郎は苦笑して、

「たとえ、死んでもよい。あのとき、私は屋内《なか》へ飛びこみ、兵庫頭へたとえ一太刀なりとも……」

「ああなっては、そうもまいりますまい。あのとき、中へ飛びこみなされれば、犬死になりました」

「うむ……とっさに私も、そう考えた。それで逃げた。まさか、急におそろしくなったわけではないのだが……」

「あれで、よかったのですよ、伊太郎さま」

「ときに、兵庫頭の病気は……？」

「さ、そのことで……」

「どうした？」

「あまり、病状がよくないそうで」

「ふうむ……」

「もっとも梅雨があけてから、このところ少し、元気になったといううわさもございますがね」

「元気に、な……」

「もしも病気で死なれましては、とり返しがつきませぬ。なんとしても、寺沢兵庫頭は伊太郎さまの手で討ちとっていただかねばなりませぬ。そうでなくては、亡《な》き塚本伊織《いおり》さまもうかばれますまい」

「いや……」

「え……？　どうなされました」

「私はな、小平どの……」

「はい？」

「もしも兵庫頭が病死したとすれば、それでよいとおもう」

「なれど、それでは父ごさまのかたき討ちがなりますまい」

「どちらにせよ、兵庫頭のような大名が生きていては、世の中のためにならぬ。かれめがなまじ、一国一城の主《あるじ》であるだけに、多勢の人びとが苦しめられ、悲しいおもいをせねばならぬ」

「はい、はい」

「もしも、兵庫頭が病いに死んだとしても、それは、私の父をはじめ、かれのために殺された多くの人びとのうらみが、その病いにこもり、兵庫頭を打ち殪《たお》したのだと、いってよい」

「ははあ……」

「どのような道をとってもよいのだ。小平どの。つまりは兵庫頭が、この世に生きてあってはならぬ。この一事のみなのだ」

　塚本伊太郎が自分ひとりのうらみをはらそうとしているのではないことを、このとき、八百屋小平は、はっきりと知った。

(私よりも二つ上の若さで、考えなさることがちがう)

と、小平は伊太郎の思念のふかさ、大きさに感じ入ったようである。

「なれど……」

と、伊太郎は、

「もしも兵庫頭の病気が癒《なお》ったそのときは、私が討つ。なんとしてでも討つ!」

決然と、いいはなった。

「わかりました。その伊太郎さまの胸のうちを、権兵衛さんへもしかとつたえておきましょう」

「すまぬ、小平どの。なにからなにまで、めいわくのかけ通しだ」

「とんでもありませぬ。それはさておき、いつかおあずかりしておきました水野十郎左衛門さまあての、伊太郎さまのお手紙は、どういたしましょう?」

「いま少し、あずかっておいて下さらぬか」

「それはもう……」

「私はな、小平どの。寺沢兵庫頭は今度の病気などで、死ぬはずがないとおもう」

小平が息をのんだ。

「なれば伊太郎は、いまも、兵庫頭を討つつもりでいます」

「さようで……」

「この前は、逃げたが……なれど、自信も得た。ともあれ私は、奥庭の、寝所の外まで忍びこめたのだ」

「はい。けれども、あの夜以来、兵庫頭は寝所を他へうつしたそうで……権兵衛さんが、そう申しておりました」

「当然のことだ」

「いま、あまり目立つようにうごきまわってはあやしまれるというので、権兵衛さんも凝《じっ》とこらえているようですが、折を見て、また、今度の兵庫頭の寝所をかならずつきとめる、こう申しておりますよ」

「さようか……いや、すまぬ。みなさま方へめいわくをかけるばかりだが……しかし、いまの私には、みなさま方のちからをたのむよりほかに仕方がない。ゆるして下され、小平どの」

伊太郎は、素直に両手をついた。

たしかに……。

権兵衛が寺沢屋敷内でのうわさを耳にしたように、兵庫頭の病気は少しずつ快方に向いつつあるらしい。

「殿は、以前から夏にお強いゆえ……」

と、家老や重役たちも愁眉《しゅうび》をひらいた。

殿さまのために、彼らは愁《うれ》えているのではない。

後つぎがきまらぬうち、殿さまに死なれては、八万三千石の主家《しゅか》がつぶれてしまい、彼ら自身が食べるに困ることになるからであった。

重役たちは、三木兵七郎をよびよせ、

「殿の御病気が癒ったなら、一日も早《はよ》う御世つぎのことを決めていただかねばならぬ。このことは、おぬしもようわきまえていよう」

と、いいふくめた。

三木兵七郎も、寺沢家の後つぎのことについては、家老・重役たちと同じ意見なのである。

兵庫頭は、

「たわけたことを申すな。わしが後つぎは、わしが生ませる」

養子を迎えることに大反対であった。

正夫人には手をふれようともせぬ兵庫頭であるから、いずれ、他の女に男子を生ませるつもりなのであろう。

いや、つもりではない。

兵庫頭自身も、

（わしが後つぎを……）

と、さすが大名だけに、そのことをいつも考え、念じ、願っていることはたしかだ。

手あたりしだいに、気に入った女なら、すぐさま寝所へ引き入れ、彼は彼なりに懸命の努力をしているつもりなのだろう。

だから、三木兵七郎もうかつには、

「御養子を……」

と、すすめきれない。

せっかく兵庫頭の気に入られ、

「殿へ申しあぐるよりは、三木へたのむが早い」

と、家老たちまでがいっているほどの信頼を得ている三木兵七郎だが、あまりうるさく養子のことを口にすると、兵庫頭が激怒して、かつての辻十郎の立場になりかねない。

三木は、いま、こう考えている。

（……殿がお気に入られた女に、子を生ませるのだ。いや、その女が子をはらまずと

もよい。子は、どこかの女が生んだ子を人知れず、そっともらいうけ、その子が殿の御子《おこ》、ということにしてしまえばよい)

つまり、兵庫頭が手をつけた侍女などのうち一人をえらびこれを内密にいいくるめ、

「殿の御子を身ごもりました」

と、いうことにするのだ。

女も、殿さまの子を生んだ側室ということになるから、のぞみほうだいの出世が出来るし、その子が後に寺沢家の当主となれば、

「殿さまの御生母さま」

になれる。

これは、当時の女にとって大へんな出世といってよい。

もしも、その女が秘密を守れぬような女なら、ひそかに殺してしまってもよいのだし、しっかりした女なら、

(いつまでも、おれとちからを合せ、唐津八万三千石を牛耳《ぎゆうじ》ることもできる)

と、ここに至って三木兵七郎の〔野望〕は俄然《がぜん》、ふくらみはじめた。

こうしたはからいをしてくれた三木は、その女にとっても大恩人ということになり、共通の秘密をもつ者同士としての大きな協力が生まれる。

となれば、三木兵七郎の将来は非常に大きなものとなるわけであった。
事としだいによっては、
「家老職に成り上って唐津八万石を切ってまわす」
ことも、夢ではないのだ。
問題は……。
その赤子を、どこから得るか……である。
そして、どのようにうまく、主人の兵庫頭をいいくるめるか……であった。
(ともあれ、このままではいかぬ)
と、三木兵七郎はおもった。
何よりも、兵庫頭のこころをしずめておかなくてはならぬ。
同時に……。
他の者へも、寺沢兵庫頭へも知られぬように、当の女と赤子の用意をせねばならない。
むろん、三木ひとりでは事をはこべない。
腹心の藩士たちの中から、
(これは……)

とおもう者を先《ま》ず三、四人ほどえらび出し、この陰謀に加担せしめなくてはならぬ。

三木兵七郎は、ようやく本格の暑さとなった江戸の夏空を見上げつつ、しきりに考えふけった。

三木の顔はどすぐろく憔悴《しょうすい》し、悪事におもいなやむ明り暮れに、食事もすすまなくなり、そのくせ胃の腑《ふ》がしくしくと痛み出した。

（よし、とにかく……）

と、三木は決意をした。

わが陰謀を実行にうつすとしても、正式の官邸ともいうべき、江戸城・曲輪《くるわ》内の上屋敷では何かにつけて不便である。

（ちょうどよい。殿は御病気なのだ）

病気の養生をするという名目《みょうもく》で、寺沢兵庫頭を、

（目黒の下《しも》屋敷へおうつし申そう）

と、三木は考えたのであった。

そうしておいて、工作にかかる。

これぞとおもう女をえらび、これを下屋敷へ送り、兵庫頭のお手つきにする。

数カ月を経て、女が妊娠をうったえる。

（ついに、わが子をはらみおったか……）

と、兵庫頭は大よろこびをするにちがいない。

そうなったら、兵庫頭をいいくるめて、上屋敷へもどす。

産前産後の養生のためという理由で、その女は下屋敷へとどめておく。

生み月が近づく。

別のところから生まれたばかりの男の赤子を見つけ、これをもらいうけるなり、うばいとるなりして下屋敷へ連れこむ。

そして……かの女が、この子を生んだことにし、兵庫頭と親子の対面をさせる。

まず、こうした仕組みである。

このためには、寺沢家の医師も抱きこまねばならぬし、くだんの女につきそわせる侍女たちも数名は味方につけておかねばならぬ。

（用がなくなれば、彼らどもを片づけるに雑作もない）

と、三木は考えている。

ついに或日《あるひ》、三木兵七郎が寺沢兵庫頭の前へ出て、

「おそれながら……」

と、下屋敷での養生をすすめた。

「……当上《かみ》屋敷とはちがい、市中をはなれた目黒なれば、どこへ気がねもなくいろいろとおもしろきこともござりましょう」

三木が、ことばたくみにいうや、兵庫頭も眼を光らせ、にたにたと笑みこぼれつつ、

「ふうむ。おもしろきことを、な……そち、いろいろと、おもしろきことを取りはからいてくれるというか？」

「御意」

寺沢兵庫頭は、すぐさま、

「よし、目黒へまいる」

と、いい出した。

「なれば、仕度ととのいますまで……」

「早う、いたせ」

「ははっ」

三木兵七郎は、奥御殿を退出するや、表御殿の用部屋へ入り、

「丸山をよべ」

と、命じた。

丸山千五郎が間もなくあらわれる。

「丸山か。もっとそばへ寄ってくれ」

「は……」

「実は、な……」

「はあ……?」

丸山は、先般、得意の鉄砲で笹又高之助《ささまたたかのすけ》を狙撃《そげき》し、みごとに失敗してからというもの、あまり三木兵七郎へ近づいて来ない。

三木に、ひどく叱《しか》りつけられたこともあるが、彼も鉄砲に自信をうしなっているらしい。

あのとき……。

笹又が、丸山千五郎の狙撃をうけて死ななかったのは、まさに僥倖《ぎょうこう》というものだ。

もしも〔ふくろ屋〕の主人が笹又を呼びに来なかったら、丸山の放った弾丸は、笹又の胸板を撃ちぬいていたろう。

だが、そのことを丸山は知らぬ。

(ああ……おれの腕もにぶってしまったものだ)

失望しきっていたのである。

その最中《さなか》に、三木からよびつけられた。

丸山は、

（また、叱られるのか……）

げっそりしながら、用部屋へやって来たのだ。

ところが、丸山の予感は外れた。

「丸山、おぬしを見こんで、うちあけることがある」

三木兵七郎が、するどい視線を丸山千五郎へ射つけつつ、

「御家の大事じゃ」

と、いった。

「は……？」

主家の大事ときいて、丸山も緊張せざるを得ない。

三木は、先ず丸山を抱きこもうとしている。

丸山千五郎は、あまり身分の高い藩士ではないが、以前から三木が目をかけてやり、その恩を忘れてはいないようだ。

鉄砲の名手でもあるこの男は、大へんな女好きで、妻子がありながら、以前はよく、屋敷内の女中にいいよったりして、何度も失敗をかさねていたのを、三木がそのたびにかばってやり、少しずつ昇進のこともはからってやっている。

それでいてこの男は、口もかたく、三木のいうことなら何でもやってのけてくれるたのもしさもあるし、

（先ず、丸山千五郎に大事をうちあけ、わが手足となってもらおう）

三木兵七郎がおもいきわめたのは、当然であったといえよう。

三木に、秘密をうちあけられたとき、丸山千五郎も、さすがに声が出なかった。

（これは、大変なことだ）

と、丸山はおもった。

けれども、

（三木様が、そこまで決心をなされたのも、よくよくのことだ）

なのである。

他人の子を、殿さまの子といつわり、これを寺沢家の後つぎにしようという……いわば大陰謀なのだ。

もしも、このことが発覚をしたなら、寺沢家中のみか、幕府とてだまっていまい。

三木をはじめ陰謀にくみした者は、いずれも首が飛ぶものと覚悟しなければならぬし、唐津八万三千石も取りつぶしとなろう。

そうなっては、元も子もない。

（だが、それよりも……）

と、丸山は考えた。

現状維持のほうが、もっと危険ではないか……。

（おそらく、殿さまには子種がないのだ）

こう、丸山千五郎は見ていた。

いかに、女狂いをする殿さまでも、これから先、子がうまれるのぞみはない。

さらに、殿さまの、

（御病気は悪くなるばかり……）

なのである。

いまのような生活をつづけているかぎり、寺沢兵庫頭の寿命も、そう長くはないと見てよい。

兵庫頭が病死したのち、後つぎがないとなればいやも応もなく、寺沢家は取りつぶされてしまう。

これが武家の定法《じょうほう》である。

ことに幕府は、天草・島原の乱以来、寺沢兵庫頭をこころよくおもっていないから、このときとばかり、なさけようしゃなく、寺沢家の断絶を申しわたしてくるにちがいない。

(それを待つよりも、むしろ……)

であった。

ついに、丸山千五郎も決意をし、

「それがしに出来ますことなら……」

と、三木兵七郎へこたえたものだ。

「はたらいてくれるか……?」

「はっ」

「いのちがけだぞ」

「承知しております」

「そのかわり、この大事が成就《じょうじゅ》したあかつきには、おぬしの身柄もそのままにはしておかぬ。おれと共に、唐津八万石を切ってまわすほどの役職についてもらわねばならぬ」

丸山も昂奮《こうふん》してきた。

なるほど、この陰謀が成功すれば、

(三木様は、いやでも家老職になられよう)

と、考えていた丸山だけに、そうなれば当然、自分も重役の座をしめることができる。と、このときはじめておもい至ったのである。

三木兵七郎は、さらに、おどろくべきことを丸山千五郎へもらした。

このことをきいて、さすがの丸山も愕然《がくぜん》としたほどである。

「丸山。おぬしが、その、殿のお子をつくるのだ」

と、三木がいう。

「私が……?」

「ほんらいなら、おれがやってのけるべきなのだが、いまのおれには、寸秒の暇もないといってよい」

三木兵七郎は、二人の子をもうけた妻もいるが、その妻子と共に食膳《しょくぜん》をかこむ暇とてない。

とにかく、いつもいつも、気に入りの三木がそばについていないと兵庫頭が承知せぬ。

また、三木がそば近くにおらぬと、どのような事件が引き起されるか知れたものではないのだ。

つまり、三木兵七郎は、

「おれのかわりに……」

丸山千五郎が、どこぞの女とちぎりをかわし、子をはらませ、これを、ひそかに生ませてから兵庫頭の子として正式に認知させようというのである。

その女こそ、兵庫頭の寵愛《ちようあい》をうける女でなくてはならない。

なればこそ、

「おれが手出しをしては人目にたって、まずい」

という三木のことばもうなずけようというものだ。

「どうだ、丸山……？」

「は……」

見かわす二人の眼と眼……。

このときの二人の心情は、といえば、あながち悪徒のそれとは、いいきれぬものがあった。

むろん、この陰謀をきっかけにして、二人が立身出世の階段を高くふみのぼろうという野望を抱いたことは事実にしても、だ。

とにかく、このままでは近い将来に、寺沢家は絶えてしまう。

そうなっては、殿さまも家来も共倒れとなるばかりだ。

とにかく、

(殿の後つぎを……)

である。

徹底して養子縁組をきらいぬく寺沢兵庫頭である以上、もはや、このまま、だらだらと月日をかさねていることは無意味ではないか……。

長い沈黙の後に、

「よろしゅうござる」

とうとう、丸山千五郎は引きうけてしまった。

自信はある。

武術にきたえぬかれた丸山の体軀《たいく》は、健全そのもので、なによりも、いま三十三歳の彼が妻との間にもうけた子は四人。若く健全な女を相手とするならば、かならずや、子を生ませることができよう。

「ところで……」

「は……?」

「その女を見つけ出すことだが……たれぞ、こころあたりはないか?」

「さよう……」

丸山千五郎は沈思して、

「しばらく、お待ち下され」

「うむ……これほどの大事にくみする女ゆえ、よほどに、しっかりしたものでないと……」

「いかさま……」

「やはり、御屋敷内の女がよいか、どうじゃ？」

「さて……」

「よし、おれも考えておこう」

「で……殿は、いつごろに目黒へおうつりになりますか？」

「下屋敷の仕度が出来、幕府《こうぎ》へ届出がすんでからのことだが……まず、十日ほどはかかろうか」

「なるほど……」

「なに、殿が目黒へうつられてからでもよいのだ。どうで、当初は、おれがつきそい、いろいろと、殿のごきげんをとりむすばねばなるまい」

と、三木兵七郎は憂うつげに、

「実に、どうも、困ったことよ」

つぶやいたが、急に、何かをおもいついたらしく、

「ときに丸山。討ちそこねた笹又高之助のことだが……」

「あ……そのことは、もう申されますな。それがし、恥じております」

「いや、そのことはもうよい。笹又の居どころは、まだ手がかりもつかめぬか？」

「いろいろと手をつくして、さがしまわっておりますが……いまだ……」

「このさいじゃ、あやつめが、どのようなまねをするか知れぬ。笹又は当家のかくしごとにも加担したことのある男ゆえ、ゆだんはならぬ」

「はい」

「あの、神田のふくろ屋と申す旅籠《はたご》は、どうした？」

「店をたたんでしまい、あの老人のあるじも、どこかへ消えてしまいました」

「それに……」

「はい？」

「先日、あの夜……殿がお倒れあそばしたとき、奥庭へ忍び入っていたとか申す曲者《くせもの》のことだが……」

「まさかに、笹又高之助ではありますまい」

「いや、そうともいえぬ。笹又は、おれをうらんでいよう。ひいては、殿にうらみを

かけるということもなしとはいえぬ」

「もしや……？」

「え……？」

「それがし、先日から、どうも、そのような気がいたしておりますので……」

「何が？」

「塚本伊太郎では、ございますまいか？」

「ふうむ……」

三木兵七郎が腕をこまぬき、うめいた。

「まさか、とはおもうが……」

「ともあれ、ゆだんはなりませぬ」

「たのむ、とにかく丸山。これからはおぬしに、いろいろと細かく立ちはたらいてもらわねばならぬ。なればな、おぬしにもそれだけの地位についてもらいたい。明日にでも、早速、おれから殿に申しあげるつもりだ」

その翌々日——。

丸山千五郎が、旧禄《きゆうろく》五十石二人扶持《ぶち》に五十石を加増され、合せて百石二人扶持となり、

「目附役」に就任した。

目附役は、藩士たちの言動を監視し、法規の行否にも眼を光らせるのが役目で、鉄砲組の長をしているよりも、平時においては丸山に適任であったといえよう。

すべては、三木兵七郎のはからいによるもので、丸山の昇格を言上《ごんじょう》するや、寺沢兵庫頭は、

「よきに、はからえ」

たちまち、三木のことばを受けいれ、

「ときに、三木」

「はっ」

「いつ、目黒へうつる?」

「いましばらくお待ち下さいますよう」

「女どもも、つれて行くのじゃな」

「御意」

「それについてじゃが……」

「はっ?」

「屋敷の女どもでは、おもしろうない。もはや飽いたわ」

「それは……」

「目黒の、どこぞから、若い百姓女でも狩りあつめられぬか、どうじゃ？」

「そのように、身分いやしき女を……それは、なりませぬ」

「なぜ、いかぬ？」

「なぜと申して……」

「だまれ！」

怒鳴った兵庫頭の顔色が俄然《がぜん》変った。

こうなっては、これ以上の反対をとなえていると、今度は、三木兵七郎の首があぶなくなる。

「ははっ……承、承知つかまつりました」

「うむ」

蛇のような兵庫頭の眼から、ぬめりとした白い光りが消え、

「たのしみにしておるぞよ、三木」

「ははっ」

退出して来る途中、御殿の廊下をたどりながらも、三木は兵庫頭へ憎悪《ぞうお》すら感じは

じめてきている。

(もはや、どうにもならぬ。殿は気が狂うてしまわれたのも同然だ)

こうなれば一時も早く、わがおもう計画を押しすすめなくてはならぬ。

(しかし……)

また、三木は暗い気もちになった。

たとえ、にせものの後つぎをうまくこしらえたにしても、だ。

その後つぎが、或る程度の成長をとげぬうちに、兵庫頭が病死するようなことにでもなると、後つぎがあまりにも幼少である、という理由で、幕府が家督をゆるしてくれぬこともある。その例が少なくない。

(まだ、十年……殿に生きていただかねばならぬ、ということか……)

三木は、げっそりとしてしまった。

目黒の下屋敷ということは、目黒の別荘ということだ。

当時の目黒は、現代の東京都・目黒区とは大分にちがっている。

荏原《えばら》郡・目黒村といい、江戸の内にはふくまれていない、まったくの田舎であった。

山あり谷あり、森、林あり。その間に農家と田畑がひろがっていて、かの有名な目黒不動をはじめ名刹《めいさつ》が多い。

したがって、江戸市中からの道路も、よくととのっているし、田園の風趣濃厚にして、しかも便利がよい。

大名や武家の下屋敷が多いのも当然であったろう。

寺沢兵庫頭の下屋敷は、行人坂《ぎょうにんざか》の手前を左へ入ったところにかまえられていた。

建物は高い丘陵にあり、庭園が東の谷間《あい》へ向ってひろがっている。

屋敷の内も外も、鬱蒼《うっそう》たる樹木につつまれ、にぎやかな上屋敷にくらべると、まるで別天地であった。

三木兵七郎の命によって、藩士たちや足軽、小者が目黒へおもむき、下屋敷の手入れにかかった。

権兵衛たち中間《やっこ》も、動員されることになった。

「われにも下屋敷へ行ってもらわねばならぬぞ」

と、部屋頭《がしら》の亀平《かめへい》が、権兵衛にいった。

「目黒の、で？」

「そうだ」

「お下屋敷で、なにかあるので？」

「よくは、わからぬがな……おりゃ、こうおもう」

「どう、おもいますね？」

「殿さまが御病気の養生をなさるのではねえか、となと」

「なるほど……」

権兵衛の血が、さわぎはじめた。

「それには、この間のこともあるしな。また妙にあやしい奴《やつ》が忍びこんで来るようなことがあると、おれたちまでめいわくをする」

「まったくで」

「だからその、じゅうぶん警備《そなえ》をかためろ、と、こういうわけだ」

下屋敷の、兵庫頭が起居する御殿を中心にして、幾重にも柵《さく》や塀が新たにもうけられるらしい。

このための費用が、また大変なものである。

人足があつめられ、目黒の下屋敷で工事がはじまった。

とても、十日では終らぬ。

「まだか、まだか……？」

と、兵庫頭はじりじりしている。

目黒あたりの百姓むすめを、金にものをいわせてあつめ、おのれの異常性欲をおもうさまんぞくさせようという期待で、兵庫頭は昂奮していた。

権兵衛は、このことを八百屋小平へ通じ、小平はすぐさま、幡随院にいる塚本伊太郎へ知らせた。

小平から知らせをうけたとき、

（このときをのがしたなら、もう二度と機会は来まい）

と、伊太郎は直感した。

「小平どの。も一度、やってみたい」

「なれど……」

小平は、おどろいて、

「先日のさわぎから、まだ、いくらも日がたっておりませぬのに……大丈夫でしょうか？」

「そこが、つけ目ともいえる」

「はあ……」

「で……寺沢兵庫頭が、その目黒の下屋敷へうつる日は？」

「そこが、まだ、わかりませぬ」

「そうか……」

「ともあれ、兵庫頭は一日も早く下屋敷へうつりたいらしく、仕度を急ぎに急いでおるとか……権兵衛さんが、さように申しておりました」

「むろん、幕府《こうぎ》へとどけ出てからのことになろうが……」

「はい」

伊太郎は沈黙した。

考えが、すぐに決意となったらしい。

「よし！」

大きくうなずくや、

「兵庫頭が下屋敷へおもむく日と時刻、それを知りたい。それだけでよい」

「では……？」

「小平どの。そのとおりだ。いま、おぬしが考えたとおりだ」

「兵庫頭の行列へ斬《き》りこもうというので？」

「うむ」

「なれど伊太郎さま。おそらく行列は、日中に上屋敷を出て、日暮れまでには目黒へ……」

「そこが、つ、け、目なのだ。まさか、日中に斬りこもうとはおもうまい」

「なれど……供まわりも多勢ついておりますゝ」

「私ひとりでよい」

「それは、あまりに……」

「夜ふけに下屋敷へ忍び入ったとて、うまくゆくかどうか、それはおなじことだとおもう。先日のように、おもいがけぬ事態《こと》がおこり、しくじることもある。それよりもいっそ、私はただ、無心にやってみたい。何気もなくやってみたい」

「よろしゅうござります。小平もそうなれば、お手つだいをさせていただきます」

「それは、手つどうてもらわねばなるまい」

「はい、はい」

「だが、斬りこむのは私ひとり」

「いえ、伊太郎さま。この小平もぜひに……」

「おぬしのこころはうれしい。ありがたい。なれど、おぬしには、私の遺書《かきおき》を水野十郎左衛門様へとどけてもらわねばならぬ。これは余人にたのみたくないのだ。小平どの」

「は……そうでした」

「たのむ」

「はい。それでは、すぐにも権兵衛さんへ、このことを……」

「くれぐれも、気づかれぬようにと……」

「承知いたしました」

八百屋小平が、幡随院へ伊太郎をたずねて来た、その翌朝のことであった。

塚本伊太郎は、良碩和尚《りょうせきおしょう》にも無断で、若い寺僧に、

「あたまを、まるめていただきたい」

と、たのんだ。

「今日いちにち、坊さまになってみたいのです」

寺僧は妙な顔をしたが、伊太郎はにこにこしながら、

「さ、まるめて下さい」

その場で、きれいにあたまを剃《そ》りあげてもらった。

「托鉢《たくはつ》の仕度もしていただきたいのですが……」

「はあ……」

伊太郎の部屋を出た寺僧は、その仕度をととのえる前に、

「伊太郎どのが、かようにに申されるのでございますが、いかがいたしましょう？」

そっと、良碩和尚へ知らせたものだ。

すると老和尚は、

「好きにさせてよい」

と、こたえる。

で……すぐに仕度がととのえられた。

伊太郎は、網代笠《あじろがさ》に面《おもて》をかくし托鉢僧の姿となって、幡随院を出た。

（ふむ……）

会心の微笑が、伊太郎の顔にうかんだ。

昨夜、小平が帰ってから、ふとおもいついたこの変装に身をかためて見ると、

（これはよい）

と、おもった。

そのころ、仏門につかえる僧は、世人の尊敬をうけること現代の比ではない。

寺社や、僧たちに幕府があたえた〔特権〕も大きい。

僧形になって行動をおこすのが、もっとも安全だと伊太郎が考えたのはよいとして、

「ほほう……それにしても、ようも、おもいきって、あたまをまるめたものじゃ」

と、伊太郎が出て行ったあとで、寺僧からすべてをきいた良碩和尚が、

「そうか、ふむ……」

これも、なにかおもいついたらしく、

「なるほどのう」

かすかに笑った。

僧形の伊太郎は、まっすぐに、江戸城・御成門《おなりもん》外へ向った。

門内の寺沢屋敷から出た兵庫頭の行列が、目黒の下屋敷へ向う順路といえば、先《ま》ず、濠端《ほりばた》へ出て芝口橋（現・新橋）から東海道をすすみ、増上寺を右に見て金杉橋《かなすぎ》へ出るにちがいない。

金杉橋をわたってからは、麻布《あざぶ》へまわり、目黒へ出ることも考えられるが、

（おそらくは、札の辻《つじ》から聖《ひじり》坂をのぼり、白金台《しろがねだい》町へ出るだろう）

と、伊太郎は予想している。

白金台町から目黒までは、一本道であった。

伊太郎は、兵庫頭の行列の順路を、いま網代笠のうちからたしかめつつ、歩いているのだ。

芝口橋をわたり、源助町へかかったとき、

（そうだ）

と、伊太郎は、またも新しいおもいつきを得た。

源助町には〔八百屋小平〕の店がある。

御成門内の寺沢屋敷からも遠くはない。

(おれが、小平どのの家にかくれて、兵庫頭の出発を待てばよい。そうすれば、いざ、急な出発とあっても、権兵衛からの知らせが幡随院にいるよりも早く、おれの耳へ入ることになる)

そうおもった。

小平の店が左手に見えてきた。

小平が店の者を指図して、荷車へ野菜をつみこませている。

もしやすると、これから寺沢屋敷へ出かけて行くのか……。

小平のすぐ傍《そば》を、伊太郎がゆっくりと通りぬけた。

小平は気にもとめない。

托鉢僧が通りすぎた、というだけのことだ。

伊太郎が網代笠の内で、くすりと笑った。

札の辻へ出て、聖坂をのぼり、白金台町へ出た。

ここまで来ると、江戸の町というよりも、田園のおもかげが濃い。

寺と、大名や武家の下屋敷(別荘)が、道の両がわにしばらくはつづいているが、間もなく、荏原郡・目黒村の景観がひらけてくる。

もっとも、この道は目黒不動への参道につらなっているから、ところどころに茶店もあるし、人の往来も多い。

伊太郎は、あたりの風物へたんねんな眼をくばりつつ、あくまでも、ゆっくりと歩む。

目ざす、寺沢家の下屋敷へさしかかったときには、夕暮れに近かった。

門の前まで行ったわけではないが、小さな谷ひとつへだてた百姓地の木立の中へ入って、崖《がけ》のふちへ腰をおろし、伊太郎は、にぎりめしの弁当を取り出して食べはじめた。

これは昼の弁当のつもりで持って出たのだが、あまりに一事へ熱中していたものだから、時刻の経過が、まったくわからなかったといってよい。

寺沢下屋敷の様子が、彼方《むこう》にのぞまれる。

門前の道へ、人足だの足軽だのが、青竹や材木やらをつみあげているのが見えた。

(たしかに、仕度を急いでいるらしい)

うっそうとした樹木にかこまれた下屋敷内へ潜入するのは、御成門内の上屋敷へ忍びこむより、やさしいようにもおもえる。

しかし、先日のさわぎがあった後だけに、邸内の警戒は、もっときびしいものになるだろうから、比率からいえば、

(おなじことだ)

なのである。

権兵衛も下屋敷へ出張を命ぜられたらしいけれども、そうなれば一足先に、こちらへ来るのではないか……。

(そうなると、兵庫頭の出発を知らせる者が上屋敷にいなくなる。これは、困った……)

はじめて、そのことに伊太郎は気づいた。

夕闇《ゆうやみ》が濃くなってから、伊太郎は帰途についた。

あたりが冷え冷えとして来た。夏も終ろうとしている。

白金の通りへ出て東へすすむ伊太郎の向うから、このあたりの百姓らしい男が菅笠《すげがさ》をかぶり、顔をうつむけるようにして来る。

伊太郎には、老人に見えた。

しかし、そう見えただけのことで気にもとめない。

相手も托鉢の坊さんがやって来た、とおもっただけにすぎなかっただろう。

二人は、妙円寺という寺の前ですれちがった。

伊太郎は、町へ去る。

菅笠の男は、妙円寺の先の細道を左へまがった。

道が下りになり、しばらく行くと左へゆるやかにまがっている。

そのあたりに、土塀をめぐらした百姓家が一つあった。

このあたりの百姓の中でも裕福そうな家がまえだ。

ここへ、菅笠の男が入って行くと、

「や、お帰りかね」

あらわれた老人が、声をかけた。

この老人、あの神田川すじの旅籠《はたご》ふくろ屋の亭主・源六なのである。

うなずいて菅笠をぬいだのは、やつれ果ててはいるが、まぎれもない、笹又高之助であった。

「今日は、だいぶんに歩けるようになった」

と、笹又はいった。

丸山千五郎の鉄砲に撃ちぬかれた左肩の傷は、弾丸が貫通しただけに癒《なお》りも早く、肉もあがったのだが、その後に、笹又の肺患のほうが悪化するばかりとなった。

あれから……。

笹又はふくろ屋源六のすすめにしたがい、この目黒村へひそみかくれている。

この百姓家は、源六の亡《な》くなった女房の実家なのだそうである。

笹又も、まだまとまった金《もの》を持っていたし、

そのすべてを源六にあずけたので、源六老人も気をよくして、

「いいようにしてくれ」

「いつまでいても、かまいませぬよ」

と、いってくれた。

笹又高之助は、

(もう、いつ死んでもいい)

と、おもっている。

(だが、その前に一つ、やっておきたいことがある)

のであった。

笹又は、怒っていた。

あの夜の、三木兵七郎の裏切りに、である。

(おれは、うそいつわりもなく、塚本伊太郎の居どころを教えてやろうとしたのだ)

それなのに、三木は自分を暗殺せんとした。

しかも、卑劣きわまりない鉄砲をつかってである。

笹又は、三木をゆるせない。

(三木兵七郎を斬るまでは、死なぬ)

と、これが、いまの笹又高之助の生きがいとなってしまった。

目黒へ来てから、何度も血を吐き、高熱が下らず、一時は自分でも、

(もう、いかぬか……)

と、覚悟をきめたこともある。

それが、どうやら歩けるまでになったのは、ただもう、三木兵七郎へ対する憎悪だけであった。

(三木のようなやつが、そばについておるからこそ、寺沢兵庫頭のような怪物が我ままほうだいをするのだ)

だからといって笹又には、兵庫頭を憎むこころは別にない。

なぜといえば……。

笹又個人には、兵庫頭が何をしたというわけでもない。

むしろ、笹又の武芸を高く評価し、

「辻十郎は、よき武士を世話してくれた」

などと、当時は上きげんで、笹又へ、よく目をかけてくれたものである。

だから、憎めない。

Aが Bを評して、

「実に、あれほど下らぬやつはない。あれほどに下劣な男はない」

と、Cに語ったとする。

しかし、そのCからBを見ると、

「Bは自分に対して、むかしから親切にしてくれた。いい男なのに、どうして、Aは、あのようにけなすのか……？」

なのである。

そして、当のBからAを見ると、

「Aは利己主義のかたまりみたいな男だ」

などという。

だからAとBとでは、うまくゆくはずがないのだ。

まず、こうしたもので……寺沢兵庫頭などは、だれが見ても悪い殿さまにはちがいないのだが、それでも、兵庫頭から直接にひどい目をうけた者でなければ、なかなか

に、

〔憎悪《ぞうお》の念〕

というものは、わきあがってこないものなのだ。

笹又高之助は、

（おれを暗殺せんとしたのは、まさに、三木兵七郎の独断にちがいない）

と、おもいきめていたし、それは事実でもある。

（いまに見ていろ）

と、笹又は、いま懸命に体力をやしなっている。

塚本伊太郎が兵庫頭をねらうのとはちがって、三木兵七郎ひとりを討つというのなら、笹又にはいくらも機会はあるといってよい。

三木は単独で、気ばらしに吉原《よしわら》の遊里へも出かけて行くし、殿さまのそばにつききりでいるというなら、それでもよい。

笹又高之助は、寺沢屋敷の三木が居住している長屋がどこかを知っているのだ。

三木の長屋は、屋敷の正門がわの、つまり北側の塀沿いにある。

江戸城の曲輪《くるわ》内だけに忍びこむのはむずかしいが、いざとなれば、邸内に暮したこともある笹又高之助は、

(やってやれぬことはない)

と、おもいこんでいる。

三木の長屋へ斬りこむつもりらしい。

もっとも、三木兵七郎が外出するようなことがあれば、もっともよい。

日中でもかまわぬ。

駈《か》けよりざま、

(ただ一討《ひとう》ちだ)

と、笹又は気負っていたし、そうなったら、三木も逃げきれまい。

笹又高之助は、数日前から杖《つえ》をつきながら、目黒の上り下りの多い土地を歩きまわり、足ならしをしている。

このごろは、

「よう食べなさる、もう大丈夫じゃ」

と、源六老人も、いってくれた。

白金から通って来てくれる医者のみは、

「これから何年もの間、凝《じっ》と辛抱をして、しずかにしずかに、寝て暮さねばいかぬ。そうでないと、いのちとりになるぞよ」

といったが、笹又は意に介さぬ。

ただ、酒だけは絶った。

それもこれも、三木兵七郎を憎むのあまり、というのだから、笹又もよほどに、あの夜のことがくやしかったものと見える。

それにしても、である。

この日。妙円寺前ですれちがった托鉢僧が塚本伊太郎だとは、さすがの笹又も気づかなかった。

伊太郎も気づかぬ。

笠をかぶり、服装を変えただけで、人は、まったくの別人に見えてしまうのだ。

このとき、二人がもし、顔を合せていたら、どうしたろうか……。

笹又高之助は「共にやろう！」と、むりやりにも塚本伊太郎の助太刀を買って出ることになったやもしれぬ。もっとも伊太郎は笹又などに取り合わなかったろうが……。

しかし、いまの彼は、塚本伊太郎の存在すら忘れかけている。

ただもう、三木兵七郎が憎い。くやしくてくやしくて、あの夜のことをおもうと躰《からだ》中《じゆう》が熱くなり、ねむられなくなるほどであった。

笹又は、寺沢兵庫頭の下屋敷が目黒にあることを知ってはいたが、ここへ、兵庫頭がやって来ることなど、おもっても見ない。

「おい、源六よ」

その夜。夕餉《ゆうげ》がすんだのち、離れの一室で笹又高之助がふくろ屋の亭主へ、

「おれはな、あと十日もしたら、ここを出て行く」

「え……まだ、早いのではないかえ?」

「かまわぬ。いや、いろいろと世話になった。おぬしがおらなんだら、いまごろはおれも、この世のものではなかったろうよ。世話になったままで出て行くが……ま、かんべんをしてくれい」

その日

烈《はげ》しい風雨が、つづいて二度ほど来た。

そのあとに……。つい先ごろまでのきびしい残暑が、まるでうそのようにおもわれるほど、江戸の町を吹きながれる微風が冷たく、晴れわたった空が遠く高くのぞまれた。

塚本伊太郎は、凝《じつ》と、〔八百屋小平〕宅の〔離れ〕にひそみ暮している。

伊太郎が、目黒の寺沢屋敷を下見に出かけてから七日目を迎えた。

その日の夕暮れに、

「使いのものでござりますがのう」

菅笠《すげがさ》をかぶった百姓ふうの老人が、小平方へあらわれ、

「八百屋小平さんは、おいでかのう」

居あわせた小平が、

「私だが……」

出て行くと、

「これを、たのまれました」

老爺《ろうや》が厳重に封をした手紙のようなものを出した。

裏を返して見ると、

「ごん」

とのみ記されている。

いうまでもなく、これは目黒の下屋敷へ出張している権兵衛《ごんべえ》からのものであった。

この老爺は、目黒・行人坂下に、自分の百姓家を改造し、小さな茶店を出している利助という者であった。

「ごくろうさま。これは少ないが……」

と、小平がこころづけをわたそうとするや、

「いりませぬよ。この手紙をお前さまにわたしてくれとたのんでいった人に、たっぷりともろうたゆえ、な」

朴訥《ぼくとつ》そうな利助は、さっさと店を出て行ってしまった。

離れへ駈《か》けこんで来た小平を見て、伊太郎は、

「伊太郎さま……」

（いよいよ……）

と、直感した。

まさに、そのとおりであった。

あまり、文字を知らぬ権兵衛の手紙だから、ごく簡明に、

「みょうにち（明日）の、七ツ半（午後五時）ごろ、こちらへつく」

と、書きしるしてあるのみだ。

それで、じゅうぶんである。

寺沢兵庫頭《ひょうごのかみ》が、明日の七ツ半ごろまでに、目黒の下屋敷へ到着するという意味だ。

その仕度やら屋敷内の警備やらで、権兵衛も外出を足止めされているにちがいない。

権兵衛もいらいらしていたらしい。

今度は、兵庫頭の到来の日を知らしてくれればよい、あとは、

「自分ひとりでやる！」

という伊太郎の意志を八百屋小平からつたえられていた権兵衛の耳へ、この日の朝になって、急に、

「明日、七ツ半までに殿がおこしあそばされる。仕度を急げ」

と、下屋敷へ来ている井坂藤五郎の命令が入ったのだ。

これは、寺沢兵庫頭が、

「早く下屋敷へ……」

と、仕度を急がせたにちがいない。

下屋敷の仕度は、ととのっていた。

幕府へ対し、

「病気療養のため、下屋敷へうつりたい」

というねがいも、ききとどけられている。

ただ、三木兵七郎や丸山千五郎にしてみれば、

「他の仕度」

が、出来ていない。

彼らの陰謀に適当な女についても、

（あれか、これか……？）

と、人選に迷いつづけていたし、

「それはさておき、下屋敷へ殿がおこしになれば、すぐさま……」

すぐさま、新鮮な百姓むすめを夜の伽《とぎ》に出せ、と、兵庫頭は命ずるにちがいない。

また、それがたのしみだから、一日も早く、

「下屋敷へ行きたい」

と、兵庫頭が急《せ》かすのである。

暑熱から解放され、この気ちがい殿さまの健康は大分によくなってきている。

「兵七郎、ならば約定せい。いつになれば下屋敷へうつれる。その日を申せ」

兵庫頭に、こうつめよられては、三木兵七郎もこれ以上の引きのばしはできぬ。

しかし、

「しましばらく……」

いいかけると、兵庫頭が、

「だまれ！」

白眼をつりあげ、こめかみに青筋を気味のわるいほどに浮かせて、

「よし。みどもが決める、明日じゃ！」

と、叫んだ。

こうなってはさからえない。

この上、さからって見てもむだであるし、また三木が押して延引を申し出れば、またも兵庫頭は狂乱状態となり、なにを仕出かすやら知れたものではないのだ。

「ははっ……」

三木は平伏した。

「明日じゃ。よいな」

「はっ」

三木は、すぐに用部屋へ丸山千五郎をよびつけ、事情をはなし、

「秘密をあかす女は後にてよい。とりあえず……」

相当の大金を丸山へつかませ、

「殿は、土くさい女がおのぞみじゃそうな」

眉《まゆ》をひそめつつも、

「この金で、な……よいか」

「心得まいた」

丸山も懸命であった。

金をつかみ、彼はすぐに上屋敷を飛び出して行った。

なにも、目黒村の百姓女でなくともよい。

金百両あれば、女ひとりほどはどうにかなる。

三木は、尚《なお》も念を入れ、いま兵庫頭の手がついている侍女三名を下屋敷へつれて行くことにした。

三木兵七郎の胸中には、いま、ひとりの女がおもいうかんでいる。

これは、下屋敷へ出張中の井坂藤五郎の次女・さかえであった。

井坂も兵庫頭の気に入りの侍臣であるし、何事にも、

「三木殿、三木殿……」

と、自分を立ててくれる。

さかえは美女というのではないが、なんといっても十八歳の若さが肌にも肢体にもみなぎっている。

さかえは始終、

「御殿へ御奉公にあがりたい」

と、父の井坂へせがんでいるそうな。

井坂は井坂で、

（もしや、殿がさかえにお目をつけられたら、とんでもないことになる）

と、考えているので、あくまでも、

「ならぬ！」

はねつけると、さかえは、

「それならば、御当家でなくともかまいませぬ。もっともっと大きくて御裕福な大名屋敷へ……」

奉公をせがんでやまない。

派手やかな大名の御殿づとめが、どうしてもして見たいらしい。

「まことに、こまったむすめで……」

と、いつか井坂藤五郎が三木兵七郎へ、苦笑と共にもらしたこともある。

この若い女は、虚栄のこころが強い。

おのが虚栄を、まんぞくさせるためなら、

（かなり、おもいきったことも仕てのけるのであろう）

と、三木は考えていた。

むろん、三木の陰謀の要《かなめ》ともなってはたらくためには、さかえも兵庫頭のいけにえになると同時に、丸山千五郎とも通じ、丸山の子を身ごもらねばならぬ。

しかし、うまく行けば、肥前・唐津八万三千石の後つぎを生んだ生母、ということになる。

そのころの女の出世というものは、先ずこうしたもので、

(それに、父親が井坂藤五郎なら……)

秘密をうちあけても、おそらくは、

(乗りかかってこよう)

と、三木は見ている。

井坂だとて、わがむすめは(お世つぎさま)の御生母ということになれば、いやでも出世をすることになるのだ。

(よし。下屋敷へまいったら……おもいきって藤五郎に、われらが秘密を……)

しだいに、三木兵七郎の考えもかたまりかけて来ている。

この日は、下屋敷へ向う行列の仕度で、三木は繁忙をきわめた。

丸山千五郎は、ついにこの夜、屋敷へもどらなかった。

彼は彼で、殿さまの餌食《えじき》さがしに狂奔しているのだろう。

（よし。こうなれば……）

三木も、計画を断行すべく、足をふみ出そうと決心した。

翌朝となった。

塚本伊太郎は、前夜にぐっすりとねむっている。

この前に、寺沢屋敷へ潜入したときは、緊張でねむれなかったものだが、今度は、われながら落ちついてい、

（死ぬのだ）

その一事だけが、あたまにある。

（人は、いつか死ぬ。死ぬために生まれて来た。これが人の一生だ。その死ぬ日が明日だということだ）

単純明快に、自分の精神も肉体も、そこへ落ちついている。

八百屋小平方へ来てから、伊太郎は手製の頭巾《ずきん》をかぶって暮していた。

むろん、僧の姿ではなく、以前の伊太郎の服装《みなり》であった。

いまの彼は、浅草の〔人いれ宿〕へも、自分の行動を知らせていない。

小平は時折、病床にある山脇《やまわき》宗右衛門を見舞いに行くが、

（おいたわしい。骨と皮ばかりになってしまわれた……）

と、浅草を出るときは沈んだ顔つきでいても、我家へもどっては、伊太郎に何もいわぬ。見舞いに行ったことさえも、だ。

伊太郎もまた、それと知ってはいても、

「宗右衛門どのは、いかが？」

と、きこうともせぬ。

お金のことも問わぬ。

宗右衛門とお金は、小平の顔を見れば、すぐに、

「伊太郎どのの居どころは知れたか？」

「幡随院《ばんずいいん》にも、おいでになりませぬ」

と、心配をするのだが、小平はいつも、

「私にもわかりませぬが……なれど、お元気なことはたしかゆえ、あまりに案じられずとも……」

なぐさめるのみであった。

朝飯をすまし、にぎりめしの弁当を持って、

「では……」

伊太郎が、八百屋小平に、

「いかい、お世話をかけ申した。御恩報じができぬ伊太郎をゆるして下され」

と、いった。

「で……いったい、どのようにして？」

「さて、自分でもわからぬ。事にあたって、そのときこそ……」

「こ、困りました。どうしてもおひとりで？」

「おぬしは、私の後をつけて来るつもりだろうが……そのこころざしだけでうれしい。ありがたい」

ずばりと指摘されて、小平は、ことばがつげなかった。

小平の弟・忠太郎は十六歳になっているが、これも伊太郎の助勢をするつもりでいた。

ところが、伊太郎はむろんのこと、小平も弟にはくわしいことを洩《も》らしてはいない。

だから、この朝……。

小さな包みを何気なく手に持って、編笠をかぶり、大小をさした塚本伊太郎が、

「幡随院へ行ってまいる」

わざと小平にいい、出て行ったときも、すぐにまた帰って来るものとばかり、忠太郎はおもっていたのである。

朝早くに源助町の八百屋小平方を出た塚本伊太郎は、わざと大きく迂回《うかい》して、脇坂淡路守《あわじのかみ》・下屋敷裏の草地へ出た。

現代から三百数十年前のそのころ、このあたりに立つと、江戸湾の水がひろびろと見わたせたものだ。

源助町といえども、海辺の町といってよい。

草地というよりも、いちめんの葦《あし》に埋まった海辺であった。

脇坂屋敷の石垣が、そのまま舟着場にもなっている。

この草地の一角に打ちあげられている、こわれかかった小舟の中へ、今朝、まだ暗いうちに、八百屋小平が別の荷物をはこんで来ておいてくれた。

荷物といっても、大きなものではない。

箱のふたを引きはがすと、中に、托鉢《たくはつ》僧の衣と網代笠《あじろがさ》が入っていた。

す早く、伊太郎は身なりを変えた。

箱の中へ、ぬいだ着物をつめこみ、小舟の中から、伊太郎はあたりに眼をくばる。

だれも見てはいない。

先日のような托鉢僧に変装した伊太郎が破舟《はせん》の中から出て網代笠をかぶった。

八百屋小平方を出るとき手にしていた細長い包みと、大小の刀を一つにし、これをわら包みにしてひもでくくり、伊太郎は肩へ背負った。

こうなると、托鉢僧というよりも、旅僧に見える。

白の脚半《きやはん》をつけ、わらじをはき、

(これでよし)

塚本伊太郎は、草地から出ていった。

さて、この日。

目黒の下屋敷へ向う寺沢兵庫頭の行列が、御成橋《おなりばし》内の上屋敷を出たのは昼すぎであった。

伊太郎は、濠《ほり》をへだてた備前町の町家の軒下から、これを見とどけるや、ゆっくりと身を返した。

兵庫頭の行列は、八万三千石の大名の威容を見せてはいるが、なんといっても、下屋敷へ養生に行くのだから、正式の大名行列ではない。

小者や侍女は別として、供まわりの藩士およそ六十名である。

このうち二十五名は騎馬であって、三木兵七郎は、兵庫頭が乗っている駕籠《かご》の少し前に入り、行列の指揮にあたった。

さわやかな、秋晴れといってよい。

備前町をはなれ、武家屋敷の小道へ入ってから、塚本伊太郎の足どりが速くなった。

あくまでも、ゆったりとすすむ兵庫頭の行列にはすこしもかまわず、伊太郎は近道から近道へ、ぐんぐんと速度を増して目黒へ向う。

白金台町の道へ出て、伊太郎は、ようやく速度をゆるめた。

伊太郎の肚《はら》は、もう決まっている。

伊太郎は、どこで兵庫頭の行列を襲おうか、と、先日の下見のときにいろいろと考え、迷った。

だが、帰途に、白金の通りへ出たとき、道の南がわにある妙円寺という寺に気づき、

(これは、よい)

と、おもった。

この寺は、後年に寺域もひろがり、大きくて有名な寺となったが、当時は、増上寺の下屋敷の広大な敷地に接した山寺のようなかまえであったという。

山門の向うに、こんもりとした木立が見え、その向うにわら屋根の本堂がちらとのぞまれたのを、伊太郎はおぼえている。

山門の中で、このあたりの村の子供たちがあそびたわむれていたものだ。

(あの寺なら、あやしまれることはない)

伊太郎は、道から南へ下り、田畑のひろがる今里村の木立の中で、にぎりめしを食べた。

竹製の水筒の水をのむ。

ゆっくりと休息をとってから、また白金の道へもどり、目黒へ向ってすすんだ。

ところで……。

先日、妙円寺の前で、たがいにそれと知らず、伊太郎とすれちがった笹又高之助《ささまたたかのすけ》も、この日の昼すぎから、

「出て来るぞ」

源六老人にいい、寄宿している百姓家を出た。

いつものように、足ならしをしに出たのである。

この日、笹又は杖《つえ》を持っていない。

杖なしで足ならしをしようというのだ。

左肩の鉄砲傷は、癒《なお》ったといっても、いくらか骨を傷つけているし、どうも重苦しいし、痛みもする。

だが、

(足は、もう大丈夫だ)

と、自信がもててきた。
（そろそろ、あの家を出ねばなるまい）
出たら、どうする。
どうして食べて行くのだ。
（仕方もない。また、やってのけるさ）
である。
何をする、のかといえば、あの〔辻斬《つじぎ》り〕を、またやろうというのだ。
そのうちには躰《からだ》も恢復《かいふく》する。
そうしたら、三木兵七郎の首を、
（ぜひにも討つ！）
つもりであった。
陽が、かたむきはじめた。
白金の道を行く塚本伊太郎の前を、赤蜻蛉《とんぼ》が群れをなして泳いでいた。
網代笠の内で、伊太郎の眼は、無心に赤蜻蛉の群れへひきつけられている。
（秋になったのだな）
と、おもう。

（よい日和《ひより》だな）

と、おもう。

ながれて行く時刻の一瞬一瞬を、そのまま素直に、伊太郎のこころがうけとめていた。

塚本伊太郎が、妙円寺の境内へ入ったのは八ツ半（午後三時）ごろであったろうか。

先日のように、山門の内で四人の子供たちが石を蹴《け》ってあそんでいた。

伊太郎は、まったくこれを意に介さぬ。

左手の小高く土をもったところに、これもわら屋根の鐘楼があった。

その下へ来て、伊太郎は腰をおろし、子供たちのあそびをながめた。

白金の道の彼方《かなた》から、先ぶれの寺沢家の士・二名が騎乗であらわれたのは、このときだ。

笹又高之助が妙円寺の向い側の畑道から通りへ出て来たのも、このときである。

「あっ……」

菅笠《すげがさ》の中で、笹又は、おもわず声を発した。

陣笠をかぶって、馬上に眼前をすぎて行った武士の一人に見おぼえがある。

この男は、かつて笹又が寺沢家の臣として肥前・唐津にいたころ、顔も見知り、ことばもかわしたことのある寺沢兵庫頭の家来で、吉屋武右衛門という藩士であった。

吉屋は、刀もささず、菅笠をかぶって道へ出て来た笹又をそれと気づかずに行きすぎた。

(もしや……？)

と、笹又はおもった。

(寺沢兵庫頭が、目黒の下屋敷へ来るのではないか……とすれば、当然、三木兵七郎も供まわりに加わっているはずだ。三木はかたときも兵庫頭のそばをはなれぬはず)

である。

笹又高之助の五躰《ごたい》が、たちまちに熱した。

(よし！)

彼は、妙円寺の前から左へまがった。

笹又は、山門内の鐘楼の下にすわりこんでいる塚本伊太郎に気づかぬ。

伊太郎は、笹又を見た。

見たが……。

山門の向うを、このあたりの百姓が菅笠をかぶって通りすぎた……と、見たまでである。

伊太郎も、先ぶれの士が騎馬で通りすぎたのを見ている。

(間もなく、来る)

あそびつかれたらしく、子供たちが門外へ駈《か》け去った。

伊太郎は、いつでも、上の衣《ころも》がぬげるようにした。衣の下は僧の白装束で、着物の裾《すそ》はひざのあたりまでになってい、袖《そで》は切りつめてある。下におろしてあったわら包みを開き、いつでも中の物を手につかめるようにした。大小のほかに、手槍《てやり》が入っている。この手槍は柄《え》が三つに切りはなされていて、ごく短い間につなぎ合せることができるよう、伊太郎が細工をしたものだ。

そうしておいて、伊太郎はまた、わらをかぶせ、武器をかくした。

討　襲

一方、目黒の下屋敷では……。

先ぶれの士が駈《か》けこんで来て、間もなく、寺沢兵庫頭《ひょうごのかみ》の到着を告げるや、井坂藤五郎指揮のもとに、一同、緊張して出迎えの仕度にかかった。

(いよいよだ……)

と、おもうと、権兵衛《ごんべえ》もたまらなくなってきた。

(どちらにせよ、この日かぎりで、おれも、この屋敷から姿を消すのだ)

であった。

(こうなりゃ、もう……)

他の中間《やっこ》たちと、表門に沿った塀の外がわの、ずっと後方にたむろしていた権兵衛は、ついに、がまんがしきれなくなってきた。

(おれひとりのちからでも、ないよりはましというものだ)

である。

権兵衛の怪力は、知る人ぞ知る、だ。

「ちょいと、行って来る」

ついに、権兵衛がそばにいる中間《ちゅうげん》にいった。

「うん」

この中間は、気にもとめなかった。

なにかの用事で、どこかへ行くのだろうと、単純におもったままである。

権兵衛は、塀をまわり、東がわの勝手門の方向へ歩みつつ、あたりを見まわし、右手の斜面の木立へ身を投げるようにして飛びこんだ。

谷間の向うの西空へ、陽がかたむいているが、空も道も、田も畑も、あくまでもあかるい初秋の夕暮れどきであった。

権兵衛は、ころげるように木立の中を走りぬけた。

前方に目黒川が見える。

その彼方《むこう》に遠く、目黒不動の杜《もり》がのぞまれた。

権兵衛が、かねて顔なじみになっておいた百姓・利助の茶店は、すぐそこであった。

利助は、家にいた。

「昨日は、たしかに、手紙をとどけましたよ」

入って来た権兵衛に、利助がこういってから、

「おや……？」

「なんだ、利助さん」

「お顔の色が悪いようじゃ」

「む……ちょいとその、腹のぐあいがよくねえのだ」

「それはいけませぬなぁ」

「その腹の痛みを押して……」

と、権兵衛はにやりと笑って見せ、

「好きな女に逢《あ》おうというのだ。われながら、あきれ返る」

「それは、それは……」

「御屋敷へは内密《ないしょ》で出て来た。この身なりではどうにもならぬ。ちょいと利助さん、どんな着物《もの》でもいいから貸して下せえ」

いいながら、権兵衛は銭をつかみ出して利助の手へつかませた。

「いいよ、いいよ。いつも、貰《もら》っているのだから……」

「なぁに、とっておいて下せえ」

「すまぬなあ、いつも……」

「こっちこそ、世話になっているのだ」

そのころ……。

笹又高之助《ささまたたかのすけ》は、

「急におもい立ったことがある」

と、源六老人に告げ、

「三日ほどしたら、一度もどって来るよ」

これは顔色も変えずにいったものだから、源六は、いささかもうたがわず、

「そうかえ。では、待っておりますよ」

「うむ……」

「なあ、笹又さんよ」

「なんだ?」

「わしも、江戸へもどろうかとおもう。旅籠《はたご》もあのままだし……」

「よし。ついでに様子を見て来てやろう」

「そうしてくれますかね」

「よいとも」

笹又は、うす笑いを浮かべつつ、

(ああ……おれは今日、死ぬのだな)

と、おもった。

おもって、気がせいせいとした。

(つまらぬ一生だった……)

そのしめくくりに、今日は笹又高之助一世一代の剣技を見せてやろう、と、彼は考えている。

闘志が、全身に充満してきていた。

「では、おやじ。行って来るぞ」

然《さ》り気なくいいのこし、笹又は大刀のみを腰に帯し、菅笠《すげがさ》をかぶり、ふらりと百姓家を出て行った。

この家の主《あるじ》夫婦や二人の子供と共に、〔ふくろ屋〕の亭主・源六が笹又を見送り、

「気をつけて行かっしゃれ」

「ああ、わかった」

家を出て、坂道へかかると、笹又の足は速くなった。

坂道を上りきると、右がわが妙円寺である。

そちらを見やった笹又高之助は、その視線を左がわへうつした。

白金からの道に沿って、そこに欅《けやき》の大木があった。

白金の方向を見やると、まだ、寺沢兵庫頭の行列は見えなかった。

夕暮れのことで、牛馬をひいた人足や、百姓がまばらにあらわれ、まばらに散って行く。

目黒のこのあたりは、現三代将軍・徳川家光が十五年ほど前から、しばしば鷹狩《たかが》りをもよおすようになり、やがて道路もととのい、目黒不動を中心ににぎわいも見られるようになったわけだが、それでも後年とはちがい、日が落ちてからのものさびしさというものは、まったくの田舎そのものといってよい。

笹又は、欅の根元へ足を投げ出してすわりこんだ。

大刀は、木の蔭《かげ》へかくした。

木の根へ寄りかかり、菅笠をかぶった顔をうつ向けている笹又は、酔いどれの老爺《ろうや》にも見えた。

妙円寺の鐘楼の下にすわっている塚本伊太郎の姿勢も依然、変ってはいない。

さいわいに、寺僧があらわれる様子もなかった。

寺沢兵庫頭が下屋敷へ到着する時刻は、少しおくれた。

あたりに、夕闇《ゆうやみ》が淡くただよいはじめてきた。伊太郎は網代笠《あじろがさ》をかたむけたまま、身じろぎもせぬ。

この寺の外、山門から十間とはなれていない欅の根元に、笹又高之助も凝《じっ》とうごかぬ。

それでいて、二人は、たがいにそれと知らないのである。

と……。

笹又の菅笠がぴくりとうごいた。

妙円寺境内にいる伊太郎の網代笠もわずかにうごく。

馬蹄《ばてい》の響《とよ》みが、二人の耳へ入ったからであった。

これは、行列の前駆《ぜんく》ともいうべき三騎である。

白金のゆるやかな坂をのぼりきった三騎が、笹又高之助の視界へ入った。

このとき、権兵衛が行人坂をのぼりつつある。

彼は、利助から借りた百姓着の裾《すそ》をまくりあげ、素足にわらじばきで、手に、ふとい棍棒《こんぼう》をつかんでいた。この棍棒は利助の家の外にころがっていたのをひろい上げたものである。長さは五尺ほどもあった。

権兵衛が行人坂をのぼりきったとき、反対の方角の白金道から、前駆の三騎が妙円寺前を通りすぎ、欅の大木の前をすぎ、こちらへ駈けて来るのが見えた。

権兵衛は左手の木立の中へ飛びこみ、この三騎が寺沢下屋敷の門へ向って駈け去るのを待ってから、またも木立を飛び出した。

笹又高之助は欅の根元に、かたちを正し、すわり直していた。

大名行列を道に迎える庶民の姿勢となったのである。

道の向側にも、それと気づいたらしい百姓夫婦が荷をおろし、道端へすわり、両手をついた。

寺沢兵庫頭の行列が見えたのだ。

行列の先頭に、歩行小姓が二列ですすむ。

次に、騎馬と歩行の馬廻《うままわ》りが、ついで供頭が、そのうしろに、左右に小姓をつきそわせた兵庫頭の駕籠《かご》が、八人の小者に担《かつ》がれ、しずしずとすすんで来る。

駕籠のうしろに、兵庫頭の乗馬がつき、さらに十名の騎馬が、背後から駕籠をまもるようにしてすすむ。

三木兵七郎は、どこにいたか……。

三木は、駕籠前の騎馬十名の先頭にいた。

三木も注意ぶかく、あたりを見まわしつつ馬をすすめていたけれども、この、あかるい初秋の夕暮れの大道で異変がおこるはずはない、と、感じている。

道端の家からも人が出て土下座《どげざ》をし、道を行く人びとも平伏している。

こうした中に、笹又高之助も両手をつき、ふかくあたまをたれていた。

いま、彼は菅笠を外している。

塚本伊太郎は網代笠をはねのけ、黒の衣をかなぐり捨てた。

すばやく、わらの包みの大小の刀と手槍《てやり》をつかみ、妙円寺・山門の内がわへ走り寄って身をかくした。

このとき、伊太郎が帯した刀は、大刀が堀川国広《くにひろ》二尺一寸八分余。差しぞえの脇差《わきざし》は、国広の弟の国安がきたえた一尺三寸余のもので、いずれも亡《な》き父・塚本伊織《いおり》遺愛の刀剣であった。

山門の前へ、歩行小姓の列がさしかかった。

笹又高之助は、ねじまげるようにして、わずかに面をあげ、横眼で、三木兵七郎が馬で来るのを確認した。

病気養生のため、というので、行列は下屋敷に近くなっても、別に威容をととのえ直さぬらしい。

笹又は、平伏をしながら、左手で根元の蔭へかくした大刀をさぐり、そっと引き寄せた。

妙円寺・山門の内では、塚本伊太郎が手槍の柄《え》をつなぎ合せ、これを左手にかいこみ、山門に区切られた道へ、兵庫頭の駕籠が入って来るのを待っている。

権兵衛はこのとき、妙円寺とは反対がわの道端へひれ伏していた。

(とうとう、ここまで、無事に行列が来てしまった……伊太郎さまは、今日という日を、あきらめなさったのかな?)

それとも、

(おれの手紙が……いや、そうではねえ。あの利助にかぎって……たしかに、八百屋の小平どんへ手わたしたというていた。小平どんの顔つきをきいたら、ぴったりとあ

たっていたものなあ）

どうも、わからぬ。

行列の先ぶれが下屋敷へ入って来たので、兵庫頭が無事に、この近くまで来ていると知り、たまりかねて飛び出して来てしまった権兵衛なのである。

馬廻りの列が、笹又高之助の眼前へさしかかった。

そして、寺沢兵庫頭の駕籠が、山門の区切りの中へ入った。

ほとんど同時に……。

塚本伊太郎と笹又高之助が、道へ躍り出した。

伊太郎は、山門の外へ飛び出すや、

「曳《えい》！」

渾身《こんしん》のちからをこめた気合を発し、突風のごとく駕籠わきへ近よりざま、駕籠へ手槍を突きこんだ。

網代造りへ、黒うるしをため塗りにした駕籠の両わきに、すだれにおおわれた窓がついている。これへ槍を突き入れたのであった。

（やった！）

伊太郎は、胸に叫んだ。

こうまで兵庫頭の近くへ、うまく肉薄できようとはおもってもいなかった。

駕籠内から、すさまじい悲鳴があがった。

伊太郎が、兵庫頭の駕籠へ走りかかるのと同時に、笹又高之助も、馬廻りの列へ襲いかかっていた。

引きぬいた大刀の鞘《さや》を投げ捨てての抜き打ちに、徒歩《かち》の馬廻りが二人、胴と脚を斬《き》りはらわれ、抜き合せもせずに転倒した。

さすがに笹又、体力はおとろえても剣の冴《さ》えはいささかもおとろえていない。

「あっ……」

三木兵七郎が、駈け寄って来る笹又高之助を見て、驚愕《きょうがく》の表情をうかべた。

この瞬間……。

三木は、この夏に寺沢屋敷へ潜入した曲者《くせもの》を、

(あれは、笹又であったのか……)

と、おもった。

人間の勘ちがいというものは、およそこうしたもので、人生の半分は、人間どうしの勘ちがいによって成り立っているといってもよい。

しかし、

(笹又であったのか……)

と、三木がおもったときには、恐るべき早わざに二人を斬って、この二人が倒れ伏す前に、三木の馬側へ迫った笹又高之助が、いきなり、あぶみにかけていた三木兵七郎の左足をひざの下から横なぐりに切りはらった。

三木の左足が、おどろくべき勢いで宙に飛んだ。

「あっ……」

と、三木。

たまったものではない。

馬のあぶみにかけていた片足が切断されたのだから、三木の上体がぐらりと左へゆれうごき、落ちかかった。

「む……」

あわてて内股《うちもも》で鞍《くら》をしめつけ、落馬をまぬがれようとしたのだが、三木の足を切り落した笹又の刀の切先《きっさき》が、馬の腹をも浅く切り裂いたものだ。

馬が悲鳴をあげ、竿立《さおだ》ちとなった。

三木兵七郎が、仰向《あおむ》けに、馬から落ちた。

笹又高之助が振りかぶった刃の下で、三木兵七郎は、

（信じかねる……）

といった表情で、ぽかんと口をあけていた。

笹又の刃は容赦もなく、三木の頭上へ落下した。

三木のあたまが、顔が、まるで西瓜《すいか》を叩《たた》きつぶしたようになった。

もっとも、このころの西瓜は南蛮渡来の貴重品で、三木も笹又も、また伊太郎も口へ入れたことがない。

その塚本伊太郎……。

駕籠へ突き入れた槍はそのままに手放し、ぐいと駕籠の戸を引きあけた。

そこへ、

「おのれ！」

わめいた騎馬の一人が馬をあおって近よりざま、飛び下りる間もないと見て、馬を寄せ、伊太郎をはね退《の》けんとした。

どっと、寺沢兵庫頭の行列が乱れたった。

幅三間余の道いっぱいにすすんで来た行列であるから、

「曲者ぞ！」

「早く、早く……」

「と、殿を……」

「御駕籠を！」

さけびかわし、兵庫頭の駕籠へ走り寄ろうとする家来と、騎馬の家来とがぶつかり合い、押し合い、

「何をしておる！」

「どうした！」

芋を洗うような混乱となる。

おもえば、三木兵七郎も大変な間ちがいを仕出かしたものである。

策に長《た》けてはいても、兵法、武術のたしなみが浅い三木だけに、自分では相当に注意ぶかく指揮をしているつもりでいたのだが、まさか、こうした事態になろうとは、考えおよばなかった。

三木を斬殺《ざんさつ》した笹又高之助は、

（これでよし！）

会心の笑みをうかべ、反転して、また二人を斬った。

笹又は、まだ伊太郎の急襲を知らぬ。

この仕わざは、自分一人が原因だとおもいこんでいる。

伊太郎も同様であった。

馬と駕籠にはさまれ、伊太郎は、まだ刀を抜いていない。

駕籠を担いだ小者どもが、担いだまま逃げようとするのだが、前後の人数に押されて身うごきもならず、

「うわぁ……」

たまりかねて手を放した。

駕籠が地についた。

「曲者!」

騎馬の士が刀を引き抜き、馬上から伊太郎を突こうとしたとき、地に落ちてゆらいだ駕籠の窓から突き出ている伊太郎の手槍の柄が、馬の腹へ当った。

この馬もおどろき、竿立ちになる。

馬上の士は刀を持ったまま振り落された。

寺沢兵庫頭は、頭部を血に染め、伊太郎へ背を向け、駕籠の向うがわへ這《は》い出ようとしている。

伊太郎は、あばれ出した馬と、駕籠の間からすりぬけた。

そこへ、駈《か》けあつまった供頭の五人ほどが、いっせいに伊太郎めがけて切りつけた。

それよりも早く、伊太郎はななめ右へ、躰《からだ》を投げかけるようにして、駕籠の棒下へころげこんだ。

「逃すな！」

「斬れ！」

供まわりの士たちが、やたらに刀を振りまわしているけれども、彼らの動転した眼《まなこ》では、俊敏な伊太郎のうごきをとらえきれない。

はね起きた塚本伊太郎が、駕籠の棒をつかんで、駕籠の向うがわへ出た。

「亡父・塚本伊織のかたき……」

叫んで伊太郎、国広の大刀を抜き打ちざまに供頭の一人を斬って倒し、

「寺沢兵庫頭、覚悟！」

ようやく駕籠から這い出た兵庫頭へ、

「伊織が一子、塚本伊太郎！」

名のりをかけて、肉薄した。

「あ……ああっ……」

兵庫頭が伊太郎を見て、魂《たまぎ》切る声を発した。

伊太郎の槍の穂先に突き殺《そ》がれた横びんからひたいのあたりにかけて血みどろにな

り……というよりも、その出血のために、病みあがりの痩《や》せこけた顔が真赤にいろどられ、まさに化物《ばけもの》である。

「殿を、早く……」

「急げ、急げ！」

藩士たちが声を枯らし、兵庫頭の前へ重なり合うようになって白刃の輪をつくり、迫る伊太郎にそなえた。

「どけい！」

恐れげもなく、伊太郎は突きすすんだが、こうなっては、さすがに兵庫頭へは近よれない。

「わあっ……」

すぐ近くで絶叫が、たてつづけにおこったのは、このときである。

権兵衛であった。

彼は、行列が乱れたつのを見るや、

「やったぞ！」

おもわず叫び、棍棒をつかんで、行列の行手から一気に駈けこんで来た。

棍棒をちからまかせにふるい、権兵衛は混乱する行列の側面から飛びこみ、たちまち、三、四人を叩き伏せた。

「あ……」

彼は、力闘する塚本伊太郎の背中を、たしかに見た。

そのことが、権兵衛の闘志を倍加させた。

あばれまわる彼の、仁王《におう》像のような体軀《たいく》が風を巻いて藩士たちをはね飛ばした。

すぐ近くで、笹又高之助が斬り合っている。

なまじに人数が多く、しかも騎馬の士が飛び下りたあとの馬が狂奔するものだから、寺沢の家来たちのほうが押し合い、ぶつかり合い、かえって自由にうごけぬ。

死んだ三木兵七郎の死体すら、この混乱の中から引き出すこともできない。

そこを笹又高之助が、たくみに立ちまわり、剣をさばき、縦横に斬ってまわるのだから、たまったものではないのだ。

こう書きのべて来ると、ずいぶん時間が経過しているようにおもえようが、伊太郎と笹又が行列へ斬りこみ、さらに権兵衛が飛びこんで来るまでの時間は、現代《いま》のそれにして三分もたっていなかったろう。

兵庫頭をまもる刃の群れに立ち向っていた伊太郎は、

（せめて、あと一太刀を……）

と、おもった。

まだ、敵《かたき》は死んでいない。

だが、左わきから斬りこんで来た藩士たちの刃をはらいのけ、かわし、飛び退き、闘ううちに、兵庫頭をかこんだ七人の藩士たちとの距離が、たちまちはなれた。

そこへ、権兵衛があらわれたのである。

権兵衛が叩き伏せた藩士の一人のえりがみをつかみ、棍棒を投げ捨てるや、

「うおっ！」

咆哮《ほうこう》を発し、この藩士の躰を両腕に高々と差しあげ、

「やあっ！」

伊太郎の横合いから、これを、刃の群れへ毬《まり》のごとくに投げつけたものだ。

「あっ……」

これには藩士たちも、おどろいたらしい。

味方の躰が剣の中へ投げこまれたものだから、おもわず刃を引いた、それを見のがす伊太郎ではない。

伊太郎は大刀の峰へ、わがひたいを押し当てるようにして、わき目もふらずに突進した。

権兵衛も素手《すで》のままで、今度は別の一人をつかまえ、この藩士を楯《たて》にとって、

「どけ、どけ！」

伊太郎の後から押しすすむ。

兵庫頭の躰を抱きかかえて、この混乱の渦の中から、ようやくに藩士二名が脱《ぬ》け出し、

「う、馬を！」

と、どなった。

騎馬の一人が、すぐさま駈けつけ、馬上から兵庫頭へ手をさしのべた。

塚本伊太郎は国広の銘刀を左右に打ち振り、

「おのれ！」

立ちふさがる一人の刃をはねあげ、左足を引きざまに、

「曳《えい》！」

肩から胸へかけて斬り下げた。

こやつのすぐ向うに、いま、兵庫頭を馬上の士へわたしかけている二人の藩士の背中が見えた。

「たあっ！」

飛びかかった伊太郎の斬撃《ざんげき》が息もつかせず、二度三度とおこなわれ、

「ぎあっ……」

「わ、あ……」

背を向けたまま二人が斬られた。

馬上の藩士が兵庫頭を鞍の上へ抱えあげ、馬腹を蹴《け》った。

それへ……。

伊太郎が飛び上るようにして刃を叩きつけた。

「きゃあ……」

兵庫頭が怪鳥《けちょう》のような声をあげた。

伊太郎の顔へ、兵庫頭の血がはね返った。

(やったぞ!)

しっかりと手ごたえを感じた伊太郎の眼前を、兵庫頭を抱えた藩士の馬が駈けぬけて行った。

「伊太郎さま!」

権兵衛が、

「おやりなさいましたぞ!」

「おお……」

と、伊太郎。このときはじめて権兵衛の存在に気がついた。

それから後のことを塚本伊太郎は、よくおぼえていない。

血まみれの寺沢兵庫頭を馬上に抱えた藩士が必死の声をふりしぼり、

「殿じゃ。どけい、どけい！」

伊太郎の前を脱したのを見て、藩士たちも、

「馬を……馬を通せ！」

「と、殿でござる、殿でござるぞ！」

道をひらいて、重傷の兵庫頭を通し、

「曲者を逃すな！」

ようやく落ちつきをとりもどし、伊太郎と権兵衛を押し包んだ。

下屋敷へ急を知らせた騎馬の士によって、

「一大事じゃ！」

「出合え！」

下屋敷から救援の藩士たちが駈けつけようとしている。

塚本伊太郎も、夢中であった。

白刃のきらめきが、眼前にみちみちている。

多勢の敵につつまれ、さすがに呼吸もあがり、刀をつかんでいる腕も足も、躰も、鉛のように重くなってきた。

眼が、かすむ。

それでも刀をふるい、闘っているつもりなのだが、まるで、足もとが雲をふんでいるようなたよりなさであった。

そのうちに……。

伊太郎は、自分の躰が、ふわりと宙に浮いたような気がした。

「伊太郎さまよ、しっかり!」

耳もとで叫ぶ権兵衛の声を、伊太郎はきいたような気がする。あとのことは、まったくわからない。

だからといって、気をうしなったというのでもないのだが……。

そのころ……。

笹又高之助は、妙円寺の山門前から十間ほど目黒へ寄った道端で、最後の時を迎えていた。

病後の躰だけに、はじめのうちは目ざましく斬ってまわった笹又も、ある時点を境にして、がくりとくずれた。

剣をつかむ腕はたしかなのだが、足がもつれ、呼吸が切迫し、ついに血を吐いた。

そこを斬られた。

「あっ……」

のけぞる笹又へ、藩士たちの刃が、いっせいに殺到した。

その刃に切りきざまれつつ、

（おれ一人で、これだけのさわぎを引き起してやった。ふ、ふふ……三木兵七郎も討てた……）

かすかな笑みを口もとに浮かべ、笹又高之助はぼろぼろの血の肉塊と化して、息絶えたのである。

笹又は死ぬまで、伊太郎や権兵衛に気づいていなかったし、伊太郎たちも同様である。それほどに行列の混乱状態はひどかったといえよう。

さわぎがしずまったとき、流血おびただしい道のそここに倒れ伏している死体の中に、伊太郎と権兵衛のものだけは見えなかった。

兵庫頭《ひょうごのかみ》の死

目黒の下屋敷へ、はこびこまれた寺沢兵庫頭は、まだ死んではいなかった。

すぐに侍医が駈《か》けつけて、懸命の手当てをおこない、名状しがたい混乱のうちにも、家中のものたちが屋敷内の警備をととのえた。

すぐさま、御成橋《おなりばし》内の上屋敷へも、この異変の報がもたらされた。

いうまでもなく、こうした失態がおおやけのものとなってはまずい。

大名行列が、三人の男たちに（寺沢家のものたちの中には、一人の男と見ていたものも多い）襲われ、殿さまが瀕死《ひんし》の重傷を負ってしまったのである。

このようなことが世上へ知れわたったなら、世間の笑いものになるのは必定《ひつじょう》であるし、幕府だとて、だまってはいまい。

寺沢家のものたちは、ひたすらに、

「殿のおいのちが助かりますように……」

と、いのり、ねがった。

これは寺沢兵庫頭のために、いのっているのではない。

このまま殿さまに死んでしまわれては、世つぎの子がない寺沢家は取りつぶしになるにきまっている。

そうなれば家来一同、役職をうしない、俸給をうしなって、路傍《ろぼう》へほうり出されるばかりとなる。

彼らは、自分たちのために、殿さまを生かしておきたいのである。

もしも、兵庫頭に男子があったとするなら、家来どもは、

「早く死んでしまってくれ」

と、いのったろうに……。

さらに、三木兵七郎が斬殺《ざんさつ》された。

家中のものの中には、三木をにくむものも多かったけれど、これまでは、三木が殿さまのそば近くにいて万事を取りしきっていたのだから、彼の急死は一大事であった。

とにかく、この事件を幕府へはかくしておかなくてはならぬ。

家老や重臣たちの暗躍が開始された。

下屋敷の近くで、行列が襲われたことはかくしておけぬ。

まだ、あたりも明るい路上でのことだし、目撃者が何人もいる。

そこで、

「狂人が抜刀《ばっとう》して行列へ飛びこみ、家来・三木兵七郎へ襲いかかったが、すぐさま、この狂人を斬《き》り殪《たお》し、兵庫頭儀は、ぶじに下屋敷へ入った」

と、幕府へは届け出たのである。

それには、笹又高之助《ささまたたかのすけ》の死体が残されていたから、いいわけも通る。

重臣たちの奔走もあってか、間もなく、幕府はこれをみとめた。

こうなった以上……。

寺沢家では、塚本伊太郎と権兵衛《ごんべえ》の襲撃をみとめてはまずいことになる。

もっとも、それどころではなかった。

幕府へ届け出がすむや、今度は、

「なんとかして殿さまのおいのちを……」

と、家臣たちは必死になった。

兵庫頭は、まったく意識不明なのである。

そのころ……。

塚本伊太郎は、水野十郎左衛門の屋敷にかくまわれていた。

行列襲撃のことを知るや、八百屋小平は、すぐさま伊太郎の遺書《かきおき》を持って、水野屋敷へ駈けこんだ。

水野十郎左衛門は、すぐさま小平を奥庭へ通し、

「どりゃ……」

伊太郎の遺書を一読するや、

「とうとう、してのけたか」

さも愉快げに破顔して、

「伊太郎というやつ、まことに、見上げたものじゃ」

と、いった。

「して、伊太郎は?」

「すぐさま、私めが駈けつけ、伊太郎さまが行列へ斬りこみましたあたりに住む人びとへ聞いてまわりましたなれど、伊太郎さまの死骸《しがい》は見えず、そのかわりに……」

「そのかわりとな……?」

「はい。まるで乞喰《こじき》のような浪人がひとり、斬り死をしていたそうでございます」

「見たのか、汝《われ》……」

「いえ、私がまいりましたときには、その死骸、寺沢屋敷へはこびこまれたあとでございました」

「ふうむ……」

「伊太郎さまの味方ともおもわれませぬ」

「なぜ？」

「伊太郎さまは、どこまでも御自分ひとりのちからにて、やってのけると、かねが
申しておりました。私どもの加勢も、かたくかたく、ことわられましてございます」

「なるほど」

「伊太郎さまは、切りぬけて、どこぞへ落ちられたのでござりましょうか？」

「死骸がないというからには、な」

「はあ……」

「ところでじゃ。寺沢兵庫頭の生死は、まだわからぬか？……いや、よいよい。汝よ
りも、おれがしらべたほうが早い」

「もしも、そのことがおわかりになりましたならば、私めにも……」

「よいとも。それよりも小平とやら」

「はい？」

「伊太郎が、もしも生きてあれば、かならず、汝のもとへ知らせてよこすのであろう
が？」

「それはもう、まちがいなく！」

「知らせあれば、すぐさま、おれのもとへ……」

「心得ましてござります」

「忘るなよ。よいか小平。この水野十郎左。天下の旗本の意気地にかけても、屹《きっ》と伊太郎をまもってやる」

「かたじけのうござります」

走り帰った小平が、浅草の〔人いれ宿〕へ飛んで行き、山脇《やまわき》宗右衛門とお金に、このことを打ちあけるや、

「だいじょうぶじゃ。それなら伊太郎どのは、きっと生きてござる」

と、宗右衛門は、やつれ果てた老顔を病床にほころばせ、

「それにしても、よくもやってのけたものじゃのう」

感嘆のつぶやきを発した。

八百屋小平の裏口へ、権兵衛があらわれたのは、この夜ふけである。

小平は仰天した。

「お、お前は権兵衛さん……」

「おれもな、小平さん、伊太郎さまといっしょに斬りこんだ……いや、なぐりこんだよ」

「下屋敷にいたのではなかったのか？」

「どうにもこうにも、居たたまれなくなってきて、飛び出した」

「で、伊太郎さまは？」

と、小平は、百姓姿で編笠《あみがさ》をかぶった権兵衛の腕をつかみ、

「どうした、どこにおられる？」

「いるともよ」

「どこに？」

「ここによ」

権兵衛があごで、すぐうしろを指ししめした。

暗闇《くらやみ》の中に、小さな荷車が置かれてい、わら包みの荷物が縄でしばりつけてあるのを、小平は見た。

「どこじゃ、どこに……？」

「そこよ」

「え……？」

「荷車の上よ」

ころがるように飛び出した小平が、荷車を裏口から土間へ引き入れた。

小平の弟の忠太郎も飛んで出て、兄弟で縄を切りほどくと中から、

「すまぬな、小平どの」

と、元気な伊太郎の声がきこえたので、小平はともかく、忠太郎は泣き声をあげて、
荷の中からあらわれた伊太郎へしがみついた。

「よくまあ、ごぶじで……」

と、小平。

「権兵衛どのが助けてくれた」

と、伊太郎も権兵衛も、笹又高之助の活躍に、まったく気づいてはいない。

塚本伊太郎は、あれから権兵衛に抱えられ、目黒の奥の谷間へ逃げこんだ。

数カ所の手傷を負っていた伊太郎だが、ふしぎに、そのどれもが軽いものであって、
歩行にもさしつかえがない。

権兵衛は無傷なのである。

奇蹟《きせき》というよりほかはない。

「伊太郎さま。で……兵庫頭めは？」

せきこんで問う小平へ、

「斬った」

「では……」

「逃げられたが、生きのびることはあるまいとおもう」

「さ、さようでござりましたか……」

「ふかく、斬った。二度も……」

「さ、さようで……」

小平が水野のことばをつたえるや、

「それほどまでにいうて下されたか……」

伊太郎は、いたく感動の態《てい》で、

「では、お世話になりましょう」

と、意を決した。

そして、この夜のうちに、塚本伊太郎は権兵衛の荷車に乗せられ、水野屋敷へ送りこまれたのであった。

伊太郎のほうでは、近ごろに水野十郎左衛門を市中で見かけたことはあるが、水野にとっては数年ぶりのことで、

「ほほう……」

久しぶりに見る塚本伊太郎を迎え、

「これは、まこと立派な面《つら》がまえになったものよ」

水野が目をみはっていった。

「おことばに甘えまして、参上つかまつりました」

「おお、よいとも。大舟に乗ったつもりでおれ」

「かたじけのうござります」

伊太郎を、わが屋敷内へかくまった水野十郎左衛門は、三千石の譜代旗本の地位をもって、活動を開始した。

水野にとって、諸大名はおろか、幕府老中といえどもおそろしいものはない。

幕府閣僚が、水野のような旗本たちを屈服せしめるに至るのは、もっと後年のことで、このころの旗本たちは、

「われらは、神君《しんくん》（初代将軍・徳川家康）以来、戦陣に血しぶきをあげて、槍《やり》ひとすじに奉公をしてきた家柄のものである」

そのほこりと意気地を傷つけられるほどなら、

「いつにても、死んでみせよう」

という気魄《きはく》にみちあふれていたから、何万石の大名たちも手がつけられぬ。

毎日のように、水野十郎左衛門は屋敷を出て行った。

寺沢兵庫頭の、その後について、いろいろと情報をあつめているらしい。

水野邸にかくまわれているうち、伊太郎は手あつい看護をうけ、手傷もめきめきと恢復《かいふく》した。

権兵衛も水野邸内にかくまわれている。

八百屋小平が水野邸へあらわれ、山脇宗右衛門の死を告げたのは、伊太郎がかくまわれてから七日目のことであった。

宗右衛門は、死の床へ小平をまねき、こういったそうである。

「わしは、もはや、おもいのこすこと何もなし。なれど、気にかかるは、お金のことじゃ。お金は……お金は、伊太郎どのをおもいこがれているのじゃよ。伊太郎どのは、何とおもうているか、それは知らぬ。なれど……なれどわしは、お金の行末《ゆくすえ》を伊太郎どのにたのみたい。小平どのよ。なんとか一つ、この老いぼれのねがいを、伊太郎どのへつたえてはくれまいか……」

このことを小平からきいて、伊太郎は、

「すぐに、返事はできぬ」

「なぜです、伊太郎さま」

「なぜというて……」

「お金さんが、おきらいなので？」

「いや……」

「では、お好きなので？」

「うむ」

「さようでしたか……そのおことばを宗右衛門さまへきかせ度うございました。実は、宗右衛門さまの臨終の折、ぜひにも伊太郎さまをお迎えに、とおもいましたなれど、なんとしても宗右衛門さまが、告げてはならぬ、と、申されましたので……」

山脇宗右衛門が、伊太郎をよびよせることを厳《げん》として拒んだのは、

「……いまは大事のときじゃ。うかつに外へ出ては、どのようなことになるや知れぬぞ。寺沢兵庫頭という天下の大名の行列へ、たった一人で斬りこみ、重傷《ふかで》を負わせたなどという例は、これまでにないことじゃ。寺沢家が、どのように考えておるか、それは知らぬが……将軍おひざもとにて、大名行列が襲われたとなれば公儀もだまってはいまい、か、とおもわれる。せっかくに水野さまがおかくまい下されたのなら、なにごとも水野さまのおもいのままに、まかせなくてはならぬ。よぶな、伊太郎どのをよぶな」

このことであった。

また、その宗右衛門のこころは、いたいほどに伊太郎にも通じた。

伊太郎は、水野邸において、しずかに山脇宗右衛門のめいふくをいのったのである。

おもえば……。

亡父・伊織《いおり》が無念の死をとげて以来、宗右衛門にはどれほどの恩義をうけた伊太郎であったか……。

しかも宗右衛門は、いささかも伊太郎へ恩を着せるようなそぶりをあらわさなかった。

そうなればこそ、伊太郎は恩義のおもさを層倍に感じるのである。

人の恩というものは、

「着せる」

ものではなく、

「着るもの」

なのである。

伊太郎にしてみれば、一時も早く、浅草の〔人いれ宿〕へ飛んで行き、

「安心してくれ」

と、お金にいいたいところなのだが、情況如何《いかん》によっては、いさぎよく、水野邸内

で腹を切らねばならぬ。

水野の世話になるといっても、それは限度のあることで、もしも、水野十郎左衛門が、伊太郎をかくまったがため、幕府からとがめをうけるようなことになれば、

(いつにても、腹を切る)

つもりの伊太郎であった。

こうして、水野の庇護《ひご》をうけて暮していると、ともすれば、

(これで、いのちは助かるやも知れぬ)

というおもいが、ふっと伊太郎の脳裡《のうり》にうかぶことがある。

兵庫頭の行列を襲ったとき、それが失敗に終っても、成功しても、

(その場で、腹を切る!)

覚悟の塚本伊太郎であった。

ところが……。

そこへ、おもいがけなく、権兵衛というすばらしい助勢が加わった。

切腹するまでもなく、権兵衛があらわれなかったら、伊太郎は笹又高之助同様に、寺沢家の士たちの白刃をうけてなますのように切りきざまれていたろう。

伊太郎のいのちは、先《ま》ず権兵衛によって救われ、さらに水野十郎左衛門によって安

全地帯が提供された。

ついつい、

(生きて行けるやも知れぬ)

そのおもいが胸をかすめる。

(生きて行けるなら、お金と共に暮して行きたい)

と、なる。

(いかぬ、いかぬ!)

すぐに伊太郎は、おのれの安易をいましめた。

八百屋小平や、お金や、権兵衛にとって、もどかしく、いらだたしげな日々がながれた。

そのころ……。

水野十郎左衛門の顔貌《がんぼう》に、何やら、ほっとしたものがただよいはじめてきた。

しかし、水野は、伊太郎へは何もいわぬ。

外出の頻度《ひんど》が目立って減ってきた水野だが、それでも四日に一度ほどはどこかへ出て行った。

九月がすぎ、十月となった。

現代の十一月にあたる。

そうした或日《あるひ》。

めずらしく水野が、居間へ伊太郎のみをよんだ。

「退屈をしたであろうが……」

「いえ、なにをもってそのような……」

「寺沢兵庫頭は、な」

「は……?」

「どうもな、いのちが助からぬらしいぞ」

「まことでござりますか」

伊太郎はさすがに、昂奮《こうふん》をした。

あのときは、

(たしかな手ごたえがあったし、病身の兵庫頭ゆえ、再起できぬほどの傷を負わせた)

との自信はあったが、それにしても、

(もしも……?)

という不安があった。

何としても、しぶとい兵庫頭のことだから、万が一にも医薬の手によって、いのちがよみがえることにでもなれば、伊太郎のやってのけたことが、いっさいむだということになる。

むしろ……。

自分の死を覚悟することよりも、そのほうが、伊太郎の日々を苦しめてきたといってよい。

「まこと、らしい」

と、水野十郎左衛門がうなずき、

「おれがさぐったところによれば、その日その日が危篤《きとく》の様子らしい」

「はあ……」

「先ず、いかぬと見てよい」

「はっ」

伊太郎の両眼に、熱いものがふきあがってきた。

「うれしいか、伊太郎。いや、うれしいのがあたりまえのことじゃ」

「はい」

「それに、な」

と、水野は尚《なお》も、微笑を絶やさぬ。

「それにな、伊太郎。幕府《こうぎ》においても、寺沢家のことは、ほうり捨てのかたちとなった」

「え……?」

ここで、水野は、乞喰浪人が伊太郎と同時に斬《き》りこみ、寺沢家がすべてを、この浪人へこじつけてしまい、なんとか失態を世にもれぬように奔走している事実を語りきかせた。

「その浪人めは、寺沢のものどもが斬り殺したゆえ、いいわけは立つというものじゃ」

「なれど、その浪人とは?」

「おりゃ、知らぬ」

伊太郎も、まさか浪人が笹又高之助だとは、考えおよばぬことであった。

「先ず、安堵《あんど》せい」

と、水野は、はっきりといい、

「さてこれからのことじゃが……」

「は……?」

「どういたす？」

「は……？」

「おぬしの身の上のことよ」

そういわれても、まるで夢を見るようなおもいがしている伊太郎だけに、とっさに返答ができかねた。

「どうじゃ。この水野十郎左が家来にならぬか？」

「は……」

「いやか？」

そこで伊太郎は、山脇宗右衛門のことをすべて水野へ語った。

「ふうむ。では、そのお金とやら申すむすめと夫婦《めおと》にでもなるというか？」

「もしも、生きてあれば、のことで……」

「そりゃ大丈夫。もはや、そのつもりになってよいわ」

「は……」

「かまわぬでないか。そのむすめと夫婦になれ」

「はい」

「そして、おれがところへまいれ」

「そのように、させていただくやも……」

「よいとも。そういたせ」

と、水野は大満悦で、

「おぬしほどの男を家来にもてるなら、この水野、天下一のしあわせものよ」

大仰《おおぎょう》なことをいった。

もしも、このときの約束が本当のものとなり、伊太郎が水野の家来になっていたら、伊太郎の運命は大きく変っていたろうし、水野自身のそれも同様にちがったものとなっていたろう。

このときの二人は、十年後に、いのちをかけて闘うことになるたがいの宿命をいささかも予感してはいなかったのである。

十月も半ばをすぎると、

「もはや、いかぬそうじゃ」

水野が、兵庫頭の命脈が絶望的になったことを伊太郎へ告げた。

また、そのことを将軍も幕府も知りつくしているのだ、という。

寺沢兵庫頭堅高《かたたか》が、目黒下屋敷において死んだのは、この年、正保四年（一六四七年）十一月十八日ということになっている。

しかし……。

この月日は、寺沢家が正式に幕府へ届け出た月日であって、実は十一月七日に、兵庫頭は死んでいた。

この日。

朝から冷たい雨がふりこめていて、兵庫頭が横たわっている部屋には、家臣たちや侍医がつめかけ、このところ、ほとんどうわごとを発する気力も体力も消えはててしまった主人の、木乃伊《ミイラ》のような横顔を見まもっていたが、そのうちに……。

その、骨と皮ばかりになった寺沢兵庫頭が、すいと、あたまを枕《まくら》からもちあげたものである。

「あっ……」

一同、息をのんだ。

すーっと、兵庫頭が半身をおこしたのを見て、

(これは……?)

(御快癒のきざしか……?)

と見た家来たちもいたろう。

侍医の樋口栄元《ひぐちえいげん》が、あわてて近づき、兵庫頭の肩を押えようとしたとき、

「うひ、うひ、ひ、ひひひ……」

兵庫頭が、こちらを見て、異様な笑い声を発した。

低く、細い……笑っているというよりもむせび泣いているような、その声をきいたとき、一同はあたまから水を浴びせられたような気もちになったという。

うす暗い病間であった。

そのときの兵庫頭が、どのような顔をしていたか、それはさだかではない。

のちになって、

「たしかに、殿は笑われたぞ」

「いや、泣いておられた」

と、いうものもあり、

「笑うにしても泣くにしても、あのように気味のわるい声があるものか……」

と、くびをすくめていうものもあった。

ともあれ……。

その不気味な声を発したかとおもうと、もはや一滴の血も体内に残ってはいないかのような兵庫頭の口から、ごぼごぼと血の泡がふきこぼれてきた。

「あ……」

「と、殿……」

重臣たちが腰を浮かした瞬間、兵庫頭が、すとんと仰向けに倒れた。

それが、この悪業ふかい殿さまの最期《さいご》であった。

予期していたこととはいえ、まさに一大事である。

家老や重臣たちは、兵庫頭が塚本伊太郎に襲われ、この下屋敷へかつぎこまれて以来、

「なにともして、後つぎを……」

「早《はよ》う御養子を迎えておかねば……」

と、必死に奔走していたことは、事実だ。

だが、徒労に終っている。

殿さまに養子を迎える、といっても、農家や町家とはちがい、おいそれと簡略にはまいらぬ。

しかるべきところから、しかるべき人を迎えねばならない。

それも、あまりに幼少の人ではいけない。

幕府が見ても、

「これなら、すぐ寺沢家の後をつげる」

と、見てくれるほどの人でなくてはいけない。

たとえ、それであっても、

「君主の病中における養子縁組はみとめぬ」

というのが幕府の方針である。

だから、寺沢家では、兵庫頭の行列が狂人に襲われ、数人の死傷者は出したけれども、

「主人は、ぶじに下屋敷へ入り、病気も快方に向いつつあります」

と、幕府へ申し立てていたのだ。

そこで、迎えるべき養子をいろいろと考え、えらび、

「では、すぐさま」

と、重臣たちが、目的の大名家へ交渉に出た。

これがまた、次から次へと、ことわられてしまう。

寺沢家の親類すじにあたる大名たちも露骨に厭《いや》な顔をして、

「おことわり申す」

であった。

兵庫頭が丈夫なときでさえも、

「あの気ちがい大名とは、つきあわぬほうがぶじである」

というのが親類すじの評判であったから、まして今度の行列騒乱事件を知った上で、とても自分たちの子弟を養子になぞやれるものではないのだ。

「困った……」

「どうしたら、よろしかろう」

「まったく、これは、弱り申した」

家臣たちがあたまをかかえているうち、兵庫頭が息をひきとってしまった。

それでも尚、

「なにとか方法はないものか……」

「どうぞして、将軍家にあわれみをかけていただける仕様はないか?」

重臣たちは、無い知恵をふりしぼって考えぬき、ひそかに金銀をつかって奔走をしてみたが、幕府の政治にたずさわる大名、幕臣いずれも冷たく突きはなしてしまった。

こうなっては、もはやどうにもならぬ。

ついに万策つきて、寺沢兵庫頭の死を届け出たのが、十一月十八日であった。

すると……。

幕府は、これをあたかも待ちかまえてでもいたかのように、

「後嗣なき上は、断絶」

と、即座に決定してしまったのである。

ここに、唐津八万三千石の大名・寺沢家は絶えた。

家臣たちは上下を問わず、浪人の身となったわけだ。

兵庫頭が完全に息絶えたときいて、塚本伊太郎は、

（ついに、やった！）

強烈な歓喜と感動におぼれこみそうになったけれども、

（待てよ……）

そこで、はっとなった。

（兵庫頭は死んでよい。だが、断絶した寺沢家に奉公をしていた家来たち……ことに、その家族、女や子供たちは、一度に俸禄《ほうろく》も絶え、住むべきところをうしなってしまったのだ）

このことであった。

客観すれば……。

なにも塚本伊太郎が行列へ斬りこみ、父のかたきである寺沢兵庫頭へ、致命的な重傷をあたえなくとも、いずれは寺沢家、断絶することになったろうとおもわれる。

水野十郎左衛門がいうには、

「この前に伊太郎、おぬしとわかれてより数年。この水野もだまってはいなかったのだぞ」

「と、申しますのは？」

「おれはな、機会《こと》あるごとに、寺沢兵庫頭の悪業を、それとなく、老中の方々のお耳へ入るよう、うごいてきたつもりじゃ」

「さようで、ござりましたか……」

「いうまでもなく、おぬしの身があぶなくなるようには仕向けなかったが……なににせよ、将軍家におかせられても、また公儀も、兵庫頭の行状を、かねてからよくわきまえておられたゆえ、おぬしのことがなくとも、いずれは寺沢家は打ち絶えたことであろうよ」

水野のこころくばりには、感謝のほかはない。

だが、どうしても、

（八万三千石の身代がつぶれ、千何百人という家来と、その何倍もの家族が……）

と、おもうとき、やはり伊太郎は自分の仕てのけたことへ、おもいおよばずにはいられなかった。

農民や町民とちがい、武士がいったん浪々の身となれば、もう〔つかいみち〕がないのである。

他家へ仕官をするにしても、あれだけ評判の悪かった寺沢家にいた者を、ひろいあげてくれるところはあるまい。

(すまぬことをした)

けれども、

(やはり、おれとしてはやってのけねばならぬことだった)

のである。

塚本伊太郎は、このとき、

(もしも、これから先、おれが、世に生き残るようならば……もはや、あの兵庫頭の行列へ斬りこんだとき、この一命はなかったものとおもい、このいのちをかけて、世のため、人のためになってはたらこう)

そう決意をした。

決意したとき、それまでは考えても見なかった自分のすすむべき道を、伊太郎は見出したのであった。

(そうだ!)

と、霊感のようにひらめいた一事は、

（もし、いのちのあるときは、お金と夫婦になり、山脇宗右衛門殿の後をつぎたい）

このことであった。

宗右衛門の〔人いれ宿〕は、諸方から江戸へ群れあつまる浮浪の人びとへ、はたらく場所をあたえ、住むところをあたえるのが仕事である。

毎々のべてきたように……。

戦国時代が終って、わずかに三十年。

徳川将軍も三代・家光の世となってはいるが、依然、日本全体が建設途上にある。

百年余も日本国中に絶えなかった戦乱を、織田信長・豊臣秀吉という二人の英雄がようやくにとりしずめ、その後を徳川家康が引きつぎ、強力な独裁政権を打ちたてて、平和をもたらした。

信長、秀吉の時代といえども戦争は絶えなかったわけだし、日本の国土は、ひたすら諸大名の管理の下に、戦争のための生産にのみ、たがやされつづけてきたのだ。

だが、いまはもう戦火が熄《や》んだ。

いつの時代でも戦乱の後の建設には、種々の矛盾がおこり、今度は平和をむさぼり食らうための争闘《あらそい》がはじまるのである。

戦争という〔表芸〕と〔名目〕をうしなった武士の中から、多量の浪人が出る。

戦争がなくなれば、当然、軍人は減らされるからだ。

これらの浪人が腰に帯びている刀は、食えなくなったときの〔凶器〕となりかねない。

こうした浪人たちの対策を押しすすめると共に、幕府も大名も、それぞれに国土の建設をおこなわねばならぬ。

将軍は将軍で、大名は大名で、持ち場をととのえ、街道を整備し、したがって通信の発展を押しすすめなくては、政治が統一されない。

こうしたわけで、将軍の〔おひざもと〕である江戸の土木工事は、ここ二十年ほど、たゆむことなくつづけられてきている。

したがって、労働者がたくさんに江戸へながれこんで来る。

それはよいのだが、多勢の彼らのめんどうを見るというゆとりは、まだ幕府にもない。

幕府はいま、諸国の大名たちを、なんとかして完全に、徳川政権の下に臣従せしめることに全力をかたむけていた。

あの、寺沢兵庫頭が鎮圧に失敗したキリスト教徒と浪人の叛乱《はんらん》がおこったのは、わずか十年前のことなのである。

いつ、どこから、徳川将軍にそむいて叛乱の軍をあげる大名が出て来るか知れたものではないのだ。

塚本伊太郎が、ひたすらにねがうところのものは、大名や武家のためではなく、多くの庶民の幸福についてであった。

伊太郎も、亡父・塚本伊織も、寺沢家を脱出してから、こうした庶民たちの助けによって生きぬいて来られたともいえよう。

もとは武士ながら〔人いれ宿〕の主人となった山脇宗右衛門がそうだし、八百屋小平兄弟も、権兵衛も、四郎兵衛《しろべえ》も、塚本父子のために助力を惜しまなかった。

伊太郎が〔人いれ宿〕の主人となり、身を粉にしてはたらこうと、おもいたった気もちもうなずけようというものである。

十二月に入って……。

「もはや大丈夫じゃ」

と、水野十郎左衛門が伊太郎に、

「おぬしがしてのけたことは、天下のだれもが知らぬ、といってよい」

「では……?」

「おとがめもないときまった」

「さようで、ございますか……」

「うれしいか？」

「うれしくないと申しては、うそになります」

「いかさま、な」

「かさねがさね、御厄介をおかけいたし、お礼のことばもございませぬ」

「それよりも伊太郎」

「はい」

「どうじゃ？」

「は……？」

「おれが家来になると、申したではないか」

「あ……」

「忘れてしもうたのか？」

「いえ……」

「なんじゃ、その顔は……いやなのか、おれがもとへ来るのが」

「いやではございませぬが……」

「ござりませぬが……どうした？」

「おもいきって、申し上げます」

「おお、申してみよ」

そこで伊太郎、水野へ〔人いれ宿〕の主人になりたいことを、はじめて打ちあけたのである。

水野十郎左衛門が怒るとおもいのほか、意外に、

「なるほど、のう……」

大きくうなずき、

「おもしろい」

「は……？」

「いかにも、塚本伊太郎がおもいつきそうなことじゃ」

「では……おゆるし下されまするか？」

「場合によっては、男と男の約定《やくじょう》をやぶったおぬし。ゆるすものではないが、なれど気に入った。塚本伊太郎が人いれ宿の主となるは、よろしい」

水野は、愉快そうに笑い、

「なれど、約定がある」

「なにごとで?」

「人いれ宿のあるじとなっても、おれが屋敷へは顔を見せよ。このことを約定いたせ」

「かたじけのうござります」

幡随院長兵衛《ばんずいいんちょうべえ》

塚本伊太郎に襲撃された寺沢兵庫頭《ひょうごのかみ》が死んでから、八年の歳月がながれた。

すなわち明暦《めいれき》元年(一六五五年)である。

塚本伊太郎は、三十四歳。

水野十郎左衛門は、四十三歳になっているわけだ。

この八年間の時代のうつりかわりに、いささか、ふれておきたい。

兵庫頭が死んだ翌年あたりから、幕府は、江戸・大坂・京都などの大都市に対して、さまざまな法令を発し、町をととのえはじめた。

これは、規律を定め、法のちからによって、人びとを治めることへ本腰をいれてのり出したものである。

これまでは、日本の指導階級ともいうべき武家に対して、幕府も法度《はっと》をつくり、これを統御してきているが、戦乱が絶えて四十年。もとはどこぞの大名や武家に奉公をしていた武士であっても、戦争の用事がなくなり、さまざまのかたちで世に捨てられ、浪人の身となったものが実に多い。

こうした人びとは、簡単に自分の生活を変えることができない。

「刀を捨てて、百姓仕事をやれ」

といっても、できるものではないのだ。

いままでは大小の刀を腰に帯し、百姓たちを押えつけていたものが、すぐさま、今度は田圃《たんぼ》へ入って田植えをやる気にはとてもなれぬ。

第一に、たがやすべき土地もないのだ。

主人の兵庫頭が死んでしまい、後つぎがないために八万三千石の家を幕府に取りつぶされてしまった寺沢家でも、およそ千何百もの藩士たちと、足軽・小者など二千余が浪人の身となった。

中には、どこぞへ新参者として奉公した運のよい者がいたやも知れぬが、それもごくわずかなものであったといえよう。

悪評にみちみちていた旧寺沢家の士を、

「わしがところでつこうてやろう」

などと、引きとってくれる大名や武家が、あったとはおもわれない。

身分のかるい小者などは、どうにでもなったろうが、千何百もの藩士と、その家族を合せると一万に近い人びとが路頭へほうり出されたことになる。

これは寺沢家だけの場合だが、徳川政権が日本の天下をおさめるようになってからは、それぞれに事情こそちがえ、何人もの大名が取りつぶしにあっているし、その前の、大坂戦争で徳川軍に負けた旧豊臣家と共にほろびた大名や武士は、数えきれない。

そうした浪人たちの子は、父親と同じ浪人の身のまま、なんとか衣食の道をたててゆかねばならぬ。

あの、山脇《やまわき》宗右衛門のように、世の中がこうなる前にさっぱりと刀も槍《やり》も捨てて、ひとつの〔理想〕をもち、〔人いれ宿〕をはじめた、などという人物は、なかなかいるものではないのだ。

昭和の世界大戦の後も、日本では職業軍人が転落し、もとは陸軍少将として戦場に将兵を指揮した人物が、国電のガード下で〔ヤミタバコ〕を売っていた、などという風景はどこにも見られたものだ。

あの明治維新のときも、もとは水野十郎左衛門のような大身《たいしん》旗本が武家の身分をはぎ取られ、むすめを遊女に売ったり、大道で古道具屋の店をひろげたりしたのである。

もとより、伊太郎や水野が生きていた時代は、はなしも別となる。

なんといっても、徳川武家政治がはじまったばかりであったからだ。

それだけに、刀をさした浪人は、

「おれも、元は……」

というほこりを捨てきれない。

刀を捨てて、百姓や町人になりきれない。

人にあたまを下げたくはない。

いざとなれば、

「刀にかけて……」

と、なる。

それだけならよいが、刀という武器を凶器に変え、自暴自棄となってあばれまわる連中、これがもっともおそろしい。

「どうも徳川の天下はおもしろくない」

「徳川だとて、槍と刀で天下を取ったのではないか」

「なれば、また、槍と刀で天下をうばい返せばよいのだ」

世に容《い》れられず、垢《あか》だらけの着物をまとい、ろくに食べても行けなくなった浪人たちのうごきに、将軍も幕府も神経をとがらせていた。

そのあらわれが、かの由比正雪《ゆいしょうせつ》の叛乱《はんらん》陰謀事件である。

ときに慶安四年(一六五一年)の夏。

由比正雪は、駿河《するが》の国・由比の生まれだとかで、もとは、農業(兼)紺屋《こうや》の子であったのが、江戸へ出てから軍学をおさめ、その卓抜した弁口による講義が評判となって、多勢の武士があつまるようになった。

この正雪を中心にした叛乱事件について、辞書は次のように記している。

「慶安四年・由比正雪、丸橋忠弥《まるばしちゅうや》ら浪人の一団が、江戸幕府の覆滅をはかった事件。

そのころ、多くの大名の取りつぶしがあり、江戸市中に仕官の道を閉ざされていた浪人があふれ、不穏な空気がみなぎっていた。三代将軍・家光の死後、四代家綱は、まだ若年であり、幕府政治に穴があいたのを機会にして、時勢に不満をいだく浪人たちが蜂起《ほうき》しようとしたが、事は未然にあらわれ、由比正雪は切腹し、その一味のものはほとんど捕えられて死刑にされた。

以後は、幕府も安定に向い、なるべくは大名家の取りつぶしを少なくする方針となった」

とある。

この事件があったとき、塚本伊太郎は三十歳であった。

由比正雪の事件が起きたころの塚本伊太郎は、亡《な》き山脇宗右衛門の後を引きつぎ、浅草・舟川戸《ふなかわど》の〔人いれ宿〕の頭領として、押しも押されもせぬ男になっていたようである。

お金は、すでに伊太郎の妻となっていた。

妻というよりも、町人の身となった伊太郎ゆえ、その女房といったほうがぴったりとする。

伊太郎は、町人の身となり、江戸の町と、町の人びとのためにはたらくつもりになったのを機に、

「姓も捨て、名も変え、まったく新しい人間として、新しい出発をしよう」

という決意から、幡随院の良碩和尚《りょうせきおしょう》に相談をすると、

「それもよかろう」

「和尚さま。では新しい名を、私につけて下さりませぬか」

「よいとも……そうじゃのう……」

しばし考えていたが、やがて、

「おぬしはこれより、人びとの長《おさ》ともなって、たくさんの人びとのめんどうを見て行くわけじゃから……うむ、そうじゃ。長兵衛という名はどうかな？」

「長兵衛……」

「いやか？」

「いいえ。けっこうでござります。ありがたく、いただきます」

「よいかの、伊太……いや、長兵衛よ」

「は……？」

「たくさんの人びとのめんどうを見ることは、いのちがけのことじゃ。先《ま》ず、自分《おのれ》を捨てなくてはならぬ。わがたのしみも安らぎもすべてを捨て去らなくては、とてもとても、世のため人のためにつくす、はたらくなぞということができるものではないぞよ」

「はい」

「それができぬほどなら、いまのうちにやめることじゃ」

「やめませぬ」

「できるか？」

「おのれを捨てることだけは、できます。もはや、この伊太郎……」

「ではない、長兵衛じゃ」

「はい。この長兵衛は、すでにこの世のものではないはずの身の上でございますもの」

「よう申した」

うれしげにうなずいた良碩和尚も、この年の暮には、七十九歳の高齢をもって世を去っている。

ともあれ、伊太郎と良碩和尚の幡随院とは切っても切れぬふかいつゝゝながりがある。

伊太郎は、亡父・塚本伊織《いおり》の墓を幡随院に建立《こんりゅう》し、

(いずれは、この墓の中へ、おれもお金も入る身だ)

と、こころをきめた。

お金との間には、男の子がひとり生まれてい、名を、

「長太郎」

と、つけてある。

そして、世の人びとは、いつの間にか、伊太郎を、

「幡随院長兵衛《ばんずいいんちょうべえ》」

と、よぶようになった。

これからの彼を、筆者も〔長兵衛〕の名をもってよびたいとおもう。

この慶安四年という年は、由比正雪事件の前後に、三代将軍・徳川家光が死んで、天下の大権が四代・家綱へうつった年である。

それは……。

とりも直さず、いまだ消え残っていた戦国の時代《ころ》の武家が、平和な時代に対しての〔官僚〕として生まれ変ろうとする境い目にもあたる。

同時に……。

浪人たちへの取りしまりもきびしくなった。

由比正雪事件があった翌年にも、浪人・別木《べつき》庄左衛門《しょうざえもん》が浪人たちをあつめて叛乱を計画し、二代将軍（秀忠《ひでただ》）夫人の二十七回忌の法要が芝・増上寺においてとりおこなわれる日に、幕府老中を襲撃するつもりでいたところ、これも発覚し、別木は増上寺内で自殺をとげた。

幕府の浪人たちへの弾圧はすさまじいもので、

「もう、いかぬ」

浪人たちも息をひそめてしまう。

同時に……。

幕府は、玉川上水の工事に着手した。

玉川の水を江戸市中へひきこもうという、当時としては大がかりな水道工事である。

こうして、浪人たちの憤懣《ふんまん》と暴力が消え、江戸市民への福祉へ幕府当局の目が向けられつつあるとき、

「なんとかせねばならぬ」

と、幕府があたまを痛めていたことが、まだ一つあった。

これこそ、将軍直属の家来であり、幕府政治のちからともなるべきはずの旗本たちのことであった。

旗本の全部がそうではない。

旗本の一部のものに、

「あたまが痛い」

のである。

すでに何度も、このことについてはふれてきた。

「われこそは、神君《しんくん》（初代将軍・徳川家康）にしたがい、戦場において槍をふるい、あまたの敵と戦い、ついには徳川家に勝利をもたらした家のものである！」

というほこりが、まだ消えない。

そういったところで、本当に戦場ではたらいたのは、彼らの父や祖父なのだが、その先祖の功労をいまもふりかざし、

「われこそは、将軍家じきじきの家臣である！」

と、威張り返っていなくてはおさまらぬ一部の旗本たちがいる。

「文句があるなら、いつでも来い。相手になってやるぞ！」

であった。

こういう連中は、どこまでも〔武勇〕だけがたよりだし、事実、刀も槍も強い。強いけれども、これからの時代には、そのようなものは必要がないのだ。

これら一部の旗本たちは、刀や槍をつかわせたら強いのだけれども、

「これからの日本をどうおさめて行くか……」

とか、

「政治の勉強をしよう」

とか、

「経済の仕組みをおぼえよう」

とか、新しい時代へ対する考え方など、まったく念頭にないのだ。そのようなことを考えるのは、むしろ武士として、

「けがらわしい」

と、おもいこんでいる。

ところが、幕府は、政治機構をどしどし変え、その機構によって人をおさめ、世をおさめて行く方向へすすみつつある。

月給をもらって、何もせぬばかりか、暴力を自慢にしてあばれまわる家来などは、

「もはや、必要なし」

なのである。

だから、こうした〔あばれ旗本〕へ対しては、幕府も将軍も、当然に、冷たい態度を見せるようになる。

これまでは、

「彼らが本気であばれ出したら、浪人どもをあつめ、何を仕出かすやら知れたものではない」

と、幕府は遠慮をしていた。

それに何といっても、彼らの先祖は、徳川家のために血をながしてはたらき、今日の徳川政権の土台をきずいたのである。

そのことも考えてやらぬわけには行かない。

しかし……。

そうした四十年も五十年も前のことを知っている老人たちは次々に死んでしまったし、幕府も若い将軍をいただき、これを助けて政治をおこなう閣僚たちも新旧交替といったところで、

「古いむかしのことなどに、こだわっておられるものか」

というので、どしどしと新しい政治をやりはじめた。

あばれ旗本などは、

「ほうっておけ」

あたまから無視している。

こうなると、あばれ旗本どもはおもしろくない。

だからといって、彼らは役目にもつけない。

ついたところで、すぐに上司や同僚と喧嘩《けんか》をしてしまう。

「どうも、おもしろくない！」

「われわれを何とおもうておるのだ！」

怒り出しても、当りどころがない。

将軍と喧嘩をするわけにも行かず、そうかといって将軍をかしらにいただく幕府に

八ツ当りをすることもならぬ。

以前は八ツ当りをしても、向うが遠慮をしていたが、このごろは強硬であって、

「ふとどきなる旗本は、どしどし処罰をする」

方針に変りつつあった。

当りどころのない〔あばれ旗本〕たちのうっぷんは、どこかで暴発せざるを得ない。

こうなると、彼らよりも身分の低い町民や百姓に向けて、彼らは暴力をふるうようになる。

これは刃向うものがない。

なにしろ相手は〔将軍さま〕じきじきの家来なのだ。

道を歩いていて、おじぎをせぬというので、

「ぶれい者め！」

と、斬《き》り捨てる。

すれちがいざまに、自分の刀の鞘《さや》へ町人の手がふれたというので、

「おのれ、武士のたましいを、けがらわしき手でふれたな。けしからぬ！」

というので斬り殺す。

こういう〔あばれ旗本〕が、例のかまひげ中間《やっこ》などに槍を担《かつ》がせ、大手をふって江

戸市中を歩きまわるのだから、たまったものではないのだ。

幕府の政治といっても、それはあくまでも武家という〔特権階級〕を主体にしたものであって、いささかも民衆の有利にはできていない。

こうなると、江戸の町民たちのたよりにする何かのちから、、、が出て来なくては町民たちが〔泣き寝入り〕になるばかりだ。

塚本伊太郎あらため〔幡随院長兵衛〕が、この事実を見かねて立ちあがったのは、うなずけることだ。

江戸できこえた〔人いれ宿〕の頭領だけに、江戸市中でさかんにおこなわれつつある土木工事や運送事業にも、長兵衛は幅をきかせることになっているし、仕事が仕事だけに配下の者たちも、それだけの器量とちからをそなえていなくてはならぬ。

仕事が大きくふくれあがるにつれ、江戸における長兵衛の勢力はおどろくほどのものとなった。

そうなっても、長兵衛は、

「どこまでも人のために、はたらく」

という姿勢をくずさぬ。

だから〔あばれ旗本〕が町のどこかで暴力をふるっているところへ通りかかったり

すると、

「まあ、待って下さい」

　中へ入って、取りなしをする。

「うるさい！」

「だまれ！」

　などと、相手が怒って刀でもぬこうものなら、ぴしぴしと叩《たた》きのめし、町民を助ける。

「おのれ！」

「舟川戸の人いれ宿のあるじ、長兵衛とやら申すやつ。このままにはしておけぬぞ！」

　と、あばれ旗本どもがいいはじめた。

　長兵衛は長兵衛で、

「このいのちに替えても、町の人たちをまもる」

　というかたちをくずさぬ。

　あばれ旗本を〔旗本奴《やっこ》〕とよび、長兵衛たちを〔町奴《まちやっこ》〕とよぶようになったのも、このころからだ。

〔奴《やっこ》〕の文字には、おのれを卑下《ひげ》し、さらに他を賤《いや》しめる、という意味がふくまれているそうだが、〔旗本奴〕と〔町奴〕の場合は、一種のあばれものとしての形容に近くなる。

だがおなじ〔あばれもの〕でも町奴のほうは市民たちの味方となって旗本奴に立ち向ってくれるのだから、そこには別に、もう一つの意味がこめられていたわけだ。

仁侠《にんきょう》の気風をもって悪のちからと闘う男たちなのである。

長兵衛が生きていたころ、すでに、そうした名称があったかどうか、それは知らぬが、後に〔侠客《きょうかく》〕の元祖のようにおもわれることになる長兵衛のしごとは、江戸の町の自主的な自衛隊とでもいうべきものであった。

〔人いれ宿〕のみか、諸方の盛り場などにたちならぶ種々の店屋や、物売りにいたるまで、やがて長兵衛はめんどうを見てゆくことになる。

後世の香具師《やし》や、ばくちうちの親分どもが、こうした世界に君臨して弱いものをいじめ、かすり金をふところに入れて、ほくそ笑んでいたのとは、だいぶんにちがうのである。

幕府が手をとどきかねている巷《ちまた》の小さな秩序を、長兵衛たちはととのえようとしたのだ。

こうなると、長兵衛のもつ組織も大きくならざるを得ない。あつかう仕事がふえ、人の出入りがはげしくなれば、どうしても長兵衛を助けてはたらく配下たちが必要になる。

「私も、八百屋をやめて、長兵衛お頭《かしら》といっしょにはたらきたい」

と、八百屋小平が、店を弟の忠太郎へゆずりわたし、

「それは、いけない」

しきりにとめる長兵衛を押しきって、配下に加わった。

宗右衛門の〔人いれ宿〕のころから、ここではたらいていた権兵衛《ごんべえ》は、もとより伊太郎の長兵衛の片腕となって多勢の人足や労働者の束《たば》ねをしている。

そして……。

あの放《はな》れ駒《ごま》の四郎兵衛《しろべえ》も、

「わしもいっしょにはたらきたい」

と、協力を申し出た。

四郎兵衛が、たくさんの馬と人と荷車をあつかい、一種の大運送業の頭領をしていたとはすでにのべたが、

「わしの仕事も長兵衛お頭のところへ入れてもらい、いっしょにやったら、どんなに

そなたの申し出をうけ入れることにしたのだ。

「それなら……」

長兵衛も、こころよく彼の申し出をうけ入れることにしたのだ。

こうなると、江戸という大都市が必要とする労働力の半分以上は、幡随院長兵衛の息がかかっていることになる。

長兵衛の名は、いよいよ大きなものとなった。

ことに、玉川上水の工事がはじまってからは、長兵衛も、

「この仕事は、大へんなものだが、江戸の町と人のためになることだから、ぜひにも御役にたたねばならぬ」

と、四郎兵衛、権兵衛、小平たちにいい、足かけ三年もの間、懸命に労働力の供給をした。

また、長兵衛の〔人いれ宿〕から出た人足たちは、よくはたらくし、病気もせぬ。

これは、長兵衛がいささかの搾取《さくしゅ》もせず、そのかわりには人足たちの、

「喧嘩と酒、女については、おぬしたちもじゅうぶんに気をつけてやらねばならぬ。

長い間の工事が終ったときには、あの人びとのふところへ、まとまった金《もの》が残るよう

にしてやりたい」

といった。

その長兵衛の意を体した四郎兵衛たちが、こまかく気をつかい、あたたかく、またきびしく、人足たちを管理してゆく。

はじめは、堅苦しい気もせぬではないが、長兵衛のところではたらけば、かならず、それだけのことはあるものだから、人足たちは、他の〔人いれ宿〕を通じての仕事を厭《いや》がるようになった。

他の〔人いれ宿〕では、搾取が多い。

賃銀の半分を、頭領がふところへ入れてしまう。

長兵衛のところでは、人足の賃銀は全部わたす。

そのかわり、一人につきいくらときめて〔あつかい料〕を依頼主から出してもらい、それで〔人いれ宿〕の経営をまかなっているのだ。こうなると、他の〔人いれ宿〕の頭領たちが、長兵衛をうらむようになった。

ところが、である。

それと知るや長兵衛は、同業者たちのところへ出かけて行き、一人一人を説きふせ、みな、自分と同じやり方に変えさせてしまったという。

若いころから常人にまさってすぐれていた長兵衛の体軀《たいく》にはみっしりと肉がつき、まゆはいよいよ濃く、まなじりの切れあがった両眼は慈悲の念にみちみちてあたたかくうるみ、そのあたりのあばれ旗本などは、長兵衛が、

「まあ、お待ち下さい」

中へ割って入ると、無法に引きぬいた刀のやり場がなくなってしまう。

「長兵衛ごとき素《す》町人が、どうしたというのだ！」

と怒っても、いざとなると、無言のまま立ちはだかる長兵衛の威厳と巨体に威圧され、へどもどと空威《からい》張《ば》りをするのがようやくのことであった。

玉川の水が拝島《はいじま》、小金井から新宿を経て、虎《とら》ノ門《もん》に至る全長約十三里の水道工事が完成したのは、明暦元年のことだ。

新宿に〔水番所〕をもうけ、ここから石樋《いしとい》、木樋で江戸市民の飲用に供し、別に三十カ所の分水をして、これを灌漑《かんがい》用水にも利用したのである。

この工事が終った時、長兵衛が女房お金へこういった。

「あれから八年。ようやくに、少しばかり、人のためになることができたようだ」

旗《はた》本《もと》奴《やっこ》

明暦元年（一六五五年）の、この夏はまことに暑かった。

梅雨があがると、風もない晴天つづきで、江戸の町々は白くかわき、

「夕立もないのだから……」

「たまったものではない」

のである。

その暑熱の或日《あるひ》の午後のことだが……。

水野十郎左衛門の屋敷から程近い番町の、加賀爪甲斐守直澄《かがづめかいのかみなおずみ》の屋敷内で〔我慢会《がまんえ》〕なるものがはじまっている。

これは近ごろ、あばれ旗本の間で流行している集会であった。

水野十郎左衛門、加賀爪甲斐守を頭領とする〔旗本奴〕たちは〔白柄組《しらつかぐみ》〕と名づけた一派をつくり、他のあばれ旗本の中で、もっとも勢力をほこっている。

これは、水野十郎左衛門の亡父・水野成貞《なりさだ》が元気さかんなころ、白くさらした棕櫚《しゅろ》の皮を刀の柄へ巻きこみ、その〔しゅろ柄〕が〔白柄〕となって、いわゆる旗本奴の

伊達姿の典型となったものである。

ちなみにいうと、隠居をしていた水野成貞は、五年前の慶安三年（一六五〇年）に病歿《びょうぼつ》している。

その亡父ゆずりの〔白柄〕の大小を腰に横たえる水野十郎左衛門にならい、一派の旗本たちはいずれも白柄の刀を帯することになっている。

もっとも、いまは〔しゅろの皮〕ではなく、特製の白の柄糸《つかいと》を使用していた。

水野、加賀爪のほかに白柄組の主だった旗本たちは坂部三十郎、千田軍四郎、篠崎勘五郎、近藤藤之助《とうのすけ》、酒井熊之助などだが、このうち、加賀爪は六千石、坂部は五千石の大身で、三千石の水野十郎左衛門より身分が上である。

それにもかかわらず、いまの〔白柄組〕は、水野の勢力がもっとも大きい。

おなじ旗本奴の集団である〔神祇組《じんぎぐみ》〕や〔吉弥組《よしやぐみ》〕（吉屋組ともいわれている）も、水野の猛烈なあばれぶりには、

「とてもかなわぬ」

と瞠目《どうもく》をしている。

近ごろ、こういうはなしもつたわっている。

当今、名医と評判の高い島田宗庵《そうあん》という医者がいる。

諸方の大名屋敷へも出入りをし、診察料も治療代も眼玉が飛び出るほどに高いが、非常な繁昌《はんじょう》ぶりで、往診に出かけるときは、金銀をちりばめた立派な駕籠《かご》へ打ち乗り、二十人からの供に前後をまもらせて行く。

「医は仁術と申すに、島田宗庵ごときいたずらに威を張り、金銀をむさぼり、まことにもってけしからぬやつ！」

などと、旗本奴たちがうわさをし合っているのを耳にした水野十郎左衛門は、

「よし。まあ、見ておれ」

にやりとして、

「おれが、こらしめてくれる」

と、いった。

島田宗庵の行列が、水野屋敷の前を通りかかったのは、それから間もなくのことである。

どこぞの大名家からのまねきがあってのことであったろう。

すると……。

水野の家来・菅沼重兵衛《すがぬまじゅうべえ》が、三人の家来をしたがえて門内から飛び出し、

「ははっ……」

宗庵の行列の前へ両手をつかえ、あたまを地へすりつけぬばかりに平伏をしたものである。

「なにごとでござる」

と、宗庵の供が問うや、

「はっ。私めは、これなる水野十郎左衛門屋敷の家来《もの》でございますが、只今《ただいま》、主《あるじ》十郎左衛門儀、急病にて苦痛をうったえ、われらの手のほどこしようもなく、困りぬいておりまする。もしも、手おくれともなりますれば、主の一命もはかりがたくおもわれまする」

「ほう……」

「家中一同、狼狽《ろうばい》いたしおりましたるところ、天下に名高き島田宗庵先生のお通りとききこれさいわい、まさに天の助けと、かくは飛び出してまいりました」

「なれど、先生はこれより他家へ……」

「それはよく存じおりまする。なれど、主の一命にもかかわる場合、御めいわくは万々承知の上、強《た》って御願い申しあぐるのでございます。なにとぞ、すぐさま当家へお立ち寄り下さいますよう」

供の者が、このことを駕籠の中の島田宗庵へつたえると、

「ふうむ……」

宗庵も、めんどうくさげに顔をしかめたが、

「水野十郎左衛門さまの急病とあれば、いたし方もあるまい」

つぶやいた。

宗庵も白柄組の水野のことは、よく承知をしている。

しかも、死にかかわる急病らしい。

しかも、行列の前にひれ伏している家来たちの態度の、自分をうやまい、あくまでも丁重にたのみこんでいるさまが、宗庵にもわかった。

「よろしい。診て進ぜよう」

「では……」

というので、宗庵の駕籠はすぐさま、水野邸内へはこびこまれる。

「さ、こちらでござる」

菅沼重兵衛が、宗庵を水野の病間へ案内をした。

その病間へ足をふみ入れて島田宗庵、ぎょっとなった。

部屋の正面に、水野十郎左衛門が大あぐらをかいている。

水野は〔つるべ縄《なわ》〕を千切《ちぎ》り、これで鉢巻をしている。着ているものは広袖《ひろそで》の寝巻

で、大夜着をつみかさねたのへゆったりと寄りかかり、左手に四尺の大刀をつかみ、

「島田宗庵とは、そのほうか！」

すさまじい眼つきでにらみつけたものだ。

「こ、これは……」

と宗庵、手も足もわなわなとふるえ出した。

「まいれ、ここへ」

「は……」

「早く、脈をとらぬか！」

またも怒鳴りつけ、水野がぐいとたくましい右腕を突き出し、

「何をしておる。早《はよ》う脈をとれい！」

「は、……はっ」

宗庵はおずおずと近寄り、恐る恐る水野の腕をとった。

血色もすぐれている上に、大声を張りあげている水野十郎左衛門が瀕死《ひんし》の病人であるはずがない。

さらに、水野の吐く息がたまらなく酒くさいのである。

「どうじゃ？」

「はい」

宗庵、仕方もなくかたちのみに脈を見て、

「大丈夫でござります」

「何と……」

「御案じなさるにはおよびませぬ。やがて、御快癒に相なりましょう」

「さようか」

「では、これにて……」

腰を浮かせて、引き下ろうとする宗庵へ、

「待てい」

「は……？」

「いや、ありがたい。礼を申す」

「なんの、そのような……」

「せっかくの御光来じゃ。なんぞ、おもてなしをいたさねばなるまい」

と、今度は水野が不気味なうす笑いをうかべ、猫なで声を出して、

「何はなくとも、先《ま》ず一献《いっこん》さしあげましょうず」

「いえ、そのような……」

「まあまあ、貧乏旗本のことでござるゆえ、ろくなおもてなしもできぬが、ゆるりとめされ」

立ち上った水野が、逃げ腰の宗庵の肩をむずとつかみ、

「これ、重兵衛。すぐさま膳部《ぜんぶ》をもて」

と、命じた。

「いえ、もはやけっこうにて……」

もがいて見たが、肩を押えつけた水野の腕のちからの強さに、

「う、うむ……」

島田宗庵は耐えかねて、うめいた。

そこへ、水野の家来たちが酒と食事の膳をはこんできた。

膳の上には赤鰯《いわし》が十尾。これがふんぷんたる臭気をはなっているのは、完全に腐っているのだ。

「先ず、のまれい」

と、水野がいう。

大盃《たいはい》になみなみと酒がそそがれた。

酒はきらいでない宗庵だが、とてもここでのめるものではない。

「さ、のまれよ。のみなされ、のめ、のめ、のまぬか！」

声が高まると共に、いきなり水野が太刀を引きぬいたものだ。

島田宗庵は、もう生きた心地もなかった。

「のめ、のめ、のまぬのか！」

「は、はっ……」

仕方なく、のみはじめた。

「ほせ、一気にほせ」

「いえ、もはや、じゅうぶん……」

「ほさぬか！」

「はっ……」

またのむ。苦しげに、ようやくのみほした。

「いま一献」

「いや、もはや、この上は……と、とうていのどへ通りませぬ……」

「さようか」

今度は水野、さからわずに太刀を鞘《さや》へおさめた。

宗庵はほっとした。

（これで帰してもらえる）

おもった瞬間、

「では、めしを食べよ」

と水野がいう。

「いえ、それは……もはや……」

「遠慮はいらぬ」

「いえ、もう、とてもとても……」

「食べよと申しておる。食べい！」

またも水野が太刀をぬきはなち、

「曳《えい》、応《おう》！」

大声を発して太刀を振りまわした。

うなりをたてて頭上の空間を切り裂く水野の太刀風に、

「い、いただきまする。ちょうだいつかまつりまする」

「よろしい」

すると、可笑《おか》しさをかみころした顔つきの菅沼重兵衛が、大茶碗《おおぢゃわん》へ山もりに玄米飯を入れ、

「さ、めしあがれ」

と、さし出す。

「は……う、ああ……」

観念の眼《まなこ》をとじ、宗庵がようやくのおもいで飯を食べはじめると、

「その鰯も食べい」

「いえ、もう」

「食べよ、食べよと申しておる！」

これはたまらない。

腐れ鰯を一匹、食べ終えたときには島田宗庵、半ば気をうしないかけている。

「重兵衛。飯をもう一杯じゃ」

「かしこまった」

宗庵は、もう声が出ない。

片手をさしのべ、これを懸命に振ってことわったが、

「さ、食べい」

水野はゆるさぬ。

「鰯をもっと食べい。なにをいたしておる、食べぬか！」

主人がそのようにいじめられているとも知らぬ宗庵の供の者は、相当の時間《とき》を経て、ふらふらと大玄関へもどって来た島田宗庵の亡霊のような姿を見たときは、おどろきのあまり声もなかったという。

この日より十余日後に、宗庵が急死している。よほどにひどく、いためつけられたものと見える。

このあたりで、加賀爪甲斐守邸における旗本奴たちの〔我慢会〕の場面へ筆をもどそう。

庭の木立に蟬《せみ》が鳴きこめている。

風は絶え、夏の陽ざしにつつみこまれて、広大な屋敷の内も外もじりじりと熱しきっているというのに……。

「いや、よい心地じゃ」

「さわやか、さわやか」

「おお。なんと涼しいことか」

「いや、寒いほどじゃわい」

などと、戸をしめきった大広間へあつまった旗本たちが、持ちこませた三つの大火鉢をかこみ、がやがやとさわいでいる。

この屋敷の主《あるじ》・加賀爪甲斐守をはじめ、坂部三十郎、近藤藤之助、千田軍四郎など、十五名の旗本たちは、いずれも綿入の胴着をつけ、冬の衣服を重ね、大火鉢に盛られた炭火の山をかこみ、顔も躰《からだ》も汗にぬれつくしているのだ。

さらに……。

火鉢の上には、それぞれ鉄の大鍋《おおなべ》がのせられ、中の汁には得体も知れぬものが煮えたぎっている。

「うう……これはうまい」

「熱いものは、夏にかぎる」

「いや熱うない。口中へ入れると冷んやりするわい」

旗本どもは、鍋の中のものを箸《はし》でつまみあげては、むしゃむしゃと食べる。

いや、食べるという状態からは、およそ遠い彼らのありさまであった。

まるで仇敵《きゅうてき》にでも嚙《か》みつくような形相《ぎょうそう》で、口をうごかし、箸をうごかしている。

つまり、これが〔我慢会〕というものである。

退屈まぎれに一同があつまり、戦国の時代に武勇のほまれも高かった先祖の霊を祀《まつ》り、これに礼拝をおこなったのち、いよいよ〔我慢会〕にうつるわけだ。

夏ならば冬の仕度で、冬ならば夏の仕度で、がまんの仕くらべをやろうというのだ。

雪が降りしきる厳寒のときの〔我慢会〕ならば、一同、下帯ひとつの裸体となり、戸という戸を開け放ち、冷水をのみながら放談する。

「いやもう、近ごろの大名どもは、いったい何のざまじゃ」

「武人たる身を忘れ、いたずらに幕府《こうぎ》の鼻息をうかがい、いやもう何事につけ事なかれとねがい、わが身の安泰にのみ汲々《きゅうきゅう》たるありさまだ」

「それというのも、年少の将軍家《うえさま》を取りまいておる老臣《ふ》どもが腑ぬけになり、大名どもにきげんをとられ、よい心地になりすぎておるからよ」

「まさに！」

「治にあって乱を忘れぬ武士《もののふ》の精神《こころ》は、どこへ行った」

「いかにも！」

「いつまた、ふたたび天下に戦乱が起るやも知れぬことを、せめて、われらのみは忘れまいぞ」

「いうにや、およぶ！」

「忘れまい、忘れまい！」

こうなると、彼ら旗本奴たちの憤懣《ふんまん》はつのるばかりであった。

いまや……。

将軍を中心に徳川政権の基盤《もとい》はしっかりとかためられ、諸国大名を完全に統治しつつある。

もはや、戦争さわぎなど起るべくもない。

先年の、由比《ゆい》正雪事件のような浪人たちの叛乱《はんらん》が起っても、幕府は未然にこれをふせぎ、鎮圧をしてしまった。

それだけ、幕府の統治がすみずみにまでゆきわたってきたことになる。

大名も武家も、こうした幕府の実力と圧力の前には、

「さからってはならぬ」

ことを、近ごろは自然に体得するようになり、あばれ旗本たちの血をわかせるような事件も絶えた。

これが、彼らには、

「おもしろくない！」

のであろう。

ただひたすらに、父祖の武勲と武名をほこりながらも、その後をついだ自分たちの武勇が〔戦場〕において発揮されなかったという一種の劣等感が、旗本奴たちにはあるのだ。

「なんじゃ、あばれ者どもめが……おのれらが、いかに威張ろうとも、おのれらの家名と知行《ちぎょう》は先祖が残してくれたものではないか」

大名たちは、ひそかに嘲笑《ちょうしょう》している。

また幕府自体も、

「将軍家においては、もはや、あばれ旗本どもなどを必要とせぬ」

と、見ている。

それがまた、おもしろくない。

「われらこそは、いざ戦場におもむくとき、将軍家の馬側にひきそい、いのちをかけてこれをおまもりするが役目じゃ」

「それなのに、このごろはどうじゃ」

「まるで、俗に申す継子《ままこ》あつかいではないか」

幕府閣僚が、しだいに自分たちを相手にしなくなり、将軍から遠ざけてしまおうとする態度が、このごろは露骨になってきている。

実に、おもしろくない。

〔我慢会〕などをしてうっぷんをはらしているほどなら、別にかまわぬが、近年の旗本奴たちのうごきは予断をゆるさぬものになってきている。

大名たちの家来を路上でつかまえては喧嘩《けんか》を売る、ばかりか、大名行列の中へ割りこみ、難くせをつけたりすることさえあった。

遊里に出没しては、酒に酔《え》い痴《し》れ、太刀を振りまわす。

辻斬《つじぎ》りをおこなう。

町家のむすめを引きさらい、屋敷内へかくしておいてなぐさみものにする。

「彼らをどうにかせねば……」

と、幕府も、実はあたまをいためているのであった。

幕府が、困っているのも当然であった。

将軍と幕府に直属する家臣でありながら、世のひんしゅくを買うような行動をして恥じぬ〔旗本奴《はたもとやっこ》〕たちをそのままにしておいたのでは、

「将軍も幕府も、天下の笑いものになる」

からである。

天下へのしめしがつかぬ。

旗本たちのすべてが〔あばれもの〕なのではない。

全体からいえば、旗本奴などの人数はたかの知れたものなのだが、なんといっても彼らの先祖は徳川家のために、それこそ名実ともにいのちがけのはたらきをしてくれ

たのだ。

そのことを、いまさら忘れた顔も出来ない。

また、そこが旗本奴たちのつけ目でもあった。

幕府に遠ざけられているから〔役目〕にもつけない。

だから彼らは、毎日をあそび暮している。

したがって退屈である。

(おれたちは、まま子あつかいにされているのだ)

いつも、そのことばかりがあたまにある。

(おもしろくもない。よし、もっとあばれまわってくれよう！)

と、こうなる。

それなら、彼らを登用し、おもい役目にでもつけたらよいのであろうが、それもいけない。

幕府は、

「旗本奴どもへも御役目をあたえ、はたらかせて見よう」

と考え、何度も実行にうつしてきたが、彼らは役職についても、威張り散らすばかりで、すぐに上役や同僚と喧嘩さわぎをおこしてしまうのである。

どうしても〔軍人〕から〔官僚〕になりきれないのだ。

このごろでは、幕府もあきらめたかたちになっているらしい。

この日の〔我慢会《がまんえ》〕に、水野十郎左衛門があらわれたのは、八ツ（午後二時）すぎであった。

「おお、十郎左か……」

と、加賀爪甲斐守が、

「こちらへ、こちらへ……」

と上座の自分のとなりの席へ、さしまねいた。

「遅参いたした」

「いや、かまわぬ」

「一同、やっておるのう」

と水野が満座の旗本たちを見まわし、くすくすと笑い出した。

水野十郎左衛門は、この年、四十三歳になる。

三年前病死した夫人との間に、於徳《おとく》という女子をもうけた十郎左衛門であるが、その後は再婚もせずに暮しつづけてきている。

この日も水野は、吉原《よしわら》の遊里へ泊り、そこから加賀爪邸へあらわれたものだ。

〔我慢会〕へ出て来るときの水野十郎左衛門は、別に異様な風体をしてはいない。冬ならば冬のもの、夏ならば夏の仕度であらわれる。

余人《よじん》が、このように平常の服装《みなり》で〔我慢会〕へ出席したならば、

「けしからぬ！」

一同は決してゆるしはせぬところだが、水野の〔わがまま〕だけは、加賀爪甲斐守も坂部三十郎も黙認のかたちであった。

「ちょうどよい、水野殿へつたえておこう」

と、いい出したものがある。

これは、千五百石どりの旗本で千田軍四郎という男だ。

まだ二十四歳の若さだが、顔の半分をむさ苦しいひげで埋め、浅黄木綿《あさぎもめん》に白狐《びやつこ》の図を染めぬいた小袖を着て、その上から真紅の袴《はかま》をつけるという……まったくこれが天下の旗本かと、あきれるほどの異様な服装をしている千田軍四郎なのだ。

こうした奇妙な顔かたちを好んでするのも、彼らの世の中に対する一種の反抗のあらわれであって、げんに六千石の大身旗本である加賀爪甲斐守の今日の服装を見れば、

「これは……？」

こころあるものなら、くびをかしげざるを得ない。

赤地に白と黒で唐獅子《からじし》の図を染めぬいたちりめんの綿入の上から、白絹《しろぎぬ》でつくったふとい帯をぐるぐる巻き、すね毛もあらわに赤い下帯まで出して大あぐらをかいているところなぞ、まるで町の無頼の徒《と》ではないか。

「軍四郎。なにかな、おれに申すことというのは……」

と、水野。

「さればでござる」

「うむ……?」

「昨日のことでござったが……われら白柄組《しらつかぐみ》の旗本三名、浅草・諏訪明神《すわみようじん》の境内において手込《てご》めにされまいた」

「手込め……だれに」

「されば、かの浅草に人いれ宿をいとなみおる幡随院長兵衛《ばんずいいんちようべえ》にござる」

昨日の午後。諏訪明神境内を通行中の町人とその女房を、白柄組の竹内丹波、大島弥兵衛、原十兵衛の三人が酒に酔って悪ふざけを仕かけ、若い女房が衣類をむしり取られ、半裸体にされてしまい、その亭主は三人の旗本奴から足蹴《あしげ》にされ、なぐりつけられ、気をうしなってしまった。

長兵衛が通りかかって、この様子を見るや、

「何をなさいます」

間に割って入り、町人夫婦を逃してやった。

「こやつ！」

むろん、三人の旗本奴は激怒した。

いまの旗本奴たちの間で、幡随院長兵衛の名を知らぬものはいない。

江戸という〔将軍ひざもと〕の大都会の労働力を一手に受けもつほどの長兵衛だから、江戸市中の〔人いれ宿〕のほとんどが、その傘下《さんか》へあつまっている。

長兵衛をはじめ、配下のものたちは、町々を自警する意識が強烈であった。

だから旗本奴の無法と暴力を見れば、それこそ、いのちがけでこれを阻止する。

事実、旗本奴に斬り殺された長兵衛の配下は、これまでに二十人をこえていた。

だが、長兵衛は、

「決して、手出しをしてはならぬ」

と、配下のものたちをいましめている。

こちらが刃物をぬいて旗本奴に立ち向ったなら、それこそ相手の思う壺《つぼ》へはまりこむことになる。

そうなれば〔喧嘩〕のかたちになってしまう。

こちらが、弱いものを助け、あくまでも刃物をぬかずに旗本奴をあしらうことによって、世間は、はっきりと、そこに旗本奴の〔悪〕を見ることになるし、幕府もまた、これをみとめざるを得ないであろう。

　犠牲者が出るのは、くやしくて悲しいことなのだが、

「いまに幕府《おかみ》があの人たちの始末をつけてくれよう。それまでの辛抱だ」

と、長兵衛は逸《はや》る配下のものたちを押えてきた。

　しかし、権兵衛《ごんべえ》や四郎兵衛《しろべえ》、小平など長兵衛直属の男たちは、ちからも強く肚《はら》もすわっているから、

「こっちが刀をぬかなければ、かまわぬ」

というので、素手《すで》でもって旗本奴をなぐりつけ、追いはらってしまうこともあった。

　江戸の市民たちが、こうした長兵衛たちの存在を、どんなにこころ強くおもったか、容易にうなずけようというものだ。

　ゆえに……。

〔旗本奴〕に対し、長兵衛たちが〔町奴〕とよばれたのは、町民たちから見ると、おなじ〔奴《やっこ》〕でも、ことばの意味はまったくにちがう。

〔旗本奴〕は悪。

〔町奴〕は善のちからなのである。

「おのれ、長兵衛。じゃまするな！」

「下れ」

わめいて、いきなり刀をぬき、三人の旗本奴が斬りかかるのを、

「およしなされ」

もと塚本伊太郎の幡随院長兵衛。竹内、大島、原などは物の数にも思わぬ。

腰の脇差《わきざし》へはゆびもふれず、たちまち三人を投げつけ、当身をくらわせ、蹴倒し、

「さ。おとなしくお引きとりなさい」

ぐいとにらみつけると、もう貫禄《かんろく》がまったくちがう。

口先きばかり強がっている若い旗本奴と、むかし、たった一人で寺沢兵庫頭の大名行列へ斬りこんだ長兵衛との差がちぢまるものではないのだ。

「なるほど……」

すべてを千田軍四郎からききとった水野十郎左衛門が〔我慢会〕の席上を見まわした。

さすがに恥ずかしいと見え、昨日、長兵衛にこらしめられた三名は出席していない。

「長兵衛めを、このまま打ち捨てておくわけには行くまい」

「斬れ、斬れ！」

「このままにしておいては、われら白柄組の名折れになりましょうぞ！」

などと一同、汗みどろになりながらも、わめきたてる。

水野は苦笑していた。

（なさけないやつどもだ）

つくづく、そうおもう。

むろん、
水野自身も、旗本奴の頭《かしら》の一人として、天下に対する憤懣《ふんまん》は強い。

（いのちをかけて、あばれまわってやろう！）

との決意もかたい。

しかし、水野の場合は、自分ひとりでも、幕府や大名に楯《たて》をつくつもりであった。

三人もの旗本奴が、たった一人の長兵衛に手込めにされ、それがくやしいというので、一同が長兵衛を斬ろうという……長兵衛を斬るよりも、

（竹内や大島らこそ詰腹《つめばら》を切らせるべきではないか）

と、水野はおもう。

それにもし、どうしても長兵衛を生かしておきたくない、というのなら、彼らはだ

れにもいわず、只《ただ》ひとりで出かけて行って長兵衛を斬り殺してくればよいではないか……。

威張ってばかりいても、若い旗本奴たちは、自分ひとりで思いきったことが出来ない。

なにごとにも、水野や加賀爪や坂部のちからをたのむことばかり考えている。

これは、他の吉弥組《よしやぐみ》や神祇組《じんぎぐみ》などの旗本奴も同じらしい。

「十郎左」

と、加賀爪が、小声で、

「長兵衛は、もと、おぬしがちからを貸した塚本伊太郎じゃと、な？」

「いかにも」

「いまは？」

「ここ数年、会《お》うておらぬ」

「ふうむ……」

「こうなっては長兵衛も、身どもの屋敷へ来る気にもなれますまい」

「さもあろう」

「むかしから、長兵衛はそう、いた男でござった」

「そうした男、とは？」

「なにごとにも、いのちがけで当る男でござる」

「ふうむ……」

なにか考えていた加賀爪甲斐守が、気を変えたように、

「十郎左。今日はおもしろきものを見物させよう」

と、いった。

庭に面した戸障子が開けはなたれた。

「今日は、これで仕舞いじゃ」

と、加賀爪甲斐守が〔我慢会〕の閉会を告げたからである。

「う……よい、こころもちじゃ」

「ああ、さむい、さむい」

ひろい庭前を吹きぬけて来る微風に、旗本奴たちは、今度こそ本心からの歓声をあげる。

「か、か、かのものをよべい！」

加賀爪が大声《だいおん》に、家来へ命じた。

「ははっ」

家来が、どこかへ駈《か》け去って行った。

「なにを見物させて下さるのか……？」

と、水野十郎左衛門。

「ま、よいではないか。あれじゃ」

加賀爪が、庭をゆびさした。

別の家来があらわれ、庭の彼方《かなた》に見える石燈籠《いしどうろう》の上へ、小さな茶わんを乗せるのが見えた。

「あれは、何でござる？」

「茶わんをのせたのじゃ」

「ほほう……」

その家来が引き下ると、今度は、先ほどの家来が、小柄で肥《ふと》った中年の武士をしたがえ、庭先へあらわれた。

「お。まいったか」

と、加賀爪が、

「それなるは、丸山与十郎と申し、われらがこのごろ、召しかかえたものじゃ」

一同へ引き合せた。

丸山与十郎……与十郎と名は変っているけれども、彼こそ、寺沢兵庫頭《ひょうごのかみ》の家来だった丸山千五郎なのである。

水野も加賀爪も、他の旗本奴たちも、丸山千五郎の顔を見知ってはいない。

八年前のあのとき……。

丸山は、三木兵七郎からたのまれ、寺沢兵庫頭の〔なぐさみもの〕にすべき女たちをあつめに出かけて行き、目黒で寺沢の行列が塚本伊太郎たちに襲われたとき、そこにいなかった。

だから、難をのがれたともいえよう。

あの事件をきいて、すぐさま、丸山千五郎は寺沢屋敷へ駈けもどったが、やがて、寺沢家が取りつぶしとなり、彼もまた他の藩士たちと同様に浪々の身となったのである。

それから八年。

丸山千五郎は、妻・よしのと、四子をつれて諸国を放浪するうち、末の女の子を、旅に病死させてしまった。

ずいぶんと、苦労もしたのである。

一年ほど前から……。

丸山は、京都へ出て来て、四条河原の見世物小屋で、得意の鉄砲の妙技を見物させ、いくばくかの生活費を得るようになった。

むろん、個人が鉄砲を所有することは、当時ゆるされていない。

しかし、京都という都会は妙なところである。

将軍ひざもとである江戸とはちがい、天皇おわす皇都であって、しかも、官憲の取りしまりが非常にゆるやかなのだ。

京都へも、幕府の役人が出張して、都政をしいているわけだが、万事にのんびりとしているのは土地柄でもあったろうか……。

ともあれ……。

丸山千五郎は、この一年の間、鉄砲撃ちの妙技を見世物にして食いつないできたのである。

その妙技が京都市中の評判をよび、所司代《しょしだい》にいる山崎伊左衛門という幕臣がこれを見物し、

「ふうむ……」

感嘆の声を発した。

山崎が、丸山をまねいて酒食をあたえ、いろいろと、身の上ばなしをきいた。

丸山千五郎は、もちろん、旧寺沢家に奉公していたことなどおくびにも出さなかった。

「もともとは長曾我部《ちょうそかべ》家につかえたものにて……戦乱絶えたのち、わが父の代より浪々の身でござる」

といい、

「鉄砲は、父・主膳《しゅぜん》より教えられましたるものでござる」

「それにしても、みごとなものだ」

「恐れいります」

と、これから山崎が丸山に目をかけてやるようになった。

というのは、山崎伊左衛門も、かなりに鉄砲をつかうからである。

そのうちに、丸山千五郎が、

「なにともして、武家奉公をいたしたい」

こういい出した。

それはそうだろう。

平和の世とはいいえ、丸山は鉄砲の名手である。

武芸に長じていれば、いまも尚《なお》、仕官の道は絶えていない。

それをきいて山崎が、

「身どもは、江戸の加賀爪甲斐守殿と親しゅうねがっている。もしも、江戸へ出たければ引き合せてもよい」

と、いった。

丸山は、考えた。

考えて、

(もう、江戸へ出てもよいだろう)

と、おもった。

あれだけ、悪評の高かった寺沢兵庫頭のうわさも、家が絶えてからは、うわさにも、のぼらなくなってきている。

「おねがいつかまつる」

「よろしい」

そこで、丸山は妻子をつれ、山崎伊左衛門の紹介状をもって、八年ぶりに、江戸へあらわれた。

おそるおそる、番町の加賀爪屋敷へやって来て、山崎の手紙をさし出すと、

「おもしろい」

すぐに、加賀爪甲斐守が、丸山に会ってくれた。

与十郎という変名は、京都でもつかっていたものだが、ここでは依然〔千五郎〕の名をもって書きすすめたいとおもう。

加賀爪甲斐守は、丸山千五郎の鉄砲の術《わざ》を見て、瞠目《どうもく》した。

（こやつ、家来にしておいたら……）

きっと、役に立つとおもった。

そのときの、加賀爪の胸底《きょうてい》にひらめいたものは、

（あの、幡随院長兵衛を、ひそかに殺害するには、この男の鉄砲をつかうことが、もっともよい）

であった。

大身旗本である自分が太刀を引きぬくのも、

（大人げない）

わけだし、だからといって、若い旗本奴たちでは、とても長兵衛に歯がたたぬという。

（ふむ……よし、よし。この男の鉄砲なら……）

で、すぐさま、

「召し抱えよう」

と、いった。

翌日。

丸山千五郎は妻子をともなって、加賀爪邸の長屋へ引き移って来たのである。

「と、いうわけじゃ」

加賀爪甲斐守は、丸山を家来にした事情を一同に語ったが、長兵衛暗殺の計画については、もらさなかった。

「丸山」

「はっ」

「術を見せよ」

「かしこまった」

丸山千五郎は、たずさえてきた愛用の鉄砲の火縄へ火を点じた。

がやがやとさわいでいた一同、ぴたりと鳴りをしずめる。

い、いかにも、むぞうさに、片ひざを立てた丸山千五郎が、これもむぞうさに、

……だあん……。

と、発砲した。

石燈籠の上の茶わんが、みじんに打ちくだかれて飛び散るのを、水野十郎左衛門も、他の旗本たちも、はっきりと目にした。

「わあ……」

「これは、みごとな……」

「なるほどのう……」

どよめきがわきおこった。

水野が、

(ははあ……)

と、感じたのは、このときである。

(甲斐守殿は、この男の鉄砲をもって、長兵衛を暗殺するつもりらしい)

であった。

その瞬間、水野十郎左衛門は白柄《しらつか》の大刀を左手につかみ、

「それなる鉄砲の名人、加賀爪甲斐守うけとうござる」

叫ぶように、十郎左がもらいうけとうござる」

叫ぶように、加賀爪甲斐守へいったものである。

「なんと……?」

加賀爪は呆気《あつけ》にとられた。

「それがし、それなる男をほしゅうなり申した」

「なれど……」

「いったい、どうしたわけじゃ？」

「わけもなにもござらぬ。ただもう、この鉄砲の名人をわがものといたしたくなり申した」

「それじゃと申して……」

「なりませぬか」

　と、水野は血相を変え、

「この十郎左が、いったん、口にのぼせてほしいと申したからには、刀にかけてもちょうだいつかまつる！」

「む……」

　加賀爪は、つまった。

　こうなったら最後、水野十郎左衛門という武士は、たとえ相手が百万石の大名といえども、たった一人で無理無体を押し通す男であることを、加賀爪甲斐守は知りすぎるほど知っている。

「いかが？」

「ま……待て」

加賀爪は、満座の旗本奴の前で体面をうしなうまいと、懸命に不快をこらえながら、水野の袖をひき、

「十郎左」

「む……？」

「実はな……」

長兵衛を、と、ささやきかけたとき、水野が、ぽんと胸をたたいて見せた。

（わかっております。あなたが、あの男の鉄砲で長兵衛を暗殺しようと考えおらるることを……）

と、いう意味なのだ。

（そうか……）

加賀爪も、にやりとして、

（さすがは水野、のみこみが早いわい）

と、おもった。

（では、水野が、うまく仕てのけてくれるというのか……）

目顔で問うや、水野十郎左衛門が、

(わかっております)

というように、大きくうなずいて見せる。

「よし……よし、よし」

加賀爪甲斐守が何度も、うなずき、

「これよ」

と、庭先にひかえている丸山千五郎へ、

「水野殿が、そちの腕前を御所望《しょもう》じゃそうな」

「は……」

丸山も、うれしい。

天下の大身旗本が、自分の手練《しゅれん》におどろき、あらそってまでも、わが家来にしたいというのだ。

ほんらいならば、一国の大名家に奉公したいところなのだが、そうなると、身もと調べもうるさいし、うっかりして旧寺沢家の臣だったことが知れれば、

「寺沢の旧家来に、ろくなものはおらぬ」

などと、いうことになりかねないし、事実、そうした例が、これまでに何度も丸山

の耳へ入ってきている。

（水野様が、それほどに見込んで下されたのなら……）

丸山も、加賀爪が「水野へ行け」というのなら、行ってもよいとおもった。

夕暮れになって加賀爪屋敷を出る水野十郎左衛門のうしろへ丸山千五郎がつきしたがっているのを見ることができる。

丸山の妻子も、この翌日に、水野屋敷内の長屋へ引きうつった。

振《ふり》袖《そで》火事

それからまた、二年の歳月がながれた。

この間……。

旗本奴《はたもとやっこ》と町奴との〔対立〕が深刻化していったことは、いうまでもあるまい。

かくて……。

明暦《めいれき》三年（一六五七年）の年が明けた。

この年は、正月早々から、江戸市中に火災頻々《ひんぴん》たるものがあったという。

「連日、連夜のように、火事の半鐘の音をきかぬこととてなかった」

と、もの本に書きのこされている。

そして、正月十八日が来た。

この日は朝から、江戸名物の乾《いぬい》(西北)の強風が吹きつのり、その風に吹きあげられた土ほこりで、

「空が赤くなってしまった」

と、いわれている。

風速およそ三十メートルほどであったろうか……。

この烈風が頂点に達した八ツ時(午後二時)ごろであったが、本郷《ほんごう》・丸山の本妙寺《ほんみょうじ》から出火した。

これは、本妙寺の施餓鬼《せがき》に振袖を焼いたことが出火の原因だともいわれている。

なにしろ、数十日も旱天《かんてん》つづきであったところへ、おあつらえの強風であるから、たまったものではない。

火事は、本郷からたちまちに、湯島・神田・柳原から京橋・八丁堀・築地《つきじ》へと燃えひろがり、大川(隅田川)をこえて、深川にまで燃えうつった。

未曾有《みぞう》の大火事である。

この時代の火事は、手がつけられない。

現代《いま》のように、家の防火設備もなく消火具の発達もない。

木と紙の家が燃えひろがるにまかせるよりほかに、手段はないのである。

火をとめるためには延焼地帯の建物を打ちこわすのが精いっぱいのところであったが、このときの火事は、それをおこなう間もないほどのすさまじさで火が駈《か》けすすんだ。

俗に〔振袖火事〕とよばれた、この江戸の大火は、翌十九日になると、今度は小石川の伝通院《でんずういん》前から出火し、さらに番町からも火が出た。

水野十郎左衛門の屋敷は、奇蹟《きせき》的に焼けのこったけれども、火は江戸城へ燃えうつり、ついに本丸・二の丸・三の丸から、天守櫓《やぐら》まで焼け落ち、辛うじて西の丸（現新宮殿のあるところ）と紅葉山《もみじやま》のみが類焼をまぬがれたという。

十九日の夕刻になると、またも麹町《こうじまち》五丁目から出火。

この火は桜田あたりの大名屋敷をなめつくし、江戸城の濠《ほり》にそって日比谷《ひびや》から愛宕《あたご》下、芝方面へまで延びひろがったものだ。

幕府は、旗本全員に出動命令を下した。

この一大事では〔旗本奴〕だからといって遠ざけているわけにもいかない。

ともあれ、〔振袖火事〕は、江戸市中の約八割を焼野原にしてしまったほどの大火である。

かの、大正十二年における〔関東大震災〕にも、朝鮮人暴動の流言蜚語《りゅうげんひご》が飛んだのと同様に、この明暦の大火の折も、六年前の由比《ゆい》正雪叛乱《はんらん》事件のことが、まだ忘れられていなかったと見え、

「火事の最中《さなか》に、正雪の残党どもがあつまり、江戸城へ討ち入ろうとしている」

などという流言になって市中へひろがって行った。

さらに……。

「これさいわい」

とばかり、火と煙が渦巻く町々へ出没し、さらに火つけをしたり、盗みをしたり、暴行をはたらいたりする悪漢どもがいる。

江戸の町の自警組織は、何しろ〔町奴〕などが、みずから買って出ていたほどであるから、じゅうぶんにととのってはいなかったのである。

むろん、

「さあ、いのちがけではたらいてくれ!!」

幡随院長兵衛《ばんずいいんちょうべえ》は配下の町奴たちと共に、市中へ出張ってはたらきぬいた。

これに対して〔旗本奴〕たちは、どうしたかというと、

「この天変地異《てんぺんちい》こそ、乱を忘れたるものどもへの、神の怒りである」

なぞと、うそぶいている。

「ああ、愉快、愉快。もっと燃えろ!!」

けしからぬことを叫ぶものもいたほどであった。

こういうわけだから、幕府が、

「出動せよ!!」

と命じてきても、

「ふふん。かような変事になったからとて、以前は疎《うと》みしわれらをたのむとは何事であるか」

なまけきって、ろくに立ちはたらこうともせぬ。

ときの将軍補佐役であり、幕府大老といってよいほどの重責にあった保科正之《ほしなまさゆき》みずから馬を乗り出し、焼死者の始末にあたったほどで、まさに江戸開幕以来の大惨禍《さんか》なのである。

武家も町民も区別なく、火がおさまってからもはたらきぬいた。

ちなみにいうと、保科正之は、二代将軍・秀忠の妾腹《しょうふく》の子であるから、前将軍・家光の異母弟だ。

はじめは信州・高遠《たかとお》の領主、保科正光《まさみつ》の養子にされたが、のちに会津・若松二十三万石の城主となり、

「くれぐれも、家綱がことをたのみ入る」

と、前将軍・家光の遺言によって、年少の現将軍・徳川家綱をたすけ、幕府政治の中核となっている保科正之であった。

将軍・家綱は、十七歳の年少だし、病弱でもあるし、それだけに、保科正之へかかる責任の重さは非常なものであったといえよう。

またそれだけに、保科正之としては、天下統轄《とうかつ》のための政治機構を、おもうさまにととのえることができたともいえよう。

加賀百万石の大守・前田利常《としつね》は、

「会津侯（正之）は、古今まれなる賢君である」

と、ほめたたえている。

戦乱絶えてのち、徳川幕府の文治政策が軌道にのり、磐石《ばんじゃく》のものとなったのは、保科正之のちからに負うところが大きい、とさえいわれているほどだ。

明暦の大火の折、正之は四十七歳。

出火と同時に江戸城へつめ、不眠不休の指揮にあたった。

浅草にある幕府の〔御米蔵〕に火がかかりそうになっているとの報告をうけたとき、正之は即座に、

「よし」

うてばひびくように、

「焼け出された町民たちに、蔵の米を持ち出すことをゆるせ」

と、命じている。

すぐに出来そうでいて、なかなか出来ぬことではある。

さて……。

〔振袖火事〕における被害は次のごとくであった。


焼死者は約十万八千人。

武家屋敷の焼失は千五百（千三百ともいわれる）。

町家の焼失地帯は千二百町（軒数不明）におよび、神社仏閣は三百四十。

幕府は、火がおさまるや、ただちに、
一、十万石以下の大名へは、十カ年賦《ねんぷ》返済で金を貸しあたえること。

一、旗本御家人へは、禄高《ろくだか》百石につき、金十両の下賜《かし》金をあたえること。
一、焼け出された市民へは、金十六万両の下賜金をあたえること。

などを、てきぱきと取りきめた。

水野十郎左衛門邸は、奇蹟的に焼失をまぬがれたけれども、たとえば水野と肩をならべる旗本奴の頭目・加賀爪甲斐守《かがづめかいのかみ》などは屋敷がまる焼けとなってしまった。

加賀爪の禄高は六千石であるから、六百両の下賜金が幕府から出たことになる。

現代《いま》の、実質的な価値からいって、三千万円ほどにもなろうか……。

「あのような旗本奴どもに大切な幕府《かみ》の御金を下さらずともよろしい」

という意見が、幕閣にもかなり出たそうである。

上も下も死物ぐるいになってはたらいているというのに、旗本たちは、よし出動をしてもなまけほうだいになまけていたものらしい。

このような場合にも、彼らのふてくされぶりは直らなかった。

このとき、保科正之は、旗本奴たちを指して、

「彼らは、数多い幕臣たちの中でも、数からいえばごくわずかなものにすぎない」

いずれは、自然に、

「消えさり行くことであろう」

と、いったそうな。

ゆえに……。

あばれ旗本どもが、焼け果てた自分の屋敷を下賜金によって再建することも、

「むだにはならぬ」

と、いうのである。

正之は、いずれ近いうちに〔旗本奴〕たちの始末をつけるつもりでいた。

それも、なまなかな始末ではない。

事と次第によったら、彼らに腹を切らせ、その家を取りつぶしてしまうほどの覚悟をきめている。

そうなれば、彼らの屋敷を別の幕臣へたまわることも出来るのだ。

だから「むだにはならない」のである。

また、もしも、これからの旗本奴たちが、自分の指導にしたがい、こころをあらためて幕府に協力をするようになってくれれば、

「なおさらに、むだとはならぬ」

のである。

保科正之の間髪《かんはつ》をいれぬ処置によって、米価の高騰《こうとう》をふせぐことを得た。

焼死者をほうむった場所（本所）へ、回向院《えこういん》が建立《こんりゅう》されたのも、このときである。

正之は、いさぎよく幕府の財産を洗いざらい放出して、大火後の救済にあたった。

「いささか、やりすぎではないか」

と、幕府閣僚たちの中には、

「あのように思いきってやられては……？」

「幕府《こうぎ》に、このような出費を強いては、この後、いかがなりゆくことか……？」

いろいろと反対意見も出た。

すると、正之は、

「官庫の蓄財《たくわえ》というものは、かくのごとき場合にこそ下々《しもじも》へあたえなくてはならぬ。むざむざと積みたくわえておくのみにては、たくわえも無きことと同様でござる」

一歩も退《の》かなかった。

「まことに、御立派な、なされかたではないか」

と、長兵衛もこれを耳にしたときは大よろこびで、

「このような御方をかしらにいただく世に生まれて、ありがたいとおもえ。みんなもいっしょに、ちからを合せ、江戸の町を立て直すのだ」

と、勇みたった。

焼跡の始末に夜も昼もなく、はたらきつづけている長兵衛と配下の者たちの姿を、市中巡視中の保科正之が見かけ、

「いずこのものたちじゃ？」

と問いかけ、長兵衛がこたえるや、

「おお。そちが名にし負う幡随院長兵衛であるか。尚《なお》も、ちからをつくしてはたらきくれよ」

労をねぎらったというはなしがのこっているけれども、これはどうも「つくりばなし」らしい。

振袖火事による犠牲は、なるほど甚大《じんだい》なものであったが、そのかわりに、江戸市民の幕府へかける信頼度は一度にふくれあがった。

当然というべきだろう。

同時に……。

大火の中に、ちからを合せてはたらきぬいた大名と幕臣の間に融和の気運がみなぎり、大名はまた、今度の幕府の処置に対しては、区別なく再建資金を貸してくれたことをはじめとして、ことごとに、

「さすが大公儀じゃ」

と、信頼をふかめていった。

この惨害の中に、保科正之が打った手段は期せずして、幕府政治の土台を尚もうちかためることとなったのである。

だから、

「これからは、ちからを合せ、天下政道にはげもうではないか」

との意欲が、幕府と大名との間に強くなり、江戸の復興について保科正之が計画し、発想するすべてのことに、みなが双手《もろて》をあげて賛同し、協力の姿勢をとった。

玉川水道の再整備にも、正之は多額の予算を計上している。

この機会に、正之は大きく幕府の文治政策を押しすすめることにした。

これからの政治は、正しい制度と法律によって、国が運営されて行かねばならぬ。

そのためには教育をさかんにしたい、と、いうのである。

保科正之は、いった。

「もはや戦火は絶え、ふたたび起るまじ」

さらに、いった。

「上下こころを合せて国土をひらき、淳良《じゆんりよう》の美風を展布《てんぷ》すべし」

こうなっては、あばれほうだいの〔旗本奴〕も、いよいよ世間がせまくなるばかりであろう。

血なまぐさい戦国の遺風をこのみ、暴力と酒とにおぼれこむような武士の立場はせまくなるばかりだ。

（これは、もう、いかぬ）

とおもい、

（こころがけをあらためねばならぬ）

と、考え、旗本奴からぬけ出しおとなしく幕府へつかえる決心をした旗本も多い。

「おのれ、腰ぬけどもめが！」

と、裏切られた旗本奴たちは怒気を発して、転向者を口ぎたなく、ののしった。

友達に裏切られたというので、

「水野様や加賀爪様に、顔向けがならぬ！」

と怒り、転向者の友人を斬《き》り殺し、自分も切腹をした旗本もいる。

下らぬ、

「武士の意気地」

とやらに固執し、すなおに転向もできぬ、これらのあばれ旗本たちは、いっそうに荒々しくなり、自暴自棄となっていったのだ。

旗本奴たちの暴慢ぶりが、復興の槌音《つちおと》も高らかな江戸の町々に、またも展開されはじめた。

幡随院長兵衛たちの仕事は、いうまでもなく、いそがしい。

焼土の町を立て直すには、まず労働力が第一である。

この労働力の根元となるのが長兵衛たちの〔人いれ宿〕なのだから、いそがしいのが当然であった。

このころになると、長兵衛の仕事も単なる〔人いれ宿〕では、すまなくなってきている。

ありとあらゆる江戸の町の、人びとの生活に、長兵衛たちの仕事がひろがっていった。

暴力をふるい、悪事をはたらくのは、何も旗本奴にはかぎらない。商売の種類が多くなり、盛り場が増え、そこに人びとがあつまれば〔利権〕のあらそいが起るのは、いつの世も同様のことであって、武家の間は幕府が取りさばいてくれるけれども、町民たちの間のトラブルは、町奉行所でもいちいちあつかいきれないのが、当時の様相であった。

なればこそ……。

保科正之も、

「江戸の警察制を完備し、これを下々へまでゆきわたらせねばならぬ」

と考え、着々と、その手を打ちはじめてきているが、まだまだ、他にすることが多くて、おもうようにならぬというのが実状といってよい。

そこで、長兵衛たち〔町奴〕が、こうした町と人とのトラブルに介入して、事件を取りさばくことになる。

むろん、幕府がそれを長兵衛へゆるしたわけではないから、表向きにではなく、わが実力をもって、すばやく内密に解決してしまうのだ。

したがって危険が多い。

女房のお金も、このごろでは、何か不安になってきているらしく、神信心をするようになった。

「わかっているとも」

と、長兵衛はお金にいった。

「おれだとて、いちいち、あのようなもめごとへくびを突きこみたくはないのだが……なれど、仕方もないことだ。あれだけの大火の後で、焼野原になった江戸の町をつくり直そうというのだから、どうしても、いろいろと諸方でもめごとが起きるのだ。それをいちいち、御奉行所へもちこんでしまっては、いつまでたってもらちがあかぬ。どこもここも、いまはいそがしいゆえ、おれが出て行って、そうしたもめごとを片づけてやれば、すぐ次の日から、もめていた双方が自分《おのれ》の仕事へ立ち向うことができるというものだ。ま、当分は仕方もないことさ。だがお金。世の中がおさまれば、長兵衛はきっと身を引き、お前と子供をつれて、どこか片田舎へでもひきこもり、のんびりと暮すつもりでいる。ま、そのときのことを今からたのしみにしていてくれ」

そして、

「そのときが来るのは、それほど遠いことではない」

ともいった。

保科正之は、この年の八月に、早くも幕府公認の遊廓《ゆうかく》である〔吉原《よしわら》〕に再開業をゆるしている。

復興の苦しみの中にも、市民たちのやわらぎがなくては、と考えたのであろう。

しかし、大火後の吉原は、もとの日本橋・葺屋《ふきや》町附近から、

「浅草の北方」

へ、うつされて再開されたのである。

で、その名も〔新吉原〕とよばれることになった。

現代《いま》の台東区浅草・千束《せんぞく》町にあったこの遊女町は、戦後の売春防止法によって跡かたもない。

この吉原移転は、幕府が、こうした人間の恥部でありながら、絶対に人間が必要とする場所を、中央から当時の場末へうつすことによって、いっそうに管理の目をゆきとどかせるというふくみがあったわけだ。

ともあれ、当時の吉原といえば、江戸随一の盛り場といってよい。

それが、長兵衛の住む舟川戸から目と鼻の先の土地へ引きうつってきたわけだから、長兵衛の好むと好まざるとにかかわらず、新吉原の顔役とならざるを得なかったのも当然のなりゆきであったろう。

それほどに、長兵衛の威勢は江戸市中にゆきわたってい、

「なによりも先《ま》ず、幡随院の元締《もとじめ》へ、ごあいさつを……」

と、新吉原の楼主一同、すぐさま舟川戸の長兵衛宅をおとずれ、

「よろしゅう、おねがい申します」

あいさつをおこなった。

出来たばかりの新吉原へあらわれた水野十郎左衛門が、酒に酔いしれ、遊女を無断

で引きさらって自宅へ押しこめ、なぶりものにしているのを、遊女の抱え主からたのまれた長兵衛が、

「まかせておいて下せえ」

とばかり、単身、水野屋敷へ乗りこみ、水野とかけ合い、みごとに遊女を取りもどした。

などという俗説が生まれたのも、このときのことだ。

唐犬《とうけん》二匹をつれて新吉原へあらわれた旗本奴《はたもとやっこ》・田中武八郎が大あばれにあばれているのを見かけた、長兵衛配下の権兵衛《ごんべえ》が、

「乱暴は、おやめなせえ」

と割って入り、ほえかかる猛犬二匹の首を切り落し、田中武八郎をさんざんになぐりつけて追いはらったものだから、以後は、

「唐犬権兵衛」

の異名をもってよばれるようになった……などというはなしものこっている。

前の長兵衛と水野の一件はさておき、この権兵衛異名の由来は、いかにも彼らしくておもしろい。

こうしたわけで、ことごとに、旗本奴と町奴の対立は深まるばかりであったし、そ

の様相が尚も険悪化してきたことは事実である。

対　立

旗本奴《はたもとやっこ》と町奴とのトラブルは、こうして、激化の途をのぼりつめて行くばかりとなったわけだが……。

こうなると、旗本奴の代表者たる水野十郎左衛門と、町奴の代表ともいうべき幡随《ばんずい》院長兵衛《いんちょうべえ》とは、もはや、むかしの水野と伊太郎ではすまされなくなってくる。

なぜといえば……。

双方ともに、多勢の配下を抱えてい、その配下たちのあらそいにも、いちいち乗り出してさばきをつけなくてはおさまらなくなるわけであった。

伊太郎にとって、水野十郎左衛門は、

「大恩人」

ともいえる人物である。

水野にとって、伊太郎は、

「いまどきの武士がおよびもつかぬ立派な男」

なのである。

しかし、いまの二人は、十年前の二人ではない。

たがいに、たがいの立場がある。

水野十郎左衛門は、

(天下の旗本たる身が、町奴どもを相手に喧嘩《けんか》ざんまい、まことになさけないことだ)

と、おもいつつ、世に容《い》れられず、将軍からも幕府からも、

「じゃまものあつかい」

にされきっている憤懣《ふんまん》のやりどころがない。

(ばかばかしい)

と、おもいつつも、酒や女や、喧嘩ざんまいに気をまぎらわせることになる。

水野をとりまく旗本奴たちのこころを、

(彼らも、胸の中ではさびしいのだ)

おもいやってみれば、なおさらに、彼らを捨てきれなくなってくる。

急速に変りつつある時代に乗りきれず、いつまでも、むかし気質《かたぎ》の荒々しい武人の生き方にすがりついて、ついに、ここまで来てしまった自分に気づきながら、自分で

自分をどうしようもないのだ。

いっぽう、長兵衛は……。

その反対である。

いずれは、幕府がさらに政治機構をととのえ、そのあかつきには〔旗本奴〕どもを淘汰《とうた》するにちがいないと見きわめをつけている。

だが、

(そのときがくるまでは、おれが江戸の町と人をまもるのだ)

という決意のもとに、町奴の元締だという身を〔自認〕しているのだ。

水野へは、

(久しゅう、お目にかからぬが……きっと、水野さまの胸のうちは苦しいものにちがいない)

と、同情をしている。

だからといって、旗本奴たちの暴力をゆるしておくわけには行かない。

まったく、個々の暴力はふせぎようのないものなのである。

弱い者は、いつも泣いていなくてはならないのだ。

筆者が、二年ほど前に、どこかの新聞で読んだ読者の投書に、次のようなのがあった。

……自分は四十二歳で、ごくあたりまえのサラリーマンである。毎日の通勤時に目撃し、体験するさまざまなことに、このごろは不愉快なことが実に多い。

先日も、会社の残業を終えて帰途についた夜ふけ、私鉄電車の中で血気さかんな若者三人が、おとなしそうな、若い女性をかこみ、見るにたえないいたずらをしかけていた。

夜ふけのことで、車内には十人ほどの乗客がいたのだが、いずれも見ぬふりをしている。

実は、この私もその中の一人だった。

見ていてもくやしくてくやしくて、なんとか、その若い女性をたすけてやりたいとおもうのだが、たくましい体軀《たいく》を酒にほてらし、ふとい腕をふりまわして女にいたずらをしている若者三人を見ると、とても出ては行けない。出て行ったとて、たちまちになぐりつけられてしまうだろう。

そのうちに、電車が駅へとまり、若い女性は、怒りと恥に青ざめつつ、ようやく若者の暴力から解放され、逃げるように電車を降りて行った。そのときに彼女が私たち乗客に向けた眼の色を私はいまも忘れない。

女性の眼は「なぜ、私をたすけてくれなかったのです、十人もいながら……」と、うらみをこめて私たちにうったえているかのようだった。

若者たちは、大声に笑いながら下卑《げび》た会話をかわし、私たちをながめた。どうだ、お前たち十人もいて、手も足も出ないのか、と、彼らは私たちをあざ笑っているかのようにおもえた。

このごろ、私は会社を出ると、郊外の、ある合気道の道場へ通っている。妻や子は笑うが、私は真剣である。警察力がとどかぬ場所で、あのような暴力に向い合ったとき、すこしも臆《おく》せずにすすみ出るためには、彼らの暴力に対決し得るだけのちからをそなえていなくては、とてもだめだ、と痛感したからである。

月世界に人間が飛んで行こうという時代にも、こうした人間のすがたは、むかしといささかも変らぬ。

まして、三百何十年も前のそのころ、天下の旗本という特権意識をもって暴力をふるわれたのでは、江戸の市民たちもたまったものではないのだ。

とりあえず〔旗本奴〕どもの暴力から市民をまもらねばならぬ。

それにはやはり、前述のサラリーマンではないが、旗本奴に対決するだけのちからをそなえていなくてはならない。

旗本奴が自暴自棄となってあばれまわるのなら、長兵衛たちも、これに対して闘わねばならぬ。

明暦の大火後の、両奴の対立は、こうして、急速にちからとちからの闘いになってきたのである。

こんな、俗説もある。

水野十郎左衛門が、あるとき長兵衛を自邸へまねいた、というのである。

長兵衛は出かけた。

水野が、

「よう、まいった」

といい、酒をはこばせ、

「ともにのもう」

「はい」

そこで二人は、大盃《たいはい》で酒をのみつづけたが、そのうちに、水野十郎左衛門がいきなり脇差《わきざし》をぬきはらい、刀の切先《きっさき》に膳《ぜん》の上の鯛《たい》のあたまを突き刺し、

「どうじゃ」

長兵衛の鼻先へつきつけて、

「肴《さかな》にせよ！」

と、叫んだ。

このとき、旗本たちが十余名も酒の席にいて長兵衛をにらみつけていたけれども、

「はい」

長兵衛いささかも動ずることなく、

「では、ちょうだいつかまつります」

あっという間に、水野の刀へ顔をさしのべ、切先の鯛のあたまをがぶりと口にくわえた。

水野も、この長兵衛の胆力に感心をして、

「まことに、器量すぐれたる男じゃ」

ぶじに長兵衛を帰した、というのである。

おもしろい話だが、真偽はわからぬ。

むかしの書物が、そのころの長兵衛について、次のように書きしるしている。

「……往来のさまたげ、群集のめいわくになる者どもに対しては、知ると知らぬ

との区別なく、みな一様に打ちこらしめて歩き、町民へ無法をはたらく旗本奴と見れば、肩を張って競い合い、一歩もゆずらず……」

そうしたときの長兵衛の姿は、三つ引の大紋を染めつけた茶色の長羽織を着こみ、裾《すそ》高々と腰へ巻きつけ、関の孫六のきたえた無反《むぞり》の長刀をさしこみ……などとある。

長兵衛もしだいに、おだやかに事をおさめることができかねるようになったものか……。

こうした旗本奴と町奴の対立がクライマックスに達したのは、葺屋《ふきや》町の芝居小屋における喧嘩であった、ともいわれている。

とすれば……。

明暦の大火以前のことであったろう。

あの江戸の大火は、芝居町を全焼せしめたからである。

また、中橋広小路の猿若座という劇場《こや》が喧嘩の場所であった、という説もある。

中橋広小路というのは、現代《いま》の日本橋から銀座へかかる道すじの、ちょうど中間で、通り三丁目のあたりになる。

当時このあたりは、江戸第一の盛り場であった。

この小説では、いちおう猿若座を舞台にして、はなしをすすめておこう。

このときの旗本奴と町奴の喧嘩の原因といっては、別にわかっていない。旗本奴が酒に酔って芝居を見物しながら、あばれ出したのを、折しも見物中の町奴が飛び出し、これを制止したものか。

または、劇場内で旗本奴が、刀の鞘《さや》に町奴がさわったから無礼だとか、肩にさわってけしからぬとか文句をつけたりしたのが、はじまりであったろう。

ついに、喧嘩となった。

このとき、水野十郎左衛門も旗本奴どもを引きつれ、芝居を見物中であった。

水野の前であるから、旗本奴も一歩も退《の》かぬ。

町奴も負けてはいない。

たがいに刀を引きぬいて、いまや血の雨が降ろうとしたときに、

「待て、待て！」

と、幡随院長兵衛が、急をきいて駈《か》けつけて来た。

長兵衛のこのときのありさまを講談調に書くと、

「上は梵天帝釈《ぼんてんたいしゃく》、地は金輪奈落《こんりんならく》までの御存じ、幡随院長兵衛とはおれがことだ」

と、長兵衛が大見得《おおみえ》をきって、

「さあ、さあ、喧嘩の仲買《なかがい》なら白柄組《しらつかぐみ》でも吉弥組《よしやぐみ》でも、この長兵衛が半畳に敷

いてくれる」

旗本奴どもをにらみつける、ことになるわけだが、もとは塚本伊太郎の長兵衛、まさかこのような芝居じみたまねをしたわけではあるまい。

それはさておき……。

いよいよ斬《き》り合いになろうというときに駈けつけて来た長兵衛が、

「天下の旗本衆が、このようなまねをしてよいものか！」

きびしく、きめつけざま、町奴たちを背後にして、

「そちらが刀をぬいてあばれるのなら、もはや仕方もないことだ。こうして、芝居見物のみなみなが見ていなさる場所で、どちらが悪いか決めてもらおう」

と、いい、

「のちのち、お上のお取りしらべがあるときも、ここにいる見物衆が証言《いいたて》をしてくれようから、おれたちも、ここで死んでも本望だ」

長兵衛にはめずらしく、すさまじい気魄《きはく》を見せ、刀もぬかずに、つかつかと旗本奴どもの群れへ近づいた。

と……。

旗本奴どもは、ぬき持った刀をそのままに、じりじりと後退しはじめたではないか。

若き日に、たった一人で大名行列へ斬りこんだほどの長兵衛であるから、弱い者いじめをするだけで、いのちがけの斬り合いなどしたこともない旗本奴なぞ、すこしも恐れぬ。

……わあっ……。

と、遠巻きに見まもっている見物たちが歓声をあげた。

「どうなさる。さ、どうなさる」

長兵衛がぐんぐんせまる。

「むう……」

うなりながら、旗本奴は後退する。

せまる長兵衛のうしろからは、これもいのちがけの町奴が、

（こうなれば、元締といっしょに死ぬばかりだ）

と、おもいきわめ、決死の形相ものすごく肉薄した。

二階の見物席にすわったまま、この様子を見つづけていた水野十郎左衛門の顔に、怒りとも悲しみともつかぬ複雑な表情がうかんでいる。

これは町奴に対してではない。

わが〔旗本奴〕が、あまりにも、

（なさけない）

と、見たからであった。

しかも、多数の江戸市民が注視する目の前で〔天下の旗本〕が町奴に圧倒されているのである。

人数からいってもこちらが多いのに、

「さあ、どうなさる、どうなさる！」

刀の柄《つか》へ手をかけた長兵衛一人に押しまくられたかたちになり、

「あ……」

「う、うう……」

うめき声をもらしつつ、旗本奴どもは、ついに刀をひいて、

「引きあげい！」

わめきざま、劇場から外へ引きあげて行ったものだ。

引きあげるといえばていさいもよいが、まさに逃げていったのである。

これを見た芝居見物の江戸市民たちが、どのようによろこんだか、いうまでもあるまい。

長兵衛は、旗本奴がいなくなると、二階の水野十郎左衛門には見向きもせず、ふた

たび、芝居の幕を開けさせ、配下のものたちをつれ去った。

水野をはじめ、白柄組の旗本奴は、

「天下の笑いもの」

にされたといってよい。

かくしようもないことだ。

このうわさは、たちまちに江戸市中へひろがり、幕府の耳へもとどくことであろう。

そうなったら、幕府や他の旗本たちや、大名たちにまで、笑いものにされるし、幕府もこのような醜体をさらけ出した旗本奴をそのままにしてはおくまい。

ひっそりと猿若座を去る水野十郎左衛門の胸中は、煮えくり返るようであったろう。

この事件の評判は、たちまちに市中へひろがり、町奴の俠名《きょうめい》は江戸中に鳴りひびいた。

だが、長兵衛は、事件後に配下のものたちをあつめ、こういっている。

「今度のことで、旗本奴も世の中のうつりかわりを、はっきりと知ったろう。いつまでも旗本風《かぜ》を吹かして無体をはたらいている御時世ではないのだ。おれも今度は、そのことをあの人たちへ知らせてやるために、おもいきって喧嘩をするつもりでいた。芝居小屋の中を血の海にしても、一歩も退かぬつもりでいたのだ」

語りつつ、長兵衛の顔もことばも、いつしかきびしいものに変っていった。

長兵衛は、配下の一同をながめまわしつつ、一語一語に念を入れ、ゆっくりと語りつづけた。

「ところがさいわいに、向うさまが引きあげてくれ、血もながれず死人も出ず、ひとりの怪我人《けがにん》も出なかった。なれど、これでもう、どちらが勝ったか負けたか、何百人もの見物衆がしかと見とどけて、承知している。このことはお上《かみ》もおろそかにはできまい。どちらが正しく、どちらが悪いか、それもこれも、あの日ほどはっきりと、世間へ見せたことはあるまい」

一同も、よろこびの声をあげる。

長兵衛が両手をあげ、その昂奮《こうふん》を制し、

「これで、おれたちののぞみは達せられたゆえ、向後《こうご》はいっさい、喧嘩さわぎをおこしてはならぬ。いいか、いいな」

さらに、

「もしも、おれの指図にそむく者があれば、その男を、そのときから、この幡随院長兵衛が義絶するぞ!」

と、いいわたした。

この芝居町での事件が、明暦の大火以前のことだとすると、大火後は、さらに旗本《はたもと》奴《やっこ》のあばれぶりがひどくなった、ということになる。

大火後の幕府は、ことさらに旗本奴へは冷たい態度をしめすようになったし、さらに幕府は、

「これからは、大火後の復興をなしとげるためには、なにごとにも倹約をし、おこないをつつしみ、上下一致してちからを合せねばならぬ」

という決意をかためた。

この決意のもと、次に〔政令〕が発せられた。

当時の日本は、米の生産が経済の中心になっている。倹約以外に財政をととのえる道はないのだ。

「ぜいたくをしてはならぬ」

と幕府がいうのは、町人や農民たちにばかりではなく、指導階級たる武士に対しても同様であった。

「ばかな！」

「そのような気の小さいことで、天下がおさめられるか！」

と、またも、このことが旗本奴の気にさわる。

町奴たちは、長兵衛のいいつけをまもり、なるべくは旗本奴とのあらそいに巻きこまれぬようにこころがけていたが、江戸市民をまもる、という立場を捨てぬ以上、旗本奴とのあらそいを避けきることは不可能であったといえよう。

大火の後の五月末の或日《あるひ》のことであったが……。

焼跡の整理と道路の拡張に、いそがしく人足たちが立ちはたらく外神田で、通りかかった旗本奴の大内伝七郎、橋口大炊《おおい》、滝弾正《だんじょう》の三人が、

「おのれら、ようもわれらに土ほこりをあびせおったな！」

と、怒り出した。

労働の現場とは、かなりはなれた道を歩いていた三人が、いきなり、人足どものはたらいているところへ飛びこんできて、

「さ、出てまいれ！」

「われらに土ほこりをあびせた者、これへ出い！」

わめき出したのを見て、人足たちはあっけにとられた。

三人の旗本奴は、日中から酒気ふんぷんたるもので、

「出てまいれ!!」

「出ぬなれば、そのほうども一同、みな下手人と見なすぞ!!」

供につれていたかま髭奴《ひげやっこ》どもと共に、人足たちを片端から蹴倒《けたお》し、なぐりつけ、大あばれにあばれはじめた。

このとき、現場にいて人足たちの指揮にあたっていたのが、長兵衛配下の小平と権《ごん》兵衛《べえ》であった。

見捨ててはおけぬ。

「待ちなせえ」

たちまち割って入り、中間《やっこ》どもを投げ飛ばしておいて、

「ここは、お上《かみ》の御用命にて、人足どもがはたらいております。ともかくも引いて下せえ」

と、おだやかにいった。

旗本奴も、小平と権兵衛が、長兵衛配下のうちでもそれときこえた腕力のもちぬしであることは、よく承知している。

小平と権兵衛が、朋友《ほうゆう》の旗本奴をこらしめている現場を、大内たち三人は二度ほど見ている。

「む……うう……」

「おのれ、ちょこざいな……」

ぶつぶついいながらも、とてもかなわぬと見て、三人が道へもどって行くのを、人足の一人が見やって、

(ざまあ見ろ)

とでもいいたげに、くすりと笑った。

すると、大内伝七郎が、これを見てしまった。

「こいつ!!」

大内にしても、小平と権兵衛に圧倒され、胸のうちは激怒であふれそうになっていたところであるから、たちまちに逆上し、

「えい!!」

抜きうちに、人足を斬った。

「ぎゃあっ……」

身をねじるようにし、横ざまに倒れたその人足の右腕が血飛沫《ちしぶき》と共に切り飛ばされている。

これを見て、小平も権兵衛もたまりかねた。

「何をする!!」

猛然として、三人の旗本奴へ飛びかかって行った。

権兵衛が大内伝七郎の刀をうばい取って投げつけ、橋口大炊のひ腹へ当身をくわせたときには、

「う、ううむ……」

滝弾正も小平の峰打ちをくらい、ぶざまに転倒している。

「かまわねえ、裸にしろ!!」

と、権兵衛がいい、三人の旗本奴を丸裸にして戸板へしばりつけてしまった。

供の中間どもは、色をうしない、急を告げに駈け逃げて行った。

この知らせをうけた旗本奴十数名が、千田軍四郎を先頭にして現場へ駈けつけたときには、大内など三名の旗本奴、すでにどこかへ消えてしまっている。

しかも、である。

工事現場のまわりには、町奉行所の役人たちがかためてい、幕府御目附から出た与力が配下をひきつれ、馬に乗って警戒をはじめているではないか……。

「こ、これはいかぬ」

旗本奴たちも、これにはあわてた。

丸裸にされた上、戸板へしばりつけられた大内、滝、橋口の三人には、権兵衛と小平がつきそい、これを町奉行所へ突き出した。

町奉行所としても、幕府の御用にはたらいている人足たちのところへふみこんで来て、ひとりの人足の片腕を切り落すほどの乱暴をはたらいたとするなら、

「見のがしてはおけぬ」

のである。

それに奉行所も、旗本奴の無体には、かねてから口惜しいおもいを何度もしている。

しかし〔天下の旗本〕を町奉行所のみでは取りしきることはできない。

そこで幕府の目附へとどけ出ると、

「かまわぬ。こちらへよこせ」

と、目附たちも怒り出し、

「そもそも、日中から酒気をおび、用もなきに公儀御用の場所へ入りこむとは、ふとどきしごくである」

調べて見ると、まさに小平と権兵衛の申したてに相違はない。

あのときの様子を目撃した市民が何人もいるのだ。

それとわかるや、

「切腹をさせよ」

幕府の裁決が下った。

これからは、このような無体をほうりすてておけぬ。

いままでは、彼ら旗本奴たちの家名も考え、大目に見てきていたけれども、大火の後の人心一変してちからを合せ、江戸を復興させようという意気ごみになっているというのに、

「まだ、考え直さぬのか」

であった。

三人の旗本奴は、屋敷へも戻されずに腹を切らされてしまったのである。

この断固たる幕府の処置には、旗本奴どもも、

(これは……)

一時は、色をうしなったが、

「もはや、この上に、天下のさらしものになるは我慢がならぬ！」

加賀《かが》爪《づめ》甲《か》斐守《いのかみ》、坂部三十郎、千田軍四郎などの白柄組は、

「かくなれば、もはや幡随院長兵衛を生かしてはおけぬ」

「町奴の頭領たる長兵衛を討ち、われらの面目をたてねばならぬ」

「よし！」

「すぐさま、このことを水野十郎左衛門殿へ……」

彼らも追いつめられている。

「よし。ひとおもいにあばれぬき、それで上《かみ》のとがめをうけよ、と申すのなれば、それもよし！」

「みごとにこの腹、掻《か》き切って見しょう」

つまらぬことなのだが、彼らも〔いのちがけ〕になってきはじめたのである。

旗本奴と町奴との対立は、行きつくところまで行きつこうとしている。

水野十郎左衛門は、眉《まゆ》をひそめた。

「幡随院長兵衛を斬って、われらの意気地を立てねばならぬ！」

この一点へ、旗本たちの決意が凝結し、

「ま、いますこし待て」

水野がとどめようとしても、彼らの決心は反動的に強く、かたまって行く。

こうなると、武士の意気地だか自暴自棄だかわからなくなり、

「もはや、水野殿をたのまずともよい」

「かまわぬ。浅草へ押しかけ、長兵衛の家へ討ち入ろうぞ！」

「どうで、われらもこのままにては、どこまでも幕府《こうぎ》の厄介者ゆえ、畳の上では死ねまいぞ」

「さよう、かくなれば、いっそはなばなしく喧嘩《けんか》して死ぬるが本望じゃ」
加賀爪甲斐守も、水野十郎左衛門から説得をされ、
「十郎左は長兵衛をかばうのか？」
と息まいたが、さすがに険悪ないまの状態を考えてみれば、
（まさかに、無頼《ぶらい》ども同然の喧嘩さわぎも起せまい）
おもい直した。
そこで加賀爪も、旗本奴を説きふせようとかかったが、きくものではない。
彼らも、これまでに長兵衛一家のものから、さんざんな目に会っている。
むろん、長兵衛配下の者も相当に、旗本奴の刃《やいば》をうけて死んでいるわけなのだが、
それにも屈せず立ち向って来る……としか、旗本奴たちには考えられない。
それに、今度の事件であった。
旗本奴の大内以下三名が町奴に捕えられ、丸裸にされて町奉行所へ送りこまれた上、
なんと奉行所も幕府も、
「待っていた」
と、いわんばかりに、三人を切腹させてしまったのである。
町奴にばかにされ、自分たちの所属する大公儀からも冷たくあつかわれる。

「これ以上、がまんはならぬ！」

と、さすがにそこはあばれ旗本どもだ。

今度こそは、それこそ腹を切るつもりで長兵衛に喧嘩を仕かけようという。

（まさに、やってのけるつもりらしい）

水野十郎左衛門も、彼らの決意がなみなみでないことを、はっきりと見ぬいた。

（それも、よし！）

なのである。

自分も、こうなったからには、いっそ大喧嘩でもやってのけ、

（もう生きているのがめんどうじゃ。早くあの世へ行ってしまいたい）

心境なのである。

もしも、今度、大喧嘩があるとすれば双方に死傷者もたくさんに出よう。

そうなれば幕府は、このときこそと、旗本奴へ徹底的な弾圧を加えるにちがいないのだ。

そうなれば、今度は、幕府を相手にしてあばれまわり、さんざんに困らせてから、

（いさぎよく、腹掻き切ってくれよう）

なのだ。

(それは、おもしろい)

と、おもいつつも、水野十郎左衛門はまだ踏みきれぬ。

それもこれも、塚本伊太郎あらため幡随院長兵衛を先《ま》ず血祭りに殺さねばならぬことが、

(たまらぬことじゃ)

であった。

長兵衛の人柄を愛することにおいては、いまも水野はむかしのまま、すこしも変っていないばかりか、

(まことに立派な男になったもんだ)

と、おもってさえいる。

長兵衛が、いましてのけていることにも、

(あの男らしい)

むしろ、敬服している。

なんといっても天下の旗本が大あばれにあばれているのだ。

その辺の大名たちでさえも、旗本奴を相手にあらそって、

(つまらぬ目を見まい)

と、考えているほどなのだ。

それを、一介の素町人《す》となった長兵衛が、名もなき配下をしっかりと統率し、

「元締のためなら、いのちもいらぬ」

とまでの敬慕をうけ、階級的には武士に刃向うことのできぬ江戸市民の味方となり、いのちがけで旗本奴へ立ち向って来る。

(ああ……あのとき、伊太郎が寺沢兵庫頭《ひょうごのかみ》の行列へ斬《き》りこんだのち、わしのもとへあいさつにあらわれたとき、むりやりにも、わしの家来にしておけば、よかった……)

つくづくと、そうおもう。

(なれど……かくなっては、この水野のちからをもってしても……)

とても、旗本たちを押えきれない。

むしろ、水野と、むかしの長兵衛との関係を知っている人びとは、

「十郎左殿は、長兵衛をかばいだてしておられるのじゃ」

うわさし合っている。

「では、水野殿。われらと長兵衛と、どちらをたいせつにおもわれるのか?」

面と向って、水野を詰問《きつもん》してきた旗本もある。

水野は、考えに考えた結果、

（これは……長兵衛《ちょうべえ》という男の真の値うちを知ってもらうのが、いちばんよいのではないか）

と、おもった。

殺気だち、闘い合っている喧嘩場での長兵衛ではなく、平常の彼が、どのようにすぐれた男かを、旗本奴たちに知ってもらえば、彼らの昂奮《こうふん》もいくらかしずまるのではないか。

そして、長兵衛を見直すのではないか。

喧嘩をするのなら、町奴を相手にではなく、もっと大きい目標へぶつかって行くのでなくては、

（それこそ、旗本奴の名がすたろう）

と、水野は考えている。

その前夜

その手紙が、長兵衛の手もとにとどいたのは、この年——明暦三年（一六五七年）七月十七日の夕暮れであった。

当時は旧暦であったから、現代の八月二十六日にあたる。

折からの雷雨の中を、

「水野十郎左衛門屋敷よりまかりこした」

こういって、舟川戸の長兵衛宅へあらわれたさむらいがある。

長兵衛は、家にいた。

「なに、水野様からだと……」

「そのように、おっしゃってございました」

と、取り次いだ妻のお金、早くも顔色が変っている。

長兵衛が事もなげに微笑し、

「ここへ、お通ししたらよかろう」

「それが……」

「なに？」

「表口まで、出て来てもらいたいと……」

「おれにか」

「はい」

「よし」

お金は、いうまでもなく、むかしの長兵衛と水野の間柄を知っている。

けれども、いまの二人がどのような立場におかれているか、それもじゅうぶんにわきまえていたからこそ、緊張もしたのである。

長兵衛が出て見ると、ちょうど家にいた配下の若い者が三人ほど、

「なに、水野の使いだと！」

血相を変えて、土間に立つさむらいを取りかこみ、

「なんの用だ？」

「なにしに来たのだ！」

叫びたてているところであった。

「お前たち、引っこんでいろ！」

長兵衛が叱《しか》りつけた。

水野の使者は二十四、五の若ざむらいで、その顔に、長兵衛は見おぼえがなかった。

長兵衛が水野屋敷へ出入りをしなくなって後に、奉公をした者にちがいない。

ほかには、だれもいない。

彼は一人きりで、使者に立ったのである。

（ふむ。これはまさに、水野様の御使いにちがいない）

と、長兵衛はおもった。

使いの若ざむらいも、顔が鉛色に変じている。

彼の名を、犬上《いぬがみ》新次郎という。

信州・松代《まつしろ》十万石、真田《さなだ》家の浪人の子で、三年ほど前に、水野が家来にしたのだ。

犬上も、敵地へ乗りこむおもいがしているのであろう。

水野十郎左衛門は、

「もしも長兵衛がおらぬときは帰るまで待ち、かならずこの書状を長兵衛に手わたすよう」

と申しつけ、

「安心せよ。長兵衛はお前に害をくわえるはずがない」

大きく、うなずいて見せた。

だからといって、犬上新次郎が平気になったとはいえない。

お金でさえ、いまの旗本奴《はたもとやつこ》と町奴の確執の烈《はげ》しさを感じているほどなのだから、水野の家来である犬上が、大仰《おおぎよう》にいえば、死地に乗りこむ決意をかためて使者に立ったのもむりはないところか。

「御用は？」

長兵衛の目の前に、ずぶぬれの犬上新次郎が、ふところから水野の書状をさし出した。

黒うるしに白鳩《しろはと》の図を蒔絵《まきえ》にした立派な文箱《ふばこ》の、むらさきのひもをほどき、中に入っていた手紙を取り出した長兵衛へ、

「返事はいらぬ、とのおおせだ」

どなりつけたつもりなのだが、長兵衛の貫禄《かんろく》に圧倒されてしまい、犬上の声は蚊が鳴くようなものであった。

「返事はいらぬ、と、水野様が申されたか？」

「いかにも」

「ふうむ……」

「で、ではそれがし、これにて帰る」

「あ、お待ちを……」

「まだ何か用か」

「水野様は御変りもなくおすごしか？」

「そのようなこと、こたえるわけもない」

「なにを怒っていなさる」

「な、なな、なに……」

「ま、お前さまに何いうても仕方はあるまい」

にっこりとして、

「たしかに御手紙をうけとりました、と、水野様へよしなに……」

「わかっているとも」

ようやくに大声を張りあげることを得た犬上新次郎は、逃げるように戸外へ飛び出して行く。

稲妻が外の道へ疾《はし》った。

手紙のおもて書きに、

〔塚本伊太郎殿〕

と、ある。

裏に、

〔水野百助《ひゃくすけ》〕

と、したためてあった。

雷鳴が、とどろきわたった。

十六年前の寛永十八年(一六四一年)。

塚本伊太郎を名のっていた長兵衛が、父・伊織《いおり》が寺沢家の刺客に襲われ、暗殺された現場へ通り合せたとき、これも通りかかった水野十郎左衛門が、馬を煽《あお》って刺客を追いはらってくれた。

そのときの水野は、まだ父・出雲守成貞《いずものかみなりさだ》の子として百助と名のっていたものである。ときに長兵衛は二十歳。

水野は二十九歳であった。

その二人が、いまは三十六歳と四十五歳になっている。

長兵衛は、土間に面した板張りの間に立ち、水野の手紙の封を切った。

黒光りのするひろい板の間の向うに、長兵衛はお金の視線を感じていた。

この正月の大火にも、舟川戸一帯の地は焼け残った。

それでも、お金の祖父・山脇《やまわき》宗右衛門が、この〔人いれ宿〕の主だったころにくらべると、家は二倍にも建て増されているし、いつとはなしに江戸風の変化を見せ、戸も廊下も、部屋の飾りにも、当時の荒々しい生活《くらし》の態《さま》が消え果てているようであった。

またも、稲妻と雷鳴であった。

板の間の向うの廊下に出て、こちらを注視しているお金へ、雷鳴におびえた子の長

太郎が、

「こわい……」

と、抱きついて来た。

長兵衛は眉毛《まゆげ》ひとつうごかさずに、水野の手紙を読み終えた。

水野十郎左衛門は、こういってきている。

「……久しゅう会わぬ。このごろは、たがいの立場もあり、むかしのように何事にも、へだてなく、酒くみかわすこともならなんだが、ふと、おもいたち、おぬしと共に、しばらくぶりにて酒くみかわし、くさぐさのものがたりいたしたい。

いかがであろうか……。

明十八日、暮六ツ（午後六時）に、わが屋敷へまいってはくれぬか。

舟川戸も、こたびの大火をまぬがれたそうだが、番町のわが屋敷も、ふしぎなことに焼け残っておる」

読み終えて、水野の手紙を巻きおさめる長兵衛の手もとは、いささかもみだれていない。

土間へ出て来た若い者たちが、

「元締……」

おもわず、声をかけるのへ、

「なんだ？」

「み、水野の野郎、なんと申してきましたので？」

言下に長兵衛が、

「なんでもないわさ」

こたえて、廊下から居間へ入った。

「お前さま……」

うしろで、お金の声がふるえて、

「そ、その手紙は？」

「障子をしめなさい」

「あい」

「若い者は、おれと水野様のむかしのことを知らぬだろうし、はなしてきかせてもむだなことだ」

いいつつ、長兵衛が長太郎をひざへ抱きよせ、

「水野様は、親切な御方だ」

「え……？」

「このごろ、旗本奴どもが、だいぶんにいきり立っているらしい。それでな、しばらくの間、なるべく喧嘩《けんか》を買わぬようにしてもらいたい、と、水野様がおたのみなのだ」

「まあ……」

「向うさまも気をつかっていなさる。夏のはじめに三人の旗本奴が御公儀に腹切らされたことが、やはり利《き》いたと見える」

うれしげにいう夫の、平常とすこしも変らぬ落ちつきぶりに、ようやく、お金も緊張を解いたらしい。

「それは、ようございましたな」

「よかった、よかった」

うなずきつつ、長兵衛が、

「どうやら近いうちに、しずかな世の中がやって来そうだな、お金」

「あい」

この夜。

〔人いれ宿〕に寝泊りをしている人足たちをつれて、小平や権兵衛《ごんべえ》が帰って来ると、

「内祝いだ。みなに酒を、たっぷりと出してやれ」

と、長兵衛がいった。

「いったい、なんのお祝いでございます？」

小平が訊《き》くと、

「水野様から御手紙があってな。これからは、なるべくたがいに、あらそわぬように仕向けて行こうではないか……と、こう申し入れがあったのだ」

「へえ……？」

小平と権兵衛は、たがいに顔を見合せたが、この二人、長兵衛と水野とのいきさつは、むかしからよくわきまえている。

「水野様も、あばれ旗本の頭領にまつり上げられておしまいなされたような。それで、いろいろと御苦労もおありのようだ」

「なるほど」

「ともあれ、旗本奴が喧嘩を売っても、こちらで乗らぬようにしてくれと……」

「そうはまいりませぬぜ」

と、権兵衛が、

「それが出来るほどなら、ずっと前にしておりましたよ」

「ま、そういうな」

長兵衛は温顔をほころばせたまま、

「水野様はな、近いうちに、屹度《きっと》旗本奴どもを取りしずめて見せる、と申されている」

「ふむ……」

またも、小平と権兵衛が顔を見合せた。

以前の水野と長兵衛のことを考えれば、嘘《うそ》のようにもおもえぬ。

この夜は、いろいろと馳走《ちそう》の料理が出たし、酒もおもいきり出したので、人足たちは大よろこびであった。

権兵衛は、もう何のうたがいもなくなったかのように、人足たちと酒をのみ、唄《うた》ったり踊ったりしている。

しかし、小平は、

(その水野様の手紙を見たいものだな)

ふっと、そうおもった。

これまでに、長兵衛は自分へあてて来た手紙をお金にも、小平たちへも見せたことはない。

また、お金たちも見ようとおもったことはない。

それなのに、小平は、

(見たい、その手紙を見たい……)

なぜか、執拗《しつよう》にこだわった。

(今夜のおれは、どうかしている)

われながら何を気に病んでいるのか、と、そのうちにばかばかしくなってきて、

「さあ、おれものむぞ」

元気よく、小平は板の間から土間へ下り、奥の人足部屋の酒宴へ入って行ったのである。

長兵衛も、すこしは酒をのみ、夜ふけてから中二階の寝間へ入った。

長太郎を寝かしつけてから、お金が寝間へ入って行くと、長兵衛はまだ起きていた。

「水が、ほしいな」

「あい」

若いころから、あまり酒には強くない夫だけに、

(今夜は、すこし、のみすぎたような……)

と、お金は見ている。

長兵衛は上きげんであった。

（あの、水野様からの御手紙が、よほどにうれしかったものか……）

あのときは、不安に駈《か》られ、全身から血がひいたほどのお金であったけれども、

（やはり、よいお手紙だったらしい）

あれからの長兵衛の、時がたつにつれてきげんがよくなり、態度にもことばづかいにも、平常とすこしも変らぬ落ちつきを見ているうち、お金は、すっかり安心をしてしまった。

水をのむ長兵衛へ、

「近いうちに、どこか、しずかな片田舎へでも引きこもり、長太郎と三人きりで、のんびりと暮したい……そういうてござりましたな」

「ああ、いうた」

「その日も間近いことに……？」

「ま、そうだ」

「うれしいこと」

大火後の復興が成り、旗本奴との確執が消え、江戸の治安がととのったときこそ、
長兵衛は、

「人いれ宿の後は、小平と権兵衛にまかせよう」

と、いつかお金に洩《も》らしたことがある。

さらに、長兵衛は、

「それからは、亡《な》き父上をはじめ、おれにかかわり合いのあった人たち……いまはもう、この世に亡い人たちの冥福《めいふく》をいのって、暮したいものだ」

と、いった。

焼土と化した江戸の町にひびきわたる復興の槌音《つちおと》は、予想以上に高らかな、大きなものであった。

それもこれも、かの保科正之《ほしなまさゆき》を中心とする幕府が、みずから財源を復興のために投げ出し、諸国大名もこれをたすける、といった協力一致の体制があればこそだ。

復興成ったのちは、おそらく、

「これまでの派手やかな御時勢にはなるまい」

と、長兵衛は見きわめをつけている。

幕府はおそらく、この大火による莫大《ばくだい》な失費を考え、

「これよりは、何事にも質素を重んじ、倹約をむねとすべし」

これを主張するにちがいない。

そして、その幕府の政治姿勢は江戸のみか、諸大名の領国へも大きく影響せずにはいまい。

そうした世の中になれば、いよいよ〔旗本奴〕の息つく場所がなくなるわけであった。

ところで……。

水野十郎左衛門から長兵衛にとどけられた手紙は、煎《せん》じつめると、

「……久しぶりに会《お》うて、酒くみかわしながら、語り合いたい」

そのことのみにつきる。

だが……。

(はたして、それのみのことか、どうか?)

長兵衛は疑問におもっている。

水野の手紙は、あれから間もなく、だれにも知られぬよう始末してしまったから、長兵衛のほかにこれを見たものは一人もいない。

お金もその配下のものたちも、水野が長兵衛へ、

「仲直り」

の相談をもちかけてきたものとばかり、いまは信じきっていた。

しかし、いまになって急に、水野が長兵衛をまねき、

「酒をのんで語りたい」

というのもおかしい。

或いは、水野の性格からすれば、突然に長兵衛のことをなつかしがり、ひそかに自邸へまねき、余人を入れずに語り合いたくなったのやも知れぬ。

それにしては、手紙をとどけに来た水野の家来のあの血相の変りようはどうなのであろう。

（いちおうは、死ぬ覚悟をしておかねばなるまい）

と、長兵衛は、手紙を読み終えた瞬間に、そうおもった。

むかしのことはさておき、いまの二人には、それぞれの〔立場〕がある。それも多勢の配下をしたがえ、双方の頭領として張り合ってきたからには、水野も、

（こうなっては長兵衛に死んでもらわねばならぬ）

と、決意したことも考えられる。

いや、その可能性がつよい。

水野がまねけば、長兵衛はことわるまい。

むかしの二人の間柄を考えれば当然だし、そのことを別にすれば、ことわって、

「卑怯者《ひきょう》、臆病者《おくびょう》」

と〔旗本奴〕にあざけられることになる。

そのような侮辱に耐えられる長兵衛ではあるまい……と、水野はねらいをつけ、わざと事もなげに、

(おれをよびよせ、殺すつもりか……?)

とも考えられる。

いずれにしても、こうならば長兵衛にとって問題はない。

死ぬ覚悟なぞ、というものは若いころから何度もしてきているし、いまも、その覚悟がなければ、とても旗本奴に対抗なぞできなかったはずである。

何も彼《か》も、単身、水野屋敷へ出かけてからのことなのだ。

むかしむかし、幼かったころの長兵衛を見て、生死の予言をした旅僧がいたけれども、いま、長兵衛はそのことをおもい出してもみない。それほどに彼は、これまで何度も死にかけているのであった。

この夜……。

長兵衛はお金を抱いた。

やさしくて、おだやかな長兵衛の愛撫《あいぶ》は、いつものように、いささかも変ることが

なかった。

お金は、すべてにみちたりていた。

同じ夜……。

番町の水野屋敷では、水野十郎左衛門がねむれずにいる。

(まさに、長兵衛はやって来る。あの男なら単身、おそれげもなくあらわれるにちがいない)

のである。

水野が、あの手紙を書いたのも、切羽《せっぱ》つまったからであった。

旗本奴《はたもとやっこ》たちは、篠崎勘五郎、近藤藤之助、酒井熊之助などをはじめ、白柄組《しらつかぐみ》、吉弥組《よしやぐみ》を合せて四十余名が戦国のころそのままの鎧《よろい》・兜《かぶと》の軍装で馬にまたがり、舟川戸の長兵衛宅を夜襲しようと決めてしまった。

これをきいて、さすがの水野十郎左衛門も、

(あきれはてた……)

と、おもい、押しとどめようとしたが、彼らは激怒と昂奮《こうふん》の頂点にあり、

「もはや、水野殿をたのむな!」

とまで、いいはじめた。

彼らも〔いのちがけ〕である。

そのような所業をしたら、幕府もだまってはいまい。

もしも、とがめをうけるなら、

「それもよし！」

であった。

四十余名が江戸城の大手口へあつまり、そろって、

「腹切って見しょう！」

と、誓い合っている。

水野のほかの、加賀爪《かがづめ》、坂部、千田などの幹部も、夜討ちには参加せぬが、

「共に死のう」

旗本奴どもの圧力から脱しきれなくなっている。

そこで、水野が最後の切り札を出したのである。

「長兵衛を、わしが屋敷へまねき、いちおうは彼《か》の者のいいぶんをきいてからにしたらどうじゃ」

「まさか一人にては、あらわれますまい」

「手下どもをつれて来たなら、そのときこそ、この水野の門前で血の雨をふらせたら

よかろう」

「ふうむ……」

「わしは、一人で来い、と、長兵衛にいうてやるのだ。それをまもらず徒党を組み、ここへあらわれるとなれば、斬《き》って捨ててもかまわぬ」

「なれど……」

「ま、おのおのよくきけい！」

と水野は、すさまじい気魄《きはく》をこめて、こういった。

「長兵衛の申しぶんに、いささかも解《げ》せぬところあらば、この水野がみずからの手にかけてくれよう」

そこまで水野にいわれては、旗本奴どももも、強情を張り通すわけにはゆかぬ。

「まことでござるな？」

「水野に二言《にごん》はない」

「ふうむ……」

「もし長兵衛が、これからもわれらに刃向うつもりなら、その場において成敗《せいばい》いたす」

結局、一同は水野のことばにしたがうことにした。

「様子を見とどけてからでも、おそくはない」

「かまわぬ。当夜、水野屋敷において結着をつけてしまえばよいのだ！」

と、息まくものも多い。

どちらにせよ、長兵衛を、

「ただではおかぬ！」

と、いうのである。

長兵衛が両手をつき、あたまをたれて、

「どうもみなさま方、これまでのことはこちらが悪うございました。どうか、おゆるし下されましょう」

ていねいにわびを入れれば、ともかく、そのようなまねをするほどなら、長兵衛もこれまで、旗本奴に一歩も退《の》かぬ対決ぶりを見せるはずがない。

「よし！」

というので、当日は四十名の旗本奴が水野屋敷へ参集することになった。

できるなら、彼らのうちから四、五名の代表をえらんで来てもらいたい、

（わしと長兵衛との談合を見とどけてもらおう）

と、思案していた水野十郎左衛門だが、こうあっては、

「多勢ではいかぬ」

とも、いえなくなってしまった。

（かくなれば、やって見るよりほかに道はあるまい）

決意した水野が、長兵衛へ手紙をとどけたのである。

水野は、長兵衛を相手に、先《ま》ず、

〔むかしばなし〕

をするつもりである。

肥前・唐津八万三千石の大名、寺沢兵庫頭《ひょうごのかみ》を相手どって只《ただ》ひとり、敢然として立ち向った塚本伊太郎……いや、幡随院長兵衛《ばんずいいんちょうべえ》の若き日のことをきいたなら、旗本奴ならずとも、

（長兵衛とは、そのような立派な男であったか……）

瞠目《どうもく》するにちがいない、と、水野は信じている。

先ず、むかしばなしをすることによって、こうした長兵衛の人柄を満座の旗本奴に、はっきりと知らしめるつもりであった。

いまの旗本奴とはちがい、当時の旗本は同じ喧嘩をするにしても、たとえば水野十郎左衛門のように、塚本伊太郎の敵討《かたきう》ちを助けるためなら、八万三千石の大名とも、

場合によれば幕府を相手にしても、

(助太刀してくれる!)

の、意気込みであったのだ。

そこのところを、彼らがわかってくれたなら、後は水野の胸三寸。うまく町奴との仲直りへもって行けそうな気がしている。

「同じ喧嘩して、いさぎよく散るならば、もそっと大きな相手を……」

である。

このようなことで、長兵衛を死なせることは、水野にしてみれば耐えられぬことであった。

(たぶん、うまく行くことであろう……)

自分で自分にいいきかせ、暁の光りがさしこむころ、ようやくに水野はねむりについた。

血

七月十八日の朝が来た。

いつもと同じ朝であった。

多勢の人足たちが、長兵衛《ちょうべえ》の配下につきそわれて一日の労働に出て行く。

その食事をととのえるためのざわめきが、まだうす暗いうちから、この〔人いれ宿〕に起るのである。

そのときは、お金も床をはなれ、大台処《おおだいどころ》へ出て食事の指図をしたりして、ひとしきりは多忙をきわめる。

お金が、寝間を出て行ったあと、長兵衛は起きあがった。

お金と、小平・権兵衛《ごんべえ》・四郎兵衛《しろべえ》たちにあてた手紙を、二通したためたのであった。

それは、およそ次のようなものだ。


水野十郎左衛門様にまねかれ、御屋敷へ出向くことを、お前たちにかくしたのは、よけいなめんどうをはぶくためだ。

お前たちにこのことをもらせば、どうしても行かせてはくれぬだろう。たしかに、あぶないといえばあぶないのだ。

だからといって、無事に帰れぬときめこむわけにもゆくまい。

おれ一人を呼び出し、だまし討ちにかけるほど、水野様のさむらいごころもくさっ

 てはいまいし、おれもまた、むかしあれほどの大恩をうけた水野様ゆえ、久しぶりに、酒くみかわして語り合おうとまねかれれば、ことわりもなるまい。

ことわっては塚本長兵衛が臆病《おくびょう》になる。おれが臆病者だと、白柄組《しらつかぐみ》の旗本奴《はたもとやっこ》たちにいわれたとしたら、お前たちはうれしくあるまい。おれもそうだ。

この手紙は、もしも、おれが無事に帰って来たときは、お前たちの目にふれずにすむとおもう。

なれどもし、おれが水野屋敷で死んだとしても、決して、さわぎ立ててはならぬ。いまはもう、御公儀の裁きが旗本奴のあたまの上へ落ちかかっているのだから、もしも、おれがだまし討ちにあうようなら、なおさら天下の御裁きが早く下ろうというものなのだ。

なればこそ、お前たちも、さわぎを起してはならぬ。おれの敵《かたき》を討とうなどとみじんも考えてはならぬ。ここのところを、よく、わかってもらいたい。

もしも相手が、おれをよび出して殺すつもりでいるなら、おれが出て行かぬときは、きっと旗本奴どもがこちらへ押しかけて来るにちがいない。それほどに、あの人たちは押しつめられ、うごきがとれなくなってきているのだ。多勢と多勢が、江戸の町すじで刃物をふりまわし斬《き》り合うような御時世ではなくなったことを、おれはいままでに何度も、お前たちへいいきかせてあるはず。よもや、忘れはすまい。

これからの、お前たちは、おれが山脇《やまわき》宗右衛門殿からゆずりうけた、この〔人いれ宿〕をまもり、喧嘩《けんか》もさわぎもせず、しずかに落ちついてはたらくことが、もっともたいせつなことなのだ。

もう一度いうが……。

旗本奴どもの御裁きは天下がつけてくれる。お前たちが血迷ってあばれ出すと、お前たちもいっしょに御裁きをうけ、罪をつくることになるのだ。そうなっては、せっかくここまで、おれとお前たちが、いのちをかけてきずきあげてきた〔人いれ宿〕が一度に打ちこわされてしまう。ここのところを、よくよく考えてもらいたい。

おれが死んだときは、お金と長太郎も、お前たちの厄介になることだろう。それはよろしくたのむ。


およそ、こうした文面であった。

手紙をしたためると、長兵衛はこれを、以前に幡随院《ばんずいいん》へかくれて住んでいたころ、良碩和尚《りょうせきおしょう》にもらった手文庫の中にしまいこんだ。

その、良碩和尚も、いまは亡《な》い。

長兵衛は、また床へ入り、六ツ半（午前七時）ごろに起きた。

朝飯の膳《ぜん》についたときの長兵衛は、まったく平常と変りがなかった。

当時はまだ、一日二食があたりまえのことだったが、人いれ宿は朝早くから夜おそくまで何かとはたらくので、だれも彼も日に三食を食べる。

小平がまだ居残っていて、

「今日は、井伊《いい》様御屋敷へお出かけのはずでございましたね」

と、長兵衛にいった。

「そうだ」

長兵衛が、うなずいた。

井伊家は、近江《おうみ》の国・彦根《ひこね》城主として三十五万石。江戸屋敷は江戸城の濠《ほり》に沿った外桜田にある。

十三年前……。

塚本伊太郎を名のっていたころの長兵衛が、父の死の秘密をにぎっている茂平次老人をさがし出すため、彦根城下へおもむいたことがある。

そのときは水野十郎左衛門が十名の家来たちを引きつれ、若き長兵衛をまもって、わざわざ近江の国まで出張《でば》って行ってくれたものだ。

ところで……。

江戸の井伊屋敷も、今度の大火で焼失してしまい、現在、昼夜兼行で新築工事が急がれている。

その井伊家の工事にはたらく人足を、長兵衛の〔人いれ宿〕へたのみに来たわけだが、なにぶん、いくら人手があっても足りぬときゆえ、井伊家がおもうほどの労働力を提供しきれない。

先日から、井伊家から、

「もっと人数を増やすように……」

と、何度も長兵衛のところへさいそくがきている。

今日は、そのいいわけと今後の相談に、外桜田の井伊屋敷へ、長兵衛が出かけることになっていたのだ。

それが、

(ちょうど、よかった)

なのである。

井伊家へ行き、用事をすませてから、長兵衛は番町の水野屋敷へまわるつもりであった。

「私が、お供をしたいのですが……今日はどうしても、外神田の道普請《ぶしん》を見まわらねばなりませぬので」

と、小平がいった。

「ああ、いいとも」

「五郎と又助に、お供をさせます」

「ああ、そうしてくれ」

と長兵衛、いささかもこだわらぬ。

「すぐに、お出かけなされますか」

「昼からにしよう」

「さようで……では、行ってまいります」

「御苦労だな」

長兵衛は、淡々といった。

むかしから、この小平や、小平の父、兄弟には長兵衛も亡父・伊《い》織《おり》も筆舌につくしがたい恩をうけている。

この人たちのはたらきがなかったら、とうてい、父の敵を討つことはできなかったろう。

長兵衛は一言でも、小平に、

(別れのことばをいいたい)

と、おもった。

だが、そうした感情のうごきをわずかでも、おもてへあらわしたなら、敏感な小平はたちまちに、

(どうも、今日のお頭《かしら》は妙だぞ)

感づいてしまうにちがいなかった。

だが……。

立ちあがりかけた小平へ、

「権兵衛は?」

つとめて何気もない態《てい》で、長兵衛が問うた。

「早くから本多様御屋敷の普請場を見まわりに出かけました」

「あ、そうか……」

「なにか、御用でもありましたか?」

「いや……」

長兵衛はかぶりをふって、

「別に、ない」

と、こたえた。

十年前のあのとき……。

目黒の下屋敷へ向う寺沢兵庫頭《ひょうごのかみ》の行列へ単身斬りこんだ長兵衛も、次に駈《か》けつけて来てくれた権兵衛の勇猛なはたらきがなかったら、すでにあのとき死んでいたろう。

むろん、死んだとしても心残りはなかったけれども、

（これまで生きてこられたおかげで、いくらかは人のためにはたらくことができたのだ）

と、長兵衛は、おもっている。

その権兵衛は、自分がまだ床の中にいるうち、人足たちをつれて出て行ってしまったのだ。

（も一度、顔を見ておきたかった……）

長兵衛は箸《はし》をおき、表口の土間の方へ去る小平の後姿へ、胸のうちで、

（これまで、いろいろとありがたかった……礼をいいます）

と、いった。

それから昼まで、長兵衛は配下の五郎と又助を相手に、井伊屋敷へさしむけるため

の人足の割りふりを考えた。

諸方へさしむけてある人足たちの労働日程と、人数をしらべ、おそくとも、十日後には三十人ほどの人足を井伊屋敷へ送りこめる見こみがついた。

いま、長兵衛の〔人いれ宿〕から出ている人足は、三百人にもなっている。

そのうちの二百人が、この舟川戸の〔人いれ宿〕へ宿泊しているのであった。

「お前たち、井伊様の人足は、ここからこうして……こちらをこのようにやりくりをしてさしむけるのだ。いいな」

長兵衛は、いちいち筆をとって紙に書きしるし、五郎と又助にいった。

これも、いつものことだが、五郎も又助も長兵衛からこれほどの指図をうけたことは、まだなかった。

二人とも若かったし、人足のやりくりなぞは、小平、権兵衛、四郎兵衛たちがうけたまわるのが常であったからだ。

昼になった。

お金が食事をととのえた。

長兵衛は、かるく食べた。

それがすむと、

「井伊様へ行く。仕度をしてくれ」

と、長兵衛がお金にいいつけた。

うす黄色の帷子《かたびら》に茶の袴《はかま》。黒の麻羽織を着た長兵衛は、亡き父の形見の堀川国広《くにひろ》一尺八寸余の脇差《わきざし》を腰に帯びた。

この国広の刀は、もと二尺一寸八分あって、寺沢兵庫頭へ斬りこんだときにはたらいてくれたものである。

その後に長兵衛は、刀の長さを一尺八寸ほどにちぢめ、いつも腰へ差しこんでいたのだ。

空は、晴れていた。

前夜の雷雨が嘘《うそ》のように晴れわたった空が、急に高く澄みわたって、

「もう、秋か……」

表口へ出た長兵衛が、お金をふり返りもせず、

「では、行って来る」

「あい」

「長太郎は？」

「さっき、虎蔵がついて、どこかへあそびに……」

「そうか……」

うなずいたまま、長兵衛はまだふり返らず、

「早くもどる」

こういって、歩み出した。

五郎と又助が後につづく。

お金は門口に立ち、いつものように長兵衛が道を右へまがりきるまで見送っていた。

遠ざかった長兵衛が、道をまがる前に、こちらをふり向いたように見えた。

お金が、そうおもった瞬間、材木を山のように積んだ荷車を牛に曳《ひ》かせたのが、列をなして向うからあらわれ、長兵衛たちの姿をかくしてしまった。

荷車の列が通りすぎたとき、もう長兵衛の姿はなかった。

そのころ……。

水野十郎左衛門の屋敷には、早くも千田軍四郎、近藤藤之助、篠崎勘五郎、酒井熊之助などのあばれ旗本が参集している。

午後になると、さらに人数が増え、三十名ほどの旗本奴が、邸内の其処此処《そこここ》で酒をのみはじめた。

水野十郎左衛門は、奥の居間に引きこもったきりで、まだ顔を見せぬ。

「もしも、長兵衛が一人であらわれたるときは何とする？」

と、近藤が酒井にいう。

「一人では来まい」

「もしも、だ」

「のめのめとは帰せぬな」

「なれど、水野殿にまかせたことでもあるし……」

「うむ……」

すると、千田軍四郎が、

「そうじゃ、今夜は水野殿にまかせてある」

「はあ……」

「なれど……」

と、いいさして千田がにやりと笑って見せた。

「なれど、いろうてつかわす」

「は？」

「長兵衛を、じゃ」

「なんとされます？」

「もしも一人でまいったなら、先《ま》ず、酒をのむ前に、風呂《ふろ》へ入れる」

「長兵衛を？」

「さよう。われらが居ならぶところへ、只《ただ》一人まいって、その上に、まる裸にさせて風呂へ入れるのじゃ」

「ははあ……」

「みごと、入れるか、どうか、な」

「それは、入れますまい。まる裸になって風呂へ……そこへもし、われらが槍《やり》をつけたとなれば、いかに長兵衛といえども、ひとたまりもない。とても、それほどの勇気はもち合せてはおりますまい」

「なればこそ、ためして見るのじゃ」

「なるほど」

「長兵衛が風呂をことわったときは、わしが先ず、臆病風に吹かれたか、と、長兵衛にいうてくれるわ」

「これは、よい」

「風呂へ入るが、さほどにおそろしいか、とな」

「ふむ、ふむ」

「このことは、水野殿に申すな」

「心得てござる」

「では、それがし、風呂の仕度をいいつけてまいろう」

と、近藤が廊下を去った。

その後で、千田が、

「もしも長兵衛が怒り出したなら、そのときこそ、こなたも……」

まわりの旗本奴どもを見まわし、

「そうなれば喧嘩じゃ。水野殿がとめても、とまらぬわ」

そのとき、大廊下を通りかかった水野の家来・犬上新次郎が、この千田軍四郎の声を耳に入れた。

犬上新次郎は、前夜に、水野の手紙を長兵衛へとどけた男である。

まだ、若い。

犬上は、水野の手紙を長兵衛への挑戦状だとおもいこんでいた。

なればこそ、血相を変えて舟川戸へ乗りこんで行ったのである。

(もしも、長兵衛めが無礼なあつかいをしたならば、おれが、その場において斬《き》り捨ててくれよう)

なぞと、昂奮《こうふん》をしていた。

犬上は刀の鯉口《こいぐち》を切って、長兵衛宅へ入って行ったのだ。

ところが、どうにもならない。

こちらは精一杯に怒鳴りつけているつもりなのだが、長兵衛の貫禄《かんろく》に圧倒され、われながら、なさけないほどに声がふるえてしまい、

（おのれ、くそ！）

自分で自分が歯がゆく、なんとかして長兵衛を圧倒してやろうとおもうのだが、手も足も出なかった。

若いだけに犬上新次郎は、前夜のことが耐えがたい屈辱となって胸に残っている。

（たかが、町奴ではないか……）

なのである。

それだけに、いま大廊下を通りかかったとき、千田軍四郎の声が、

「……そうなれば喧嘩じゃ。水野殿がとめても、とまらぬわ」

と、きこえたので、

（いよいよ、やるのか……）

胸が、おどってきた。

水野は家来の犬上には何も語ってはいない。

前夜に、犬上が長兵衛の返事を報告したとき、

「さもあろう」

にっこりとうなずいたのみである。

だから犬上新次郎は、まだ主人の水野が長兵衛をよびつけて斬り捨てるつもりなのだ、と、おもいこんでいた。

犬上は、旗本たちに気づかれぬよう、そっと大廊下を引き返して行った。

(おのれ、長兵衛め。今夜こそ……)

彼は昨夜の屈辱を、なにとかして今夜、長兵衛に向って叩《たた》き返してやりたいとおもった。

(よし、おれが殺す!)

いざとなれば、まっ先に躍り出して長兵衛へ槍をつけてくれよう、と決意をした。

みごとに長兵衛を突き倒せば、主人の水野も、

(ほめて下されよう)

勝手にきめてしまっている。

犬上は自室へ入り、愛用の槍の鞘《さや》を外して、青白く光る穂先に見入った。

そのころ、水野屋敷の小者に風呂の仕度をいいつけた近藤藤之助が、邸内の長屋に住んでいる丸山千五郎をよび出し、

「鉄砲の用意をしておけ」

ひそかに命じている。

近藤藤之助は、

(もしも今夜、長兵衛を討つことになれば……)

絶対に仕損じてはならぬ、と考えている。

なにしろ、こちらが十人、十五人と正面から立ち向って行っても、討ちとれるかどうか、こころもとない。

いや、とても討ち果すことはなるまい。

それは当然であろう。

これまで何度も、旗本奴《はたもとやっこ》たちは長兵衛の威力に圧倒され、手も足も出なかったことは、その場に立ち合っていた近藤自身が、もっともよくわきまえている。

近藤もいつであったか、

「おのれ!!」

おもいきって斬りつけようとしたとき、

のだ。


「むう……」

刀の柄《つか》へ手がかかりながら、どうしても抜けなかったことがある。

だまって、こちらをにらみつけている長兵衛の双眼《りょうめ》の底深い光りが、近藤の顔ではなく刀の柄へかかった手へ、ぴたりと射つけられているのだ。

どうにもならぬ。

近藤の手ゆび一本がうごいたら、

(おれは、たたきつぶされる……)

い、
ぞっとしたものだ。

だからこそ……。

(今夜は、どのような手段をもってしても、長兵衛を生かしてはおけぬ)

彼は決意していた。

丸山千五郎の長屋をたずね、丸山の主人である水野へもことわらずに、

「鉄砲の用意をしておけ」

と、いいつけたのも、そのためであった。

「それは……?」

丸山千五郎が、

「殿のおおせにございますか？」

と、問うた。

「む……」

一寸《ちょっと》、近藤はつまったが退《の》き引きがならなくなり、

「いかにも」

と、こたえた。

こたえたことによって、

(なに、かまわぬ)

近藤は、みずからをなっとくさせてしまった。

(かまわぬ。討ってしまえば水野殿とて、どうしようもあるまい。しかも、旗本奴のみなみなは、長兵衛を討てば、おれのしたことに文句をつける者とて、一人もあるまい)

これであった。

「よろしゅうござる」

丸山も、うなずいた。

彼にしても、だ。

塚本長兵衛の行列斬り込みによって旧主人・寺沢兵庫頭が死に、寺沢家が取りつぶされ、たとえていえば一夜のうちに路頭へほうり出されたのである。

直接に、水野十郎左衛門から命令をうけたわけではないが、

(近藤様のいいつけなら、どこまでも責任《せめ》は、おれにないことなのだ)

と、おもった。

夕暮れが近づいてきた。

ようやく、水野十郎左衛門が奥の居間から、書院へ顔を見せ、

「みな、そろうたか?」

と、いった。

「そろいましたぞ」

千田軍四郎がこたえる。

「よし」

と、うなずいた水野が、

「申すまでもないが、今夜の主人は、わしじゃ」

「いかにも」

「ゆえに、わしの指図なくして、塚本長兵衛へ指ひとつ、ふれてもろうても困る」

「心得申した」

と、千田がにやにやしながら、

「ゆびを……手をふれねばよいのでござろう？」

「さよう」

「心得た。大丈夫にござる」

「先ず、わしと長兵衛との談合をきいてもらいたい。その上で、もしも長兵衛を生かして帰せぬとなれば……わしが合図をする。よろしいか」

「よろしいとも」

「わかり申した」

「たのむぞ」

いいおいて水野十郎左衛門、書院を出て、ふたたび奥へもどり、長兵衛と会うための着替えにかかる。

そのあとで旗本奴どもが、

「ゆびはふれぬわい。のう……」

「いかさま、手もふれませぬ」

「声をかけるのなら、かまわぬわけじゃ」

「さよう、さよう」

「風呂をすすめるのなら、かまわぬわけじゃ。な、そうであろうが……」

「さよう。いまも水野殿は、ゆびをふれてはならぬと申された、しかとな……」

「声をかくるのみなら、よいわけじゃ」

「さよう、さよう」

彼らは、ひそひそと相談をはじめた。

犬上新次郎が自室からあらわれたのは、このときである。

したがって彼は、主人・水野のことばをきいていない。

近藤藤之助が書院へもどって来たのは、さらに後のことだ。

彼も水野のことばを耳にしていない。

犬上は、何やら一種、異様な決意を面上にただよわせ、奥の水野の部屋へ行ったが、
水野は侍女に手つだわせて着替えの最中であった。

犬上はそれを見るや、だまって、また自室へ引き返した。

犬上が槍をつかみ、その柄を五寸ほど切り落した。

これは、室内においても自由に槍をつかえるための用意と見てよい。

書院では、近藤藤之助が、千田軍四郎に「風呂の仕度はよいな?」と問われ「ぬか

りござらぬ」と、こたえている。

そのころ、塚本長兵衛は水野屋敷の近くまでやって来ていた。

外桜田の井伊屋敷で用談をすませ、門の外へ出たとき、長兵衛は供をしている五郎と又助へ、

「先へ去《い》んでくれ」

と、いった。

二人は、顔を見合せ、

「どちらへ、おいでなさいますので？」

これに対して長兵衛が見せた笑顔は、子供のように邪気のないものであったのである。

「だれにも、いうなよ」

と、長兵衛がいたずらっぽく、片眼をつぶって見せた。

このお頭が、かつて見せたことのないものである。

「小平や権兵衛や、四郎兵衛へも、いうてもらっては困る」

「へ……へい……」

「お金へは、むろんのことだ」

「え……？」

「あのな……」

長兵衛が苦笑しつつ、

「ちょいとその、おれは他《ほか》へ寄ってから家へ帰る」

「へ……？」

「ある女のところへ、な」

二人は瞠目《どうもく》した。

「ま、きけ」

長兵衛が、

「別に、その女をどうのこうのというのではないし、おれとその女が何やら関係《わけ》のある間柄でもない。ただ、十何年も前から知っている女なのだ」

「へえ……」

「相手が女ゆえ、いちいちわけをいうのもめんどうゆえ、だまって家を出て来たのだが……ま、これほどでかんべんをしてくれ、決して案ずることはないのだ」

と、いわれても二人はなっとくできない。

だが、長兵衛を引きとめるわけにもゆかぬ。

二人はまだ、配下の中でも新参者といってよいほどだし、長兵衛が「先へ帰れ」というなら、そのとおりにするよりほかに道はない。

「へえ、では……」

「お気をつけ下さいまして……」

二人が、あたまを下げた。

「うむ、うむ」

うなずいて行きかけながら、

「おれがことは、途中で見うしなった……いや、井伊様で御馳走《ごちそう》になっているといえ。井伊様が乗物を出してくださるゆえ、心配ない、と、こういっておけ」

「はい」

よくあることなのだ。

大火後は、人足や大工が何人いても足りない。

長兵衛のように、巨大なちからをもつ土木建築業者といってもよい男へ酒肴《しゅこう》をもてなし、人手を多くまわしてもらうことを、どこの屋敷でもやっている。

もっとも、そのまねきに長兵衛が応じたことは、ほとんどないといってよい。

五郎と又助は半ば茫然《ぼうぜん》として、濠端《ほりばた》の道を遠ざかる長兵衛の後姿を見送ったのである。

長兵衛が、三番町の水野十郎左衛門屋敷の門前へさしかかったとき、遠くで雷鳴がきこえた。

桜田の井伊屋敷前で、五郎と又助に別れたときは、秋の気配を感じさせる冷たい夕風がながれていたのに、いま、風も熄《や》み、じっとりとむし暑く、いつの間にか灰色の雲が頭上をおおってきはじめた。

水野の門前に立ち、あたりを見まわしていた二人の武士が、近づいて来る長兵衛を見るや、あわてて門内へ駈《か》けこんで行った。

（やはり、水野様お一人が会うつもりではないらしい）

長兵衛は、苦笑した。

風が強まってきた。

この年の大火で、番町一帯の旗本屋敷は、ほとんど焼きはらわれたが、四谷《よつや》御門と市《いち》ヶ谷《や》御門の間の濠端に沿った数家の屋敷が奇蹟《きせき》的に焼け残った。

水野屋敷も、その内のひとつである。

水野の表門はひらかれていた。

門から玄関口にかけて、高張提灯《たかはりぢょうちん》が立ちならんでい、門の番士が二人、入って来る

長兵衛を見迎え、

「塚本長兵衛どのか？」

「さようでござります」

「む。通らっしゃい」

「ごめんを……」

見おぼえのある玄関口へ歩みかけて、長兵衛が、

「もし……」

ふりむいて番士たちに声をかけるや、二人の番士がぎょっと立ちすくんだものである。

「以前、御当家に、河合伝三様と申される御家来衆がおいででございましたが……」

と、長兵衛が問うた。

河合伝三は人のよい五十男で、主人の水野が長兵衛の敵《かたき》討ちに助勢をしていたころ、いろいろと、親切にめんどうを見てくれたものだ。

「河合様が、どうじゃとな？」

「いまも、おすこやかにおられますかな？」

「五年ほど前に、亡《な》くなられた」

「さようで……」

ありえぬことではない。

長兵衛は一礼し、玄関へ向った。

右手の内塀に沿った台所蔵のあたりから、三人ほどの武士があらわれたが、長兵衛を見て、すぐに内塀の中へ駈けこんだ。

雷鳴が、まだきこえている。

雲が残照の色をまったくおおいかくしてしまったので、あたりが急に夜のように暗くなった。

長兵衛は、玄関へ立った。

門の番士が取り次がぬのも妙なことである。

(ただごとではないな)

長兵衛も、すでに異常を感じていた。

予知していることだから、すこしもおどろかぬ。

「ごめん下されましょう」

長兵衛が、声をかけた。

玄関の向うに、ひろい畳廊下があり、灯が明るくともっている。

返事はなかった。

も一度、声をかけた。

すると……。

左手は〔使者の間〕のあたりから、すーっと人影がさした。

近藤藤之助である。

「長兵衛、まいったか……」

うす笑いをうかべつつ、近藤があらわれた。

「よう、まいったの」

気味のわるい声だ。

「水野様に、おまねきをうけまして……」

「さようか」

「ここに、ひかえておりまする」

「上らぬのか?」

「さて……」

「上るのが、おそろしいか?」

「別に……」

「さ、まいれ」

「では……ごめん下されまして」

「おう、かまわぬとも」

「かまいませぬので？」

「では、あがれ」


近藤藤之助が先へ立ち、畳廊下を右へ……中ノ間の方へ、長兵衛をいざなって行く。

人の姿は見えぬが、板戸の向うや襖《ふすま》の蔭《かげ》に、長兵衛は何人もの人の気配を感じた。

（はて……水野様の、これが御指図なのか……？）

であった。

二人は、中ノ間の縁側を左へまがった。

そのとき、近藤が、ふと立ちどまり、

「長兵衛よ」

「はい？」

「今夜はな、水野殿が御馳走をして下さるそうな」

「さようでございますか」

「うむ、うむ、そうなのだよ、長兵衛」

ぬったりと笑いつつ、また近藤は先へすすむ。

右がわが中庭であった。

その中庭の暗い闇間《やみま》彼方《かなた》に書院の灯が見える。あかるい灯影なのだが人の影も声もなかった。

中庭の闇に、稲妻がひらめいた。

「長兵衛。なにをいたしておる。こちらじゃ、こちらじゃ」

「はい」

坊主《ぼうず》部屋の前へ出た。

以前には、水野屋敷にも二人の茶坊主がいたものだが、いまはいない。侍女の数もひどく減っているのだ。

あばれ旗本の屋敷へ女中奉公に来るのは、よほどの物好きといってよい。

なんとなく、屋敷の中に荒廃の気がただよっているのを長兵衛は感じた。

住む人のこころが荒廃すれば、その人が住む家も荒廃する。

(よほどに、水野様のお人柄もお変りになったのか……?)

そのとき、近藤藤之助が、

「こちらへまいれ」

と、いった。

長兵衛が、わが屋敷内へ入って来ていることを、水野十郎左衛門はまったく知らなかった。

水野は奥の居間にいて、香をたき、茶を喫し、こころをしずめていた。

久しぶりに長兵衛と語り合うことへの興奮もあり、なつかしさもあってのことだが、むろん、それのみのことではない。

どうしたら、長兵衛の人柄を旗本たちに理解させることができようか……そのことに水野は苦悩している。

長兵衛が来たら、書院へ通し、旗本たちと共に酒宴をひらくつもりであった。

それから必然〔むかしばなし〕に入る。

寺沢兵庫頭一件については、あからさまに語り合うこともなるまい。

あの事件については、旗本たちも、

「目黒近くで、行列に斬りこんだ者がいる」

ほどのことは察しているらしいが、あくまでも寺沢兵庫頭が病死のあつかいになっているのだし、長兵衛と水野のむかしの関係を知っている加賀爪《かがづめか》甲斐守《いのかみ》にすら、水野は事件のくわしい真相をもらしていないのである。

（だが、いざとなれば、すべてを一同の前に語ってもよい）

と、水野は考えてもいる。

一国の大名を相手に、単身立ち向った若き日の長兵衛のことを聞いたなら、旗本《はたもと》奴《やっこ》たちは、瞠目するにちがいないのだ。

（長兵衛とは、さほどに勇ましき男であったのか……）

おどろきは賞讃《しょうさん》にかわるであろう。

（また、そうなくては白柄組《しらつかぐみ》のあばれ旗本とは申せぬ）

のである。

（大丈夫じゃ。わしの真ごころをもって、長兵衛と白柄組を仲直りさせて見しょう）

もしも万一、彼らがどうしても長兵衛を生かして帰さぬというなら、

（おれも死のう！）

水野は、決意している。

どうせ、これから先を生きてみたところで、幕府や世間から〔じゃまもの〕あつかいをされ、つまらなく一生を終るのみであることを、水野十郎左衛門はよくわきまえていた。

「長兵衛を斬《き》るなら、先《ま》ず、わしを斬れ！」

と、叫ぶつもりでいるのだ。

稲妻が光り、雷鳴がとどろいた。

「だれかおらぬか？」

水野が声をかけると、次の間へ、家来の鈴木忠七郎が入って来た。

温厚な中年の家来である。

「長兵衛は、まだか？」

「はい」

「まいったなら、すぐに知らせるよう、表門へつたえておけい」

「心得ました」

鈴木が去った。

彼も、長兵衛がすでに、屋敷内へ入っていることを知らぬ。

鈴木忠七郎が、奥から長い廊下をたどり、坊主部屋の前を通りすぎたとき、その中に塚本長兵衛がいたことをまったく気づかなかった。

彼は、中ノ間を経て、玄関へ向った。

そのすこし前に、近藤藤之助が、

「しばらく、ここに待て」

と、長兵衛へいい、外へ出て行った。

長兵衛は、しずかに待っている。

もう、死ぬ気であった。

（水野様も、おれを殺すおつもりらしい）

ようやく、そこへおもいがまとまってきている。

これは、たしかに尋常なもてなしとはいえぬ。

死を覚悟して、一人きりでこの屋敷へ来たのも、多勢の旗本奴が舟川戸の〔人いれ宿〕を襲撃にかかることを、長兵衛は察していたからである。

追いつめられて自暴自棄となった彼らが、当然、なすべき所業といってよい。

そうなれば双方に多勢の死傷者が出るのみか、喧嘩《けんか》さわぎに巻きこまれた町民へ大きなめいわくがかかる。

となれば……。

喧嘩は両成敗が定法ゆえ、幕府としても双方へ罰をあたえることになる。

町奴も罪人となるのだ。

〔人いれ宿〕に傷がつくのだ。

故・山脇宗右衛門の遺業をついだ長兵衛としては、これはたまらぬことであった。

廊下に足音がして、近藤藤之助が障子を開け、

「長兵衛よ」

「水野殿のおおせじゃ。風呂《ふろ》に入れ」

「ふ、ろに、でございますか」

「おどろいたか。ふ、ふふ……」

「おどろきはいたしませぬが……」

「御馳走の前に風呂を下さる。ありがたいとおもわぬか」

「なれど、御無礼になりまする」

「かまわぬ」

「では、とりあえず水野様へ、ごあいさつを……」

「その後でよい、と、おおせある」

「なるほど」

長兵衛が近藤を見上げて、微笑をした。

近藤、何がなしにぎくりとした。

どうして、ぎくりとしたのか、自分でもわからぬ。

笑顔になっていながら、長兵衛の眼光が一変していた。

その両眼が二倍にも三倍にも大きく見ひらかれ、黒い二つの眼球が長兵衛の顔から飛び出し、自分の眼の中へ突き刺さったように、近藤はおもったのである。

「では……」

長兵衛が立ちあがり、

「おことばにしたがい、ちょうだいをいたしましょう」

と、いった。

「む……う、うむ……」

辛うじてうなずき、近藤はもつれた足どりで先へ立った。

そのとき、表門の門番小屋へ来た鈴木忠七郎が、番士に水野のことばをつたえていた。

二人の番士は、怪訝《けげん》そうに、顔を見合せた。

主人の水野が、

「長兵衛があらわれたら、すぐに奥へ知らせよ」

と、いっている。

だが番士たちは、少し前に、近藤藤之助から、

「長兵衛がまいったなら、取り次がぬでもよし、きゃつめを一人、玄関口へ通せば、

おれがすぐに出てつかわす」

と、命じられていたのだ。

だから、その通りにしたまでなのだ。

「よいか、わかったな」

いいおいて鈴木忠七郎、番士がきょとんとした顔つきになっているのも気づかず、あわてて引き返した。

というのは……。

そのとき、沛然《はいぜん》として雨がたたいてきたからである。

門番小屋の灯を背にしている番士たちの顔の表情も、鈴木にはよく見えなかったにちがいない。

雨と雷鳴に追われるかたちで、鈴木忠七郎が、屋敷内へ駈けこんだとき、塚本長兵衛は近藤の案内で、大台所と小庭一つをへだてた風呂へ案内されていた。

この風呂場は奉公人用のもので、主人の水野がつかう専用の浴室は、もっと奥の居間にちかいところにある。

「ゆるりと入れ」

と、近藤藤之助が、風呂場の次の間で、

「か、刀をあずかろうか……」

と、いった。

声がふるえている。

長兵衛がうなずき、堀川国広の脇差《わきざし》を脱して、

「さ……」

近藤へ手わたした。

うけとる近藤の手が、ぶるぶるとふるえている。

「さ、出て行きなされ」

長兵衛が、ずっしりとした声をかけるや、近藤はころげるように国広の刀をつかんで廊下を曲って、裏庭の方へ駈け去った。

廊下を去る近藤藤之助と入れちがいのかたちになって、鈴木忠七郎が奥へ去った。

その後で、大台所へ通ずる板戸が音もなく開き、犬上新次郎が廊下へ、あらわれた。

犬上は、槍《やり》をかいこむようにして、廊下を右へ曲った。突き当りが風呂場である。

一方……。

長兵衛は、衣服をぬぎ、そこに仕度してあった入浴用の帷子《かたびら》に着替えている。

稲妻が小窓の隙間《すきま》から疾《はし》りこんできた。

長兵衛が風呂場の板戸を開いた。
中に、湯気がこもっている。
その湯気が、ひろい風呂場の一角へ吸いよせられているのに、長兵衛は気づいた。
小窓が開いているらしい。
風呂場の中は、うすぐらかった。
壁に、古風な銅製の釣灯台《つりとうだい》が二つほど掛かっているのみであった。
長兵衛が、風呂場へ入り、屈《かが》みこんでひしゃくを手にとった瞬間であった。
突如、小窓の外から鉄砲の音が鳴りひびいた。
長兵衛の巨体が、ぐらりとゆれた。
槍をかまえた犬上新次郎が風呂場の板戸を引き開けたのは、このときである。
「死ねい！」
わめきざま、犬上は槍を長兵衛の背中へくり出した。
（しめた！）
と、犬上はおもったろう。
かわしきれる体勢ではなかったのだ。
にもかかわらず……。

「ああっ……」

　ふりむいた長兵衛に槍の柄をたぐりこまれた犬上新次郎の両足が、ふわり、と宙に浮き、どこをどうされたものか、次の転瞬、犬上の躰《からだ》はもんどりを打って風呂場の板壁へたたきつけられていたのである。

　そのとき……。

　書院にいた旗本たちも、奥にいた水野十郎左衛門も、鉄砲の音に気づいて、

「な、なにか?」

　はっと立ちあがった。

　近藤藤之助は、どこにもいない。

　旗本たちが大廊下へ駈け出た。

　水野も、奥から走って来て、

「何事だ?」

「存ぜぬ」

「大台所の方らしい」

　水野が血相を変え、

「だれか、長兵衛を……?」

一同をにらみつけた。

一同、声もない。

彼らもまだ、近藤が一存で長兵衛を風呂場へさそいこみ、丸山千五郎へ、ひそかに鉄砲を命じたことを知ってはいないのである。

水野が駈けた。

風呂場の湯けむりが、次の間から大廊下へながれ出ているのが見えた。

異様なうめき声を発し、水野十郎左衛門が風呂場へ飛びこみ、

「あっ……」

おもわず、叫んだ。

塚本長兵衛が湯気の中であぐらをくみ、凝《じっ》とすわっている。

その向うで、鼻や口から血を流出させ、犬上新次郎が仰向けに倒れている。

窓の外にいた丸山千五郎は、水野が入って来たのを見るや、鉄砲を抱え姿を消した。

「ち、長兵衛……」

うなだれたかたちの長兵衛が、水野のその声をきいて、ゆっくりと顔を上げた。

「おお……」

長兵衛の眼に光りが浮いてきた。

長兵衛の右肩から胸のあたりにかけて、おびただしく鮮血が流出している。

「て、鉄砲だな!」

うなずいた長兵衛が、

「まさかに、水野様の……」

「ちがう!」

「さようで……」

にっこりとして長兵衛が、

「それをきいて、安堵《あんど》いたしました」

「しっかりせい」

「あの……」

と、長兵衛が、顔を血だらけにして倒れている犬上新次郎をあごでさし示し、

「あの、槍をつけてきたお人は死んでおりませぬ。たたきつけるのみにて……」

「かまわぬ。長兵衛、これは、まことに、わしが……」

「もう、よろしゅうござります」

水野十郎左衛門が、風呂場の外へ押しかけて来ている旗本奴どもへ、

「だれだ、出てまいれ!」

すさまじい声で叫び、落ちていた犬上新次郎の槍をつかみ、

「このように卑怯《ひきょう》な仕わざをいたした者はだれか、前へ出い！」

「知らぬ」

千田軍四郎が進み出て、

「われわれは知らぬ」

「なに……」

そのとき、長兵衛が、

「う、うう……」

がっと血のかたまりを吐いた。

「あっ……」

槍を捨てて水野が、長兵衛を抱きしめ、

「す、すまぬ……」

くびをたれた。

鉄砲で長兵衛を撃った者は、丸山千五郎にちがいない。

だが、水野にして見れば、

(だれかが丸山に、撃てと命じたのだ)

と、おもわざるを得ない。

「久しぶりに、出合《でお》うたのに……」

あえぎあえぎ、長兵衛が、

「もっと、……もっと、語り合いとうござりましたな……」

稲妻が、外の闇に白く疾った。

「ち、長兵衛……」

「水野様。も、もはや、この後も喧嘩さわぎは、いけませぬ」

「む……」

「いけませぬ、いけませぬ」

水野十郎左衛門の顔色は、まさに死人《しびと》のそれであった。

長兵衛の両眼が白くつりあがった。

そのとき、水野屋敷がたたきつぶされるかとおもうほどの雷鳴が轟然《ごうぜん》として人びとの耳を打った。

がっくりと、長兵衛のくびがたれた。

「い、伊太郎……」

ひしと塚本長兵衛を抱きしめ、水野十郎左衛門が号泣した。

こうして、塚本伊太郎は……いや幡随院長兵衛は、三十六年の生涯を終えた。

ときに明暦三年（一六五七年）七月十八日。

現代より三百年あまり前のことになる。

この後、長兵衛配下の町奴たちが、水野をはじめ旗本奴一同が遊里から帰るところを待ち伏せ、これを襲撃し、大乱闘がおこなわれたという説は信じがたい。

長兵衛の妻・お金と長太郎は、その後に下谷《したや》・金杉へ住居をうつし、町奴たちにまもられながら、安らかに暮した、ということである。

お金は、寛文四年（一六六四年）九月二十七日に病歿《びょうぼつ》した。

長太郎については、不明である。

ところで……。

お金が亡《な》くなった同じ寛文四年三月。

水野十郎左衛門は、幕府の評定所へよび出され、

「無頼《ぶらい》のきこえあるによって……」

知行を召しあげられ、松平阿波守《あわのかみ》へ身柄をあずける、と、申しつけられた。

長兵衛の死後、七年の間、水野は、我身と仲間の旗本奴たちをもてあましつつも、転落にまかせて乱暴をはたらきつづけていたものであろうか……。

評定所からの、よび出しをうけたとき、

「これでよし」

水野は、地獄の責苦からのがれ出たような顔つきになった。

その当日。

評定所へあらわれた水野を見て、幕府の大目附や目附たちが眉《まゆ》をひそめた。

水野は髪の毛を、わざとおどろにふり乱し、これに泥をぬりつけ、袴《はかま》をつけぬ乞喰《こじき》同様の汚れた衣類を着ながしのままで、出頭した。

三千石の大身旗本のなすべき所業ではない。

（おのれ、そこまでも御公儀をあなどるつもりか！）

と、幕府・高官たちも、大いに怒った。

水野十郎左衛門にたいしては、

「名誉の家柄でもあることとだし、当人が身柄をおあずけとなってのち、よくよく反省をいたし、つつしみ暮しおるようなれば、また考えようもあろう」

と、幕府は裁きにふくみをもたせていたようであるが、はじめから水野がこのような態度に出たのでは、

（もはや、ゆるすべからず！）

と、なった。

調べをうけたときの水野の態度も傲慢不遜《ごうまんふそん》をきわめているように見えた。

にやり、にやりとうすら笑いをうかべている水野十郎左衛門を、取りしらべにあたった目附たちも、

(なんと憎さげな……)

と、おもった。

当然である。

もっとも水野は、みずから憎まれるように仕向けたのである。

(この機をのがさず、罪をうけて死のう)

と、彼は決意したのだ。

生きていて、これから先に何の望みもない。他家へあずけられ、監禁同様の生活を送ってみたところで、

(何が、おもしろいものか……)

である。

また水野は、自分を頭領にまつりあげている旗本奴たちから、一時も早く逃げ出したかった。

それよりも尚《なお》、

(長兵衛のあとを、これでようやく追えるのか……)

さっぱりとした気持になっていた。

幕府に憎まれて、一時も早く罪をうけ、死にたいのである。

水野ほどの人物でも、こうしたきっかけがなければ、なかなかに死ねなかったものらしい。

彼ひとりで、世に生きていたからではないのだ。

後つぎの子もない水野が自決でもすれば、父の代から奉公をしている家来たちも路頭に迷うことになるし、なによりも、旗本奴《はたもとやっこ》たちの暴走を押えるために、彼は死ねなかったのでもあろうか……。

三月二十七日。

幕府は、取り調べのときの水野にたいし、

「……そのさま不敬なればとて、切腹せしめらる」

と、いうことになった。

その〔申しわたし〕に、

「……そのほう儀、御譜代の旗本にて、御たのもしく思《おぼ》しめされ(将軍が)たるところ、数カ年の不行跡、世上にかくれこれなく（中略）その科《とが》、重罪たる間《あいだ》、領地召しあげさせられ、御仕置《おしおき》おおせつけらるものなり」と、ある。

水野十郎左衛門の切腹は、みごとなものだったそうな。

貞宗《さだむね》の脇差で、一気に七寸ほど、わが腹を切り裂いてから、

「刃《やいば》の味が、ことのほかにすぐれておる」

にっこりといい、刀を置いてすわり直し、

「いざ、首を打たれよ」

と、介錯人《かいしゃくにん》の山名勘十郎へ声をかけたという。

ときに水野十郎左衛門成之《なりゆき》は、五十二歳であった。

この後……。

あの加賀爪甲斐守をはじめ、旗本奴五十七名が罪をうけ、八丈島や三宅《みやけ》諸島へ流されている。

また、町奴たちも、長兵衛が亡くなってからは統一がみだれ、旗本奴との間に血なまぐさい事件を何度も起したらしく、その後二十年にわたり、幕府の弾圧をうけるようになってしまったようだ。

丸山千五郎の行方については、筆者も知らぬ。

解説

佐藤隆介

幡随院長兵衛《ばんずいいんちょうべえ》……といえば、すぐさま、

「お若《わけ》えの、お待ちなせえやし」

という、あの有名な台詞《せりふ》が浮んで来る。鶴屋《つるや》南北《なんぼく》が書きおろした『浮世《うきよ》柄比翼稲妻《がらひよくのいなずま》』の一部が独立したものという、ごぞんじ『鈴ヶ森』の名台詞である。

優男《やさおとこ》の白井権八《ごんぱち》に雲助たちが襲いかかるが、たちまち権八にやっつけられる。この様子を見ていたのが、当時、江戸で男の中の男と立てられていた幡随院長兵衛で、ふと見かけた若衆の手並みの素晴らしさに、思わず「お若えの……」と声をかけるわけだ。白井権八と名乗るこの水もしたたる美青年は、見事な剣の遣い手であるにもかかわらず、

「拳《こぶし》も鈍き生兵法《なまびょうほう》、お恥ずかしゅう存じまする」

と、至って奥床しい。長兵衛、すっかり気に入って、権八の身上話を聞き、世話を

しようと約束する。感謝した権八が、名を明かしてほしいというと、長兵衛にっこり笑って、

「問われて何の何某《なにがし》と、名乗るような町人でもござりませぬ。しかし、生まれは東路《あずまじ》に、身は住みなれし隅田川、流れ渡りの気散じは、江戸で噂《うわさ》の花川戸、幡随院長兵衛という、イヤモけちな野郎でござります」

白井権八、これがあの有名な長兵衛かと喜ぶわけだが、観衆であるわれわれも思わずここで声をかけたくなるのだ。

「男の中の男一匹、いつでもたずねえごぜえやせ。陰膳《かげぜん》すえて、待っておりやす」

「御親切なるそのおことば、万事よしなに長兵衛どの……」

『鈴ヶ森』そのものについていえば、筋というほどの筋もないような芝居だが、典型的な歌舞伎《かぶき》の様式美の一つがここにあり、何より長兵衛・権八の台詞まわしが楽しいので、何回観《み》ても飽きることがない。

本書〔俠客《きょうかく》〕は、この幡随院長兵衛の若き日から劇的な最期《さいご》までを描いたものである。歌舞伎や講談ではあまりにも名高い長兵衛だが、事実はどのような人物であったのか、われわれは池波正太郎のこの長編小説によってつぶさに知ることができる。

いうまでもなくこれは、あくまでも一編の小説であり、ここに書かれていることが

すべてそのまま史実であるかどうかは知るよしもない。試みに日本史年表（歴史学研究会編）を繰ってみれば、「明暦三年（一六五七）七月、旗本水野十郎左衛門、幡随院長兵衛を殺す」

と、わずかにこれだけの記述を発見するのみである。同じページの少し前のほうを見ると、

「慶安四年（一六五一）四月、徳川家光没。同年七月、由比《ゆい》正雪、陰謀露見、正雪は駿府《すんぷ》で自殺、丸橋忠弥《ちゆうや》ら江戸で捕縛される」

「慶安五年（一六五二）六月、若衆歌舞伎を禁止する。この頃、江戸に旗本奴《はたもとやつこ》・町奴流行する」

などとある。

われわれにとっては、三百年以上も前のこういう歴史的事実は単なる歴史の断片に過ぎず、いわば猫に小判といってもよい。それらの断片は、歴史の底に流れているものを象徴しているはずなのだが、それを読み取ることは凡人にはなかなかむずかしいからである。

池波正太郎という作家が〔侠客〕という小説を書いてくれたおかげで、われわれは初めてこれらの無味乾燥な断片を、断片としてではなく、生き生きとした歴史として

わがものにすることができることになる。すぐれた時代小説作家こそ庶民にとって最良の歴史の教師であると思う所以《ゆえん》である。断片的史実の谷間に埋もれている事実を正確に探り当て、掘り出し、再現してみせる、この作家の洞察力とイマジネーションの豊かさには無条件で脱帽するしかない。

念のためにいえば、大事なのは小説的事実であって、それが実際にどうだったかではない。歴史小説や時代小説の（いや、小説のすべてにおいていえることだと思うが）最も重要なポイントはそこにある。その物語がリアリティを獲得するか否《いな》かは懸ってこの点にあるのだが、当節のテレビや映画の時代物の多くは、一番大事なここのところをいいかげんにしているから、それで結局、子どもだましの紙芝居に終ってしまうのである。時代物ではウソがばれないとたかをくくり、安直なご都合主義で押し通そうとするのは、観客に対する侮辱以外の何ものでもない。われわれ観客をあまりにもばかにしているような作品が多くて、まったく腹立たしい限りのご時世である。

しかし、世の中の一般大衆には、やはり本物とまがい物を見分ける本能が備わっている。池波正太郎作品の根強い人気は、その一つの証明に他ならない。本物には虚構《うそ》がない。すぐれた作家のイマジネーションから生れたものは決して虚構ではなくて、あくまでも厳然たる小説的事実である。少なくとも池波正太郎の作品においてはそうである。

例えば本書〔侠客〕で描かれている若き日の塚本伊太郎（後の幡随院長兵衛）と、旗本水野百助（後の水野十郎左衛門成之《なりゆき》）との出会いのエピソードは、われわれ読者に何の不自然さも感じさせない。どんな歴史の本を探しても、そこでこの両者が出会ったなどということは書いてないだろうが、だからといってこの二人が会わなかったとも書いてない。これが小説的事実というものである。

もう一つの有名な歌舞伎、河竹黙阿弥《もくあみ》作の『湯殿の長兵衛』では、水野十郎左衛門は陰険な奸計《かんけい》を弄《ろう》する敵役だが、晩年の水野、ことに幕府に逆らっての見事な死にざまを見れば、いやしくも三千石の大身旗本・水野十郎左衛門が芝居や講談でいうようなつまらぬ人物ではなかったことは自明である。むしろ、なかなかの男であったに違いないのだ。

それほどの男と男が、何故《なにゆえ》敵対し、ついには水野が（直接に手を下したのではないにせよ）長兵衛を殺さなければならなかったか。男伊達《だて》・幡随院長兵衛を引き立てるための歌舞伎ならいざ知らず、小説においては水野を一方的に悪人にするわけには行かない。それをすると講談になり、近頃の多くの時代劇映画のようになってしまうのである。

この〔俠客〕では、水野十郎左衛門は、終始、堂々たる人物として描かれている。結末が歴史的事実としてわかっているからといって、あらかじめ都合よく話を運ぶためにこの旗本・水野を奸物として描くような姑息《こそく》な手段は、池波正太郎の作品にはあり得ない。

長兵衛も立派なら、水野も立派であった。しかもこの二人は、長い間の親友であった。互いに相手を知り、互いに相手を尊敬している。それゆえにこそ最後の悲劇は一層重くリアルに、われわれの心に残るのである。池波小説の真骨頂を、われわれはここに知ることができる。即《すなわ》ち、間然するところない小説的事実が積み重ねられて行き、その必然的な結果として、劇的な歴史がわれわれ読者の眼前に再現されるという、このことである。池波正太郎の小説を読むとき、われわれは否応《いやおう》なしに歴史の目撃者となるのだ。

幡随院長兵衛と水野十郎左衛門の悲劇は、この小説でよくわかるように、決して単純な個人対個人の争いではなかった。この悲劇を生んだものは、一言にしていえば、時代の流れそのものに他ならない。

徳川幕府がようやく武力による全国制圧を成し遂げ、いよいよ武断政治から官僚的システムによる中央集権体制を確立しようとする、その時代的な変り目にこの悲劇は生じた。幡随院長兵衛は、平和と経済的繁栄を目指す新しい江戸づくりの流れを象徴する存在である。一方、水野十郎左衛門は、そういう時代には無用と化しつつあった武力集団の一象徴である。

彼らは、まったく方向を逆にする二つのエネルギーを象徴していたのだ。それゆえ彼らは、互いに心服する間柄であるにもかかわらず、どうしても対立し、ついには激突せざるを得なかったのであった。これを単なる私闘として描かず、歴史の流れが不可避的に生ぜしめた、近頃流行《はや》りのことばでいうと「構造的」悲劇として描き切ったところに、池波正太郎という作家の現代性がある。

旗本奴・町奴という二つの勢力は、結局、より大きなもう一つの権力（幕府）によって二つながらつぶされてしまうことになる。どちらも利用できる間はせいぜい利用し、用が済めば今度はこの二つの力をぶつからせて互いに消耗させ、頃合いを見はからって一気に双方をつぶす。これが幕府の方針に他ならなかった。権力者のやりかたというものは、いつの時代にも変ることがない。現代の経済戦争においても、国際政治の場においても、われわれはまったく同じ事例を数え切れないほど発見するのである。そういうことを考えると、池波正太郎は幡随院長兵衛・水野十郎左衛門という宿命的に対立せざるを得なかった男を描きながら、実は、歴史のどの時代にも共通しているもっと大きなテーマをこの小説で描いているのだといえなくもない。

長兵衛も、水野も、(作者池波正太郎と同様に)それぞれ自分たちの対決を待ち構えている「より大きな権力」の存在を意識していた。それを知りながら敢《あ》えて二人は対決した。長兵衛は、その日、水野の屋敷で自分が死ぬことを知っており、水野十郎左衛門は長兵衛を殺すことで自分を含めた旗本奴一同がどう処断されるか知っていた。すべてを承知していながら、二人の男はそれぞれに「意地」を張り通したのである。男というものはこうでなくてはならない。生命をかけて張り通す意地こそ、男が男であるための条件だと私は思うのである。それにしては近頃の、ことに若い世代は意地も何もないような情けない手合いが多過ぎる……と思うのは私がそれだけ年寄りになったというだけのことだろうか。確かに一見「突っぱって」いるのは結構いる。しかし、それは所詮《しよせん》一種のポーズに過ぎなくて、一皮むけばたちまち御身御大切《おんみごたいせつ》のエゴイストが顔を出しやしないか。いざというときには死ぬ覚悟がなければやっぱり男とはいえない。私は私自身に改めてそういい聞かせたところである。

(昭和五十四年一月、作家)

この作品は昭和四十四年十月毎日新聞社より刊行され、
昭和五十一年九月朝日新聞社刊の『池波正太郎作品集6』
に収録された。

新潮文庫最新刊

佐野眞一著
だれが「本」を殺すのか（上・下）
活字離れ、少子化、制度疲労、電子化の波、「本」を取り巻く危機的状況を隈なく取材。炙り出される犯人像は意外にも……。

一橋文哉著
ドナービジネス
臓器移植のヤミ手術から、誘拐・人身売買で生体解剖される子供たちまで。先端医療の影で誕生した巨大ブラックマーケットを追う。

清水潔著
桶川ストーカー殺人事件 遺言
「詩織は小松と警察に殺されたんです……」悲痛な叫びに答え、ひとりの週刊誌記者が真相を暴いた。事件ノンフィクションの金字塔。

畠山清行著
保阪正康編
陸軍中野学校 終戦秘史
敗戦とともに実行された「皇統護持工作」とは何か——彼らの戦いには、終戦という言葉さえなかった。工作員の姿を追った傑作実録。

「新潮45」編集部編
殺戮者は二度わらう
—放たれし業、跳梁跋扈の9事件—
殺意は静かに舞い降りる、全ての人に——。血族、恋人、隣人、あるいは〝あなた〟。現場でほくそ笑むその貌は、誰の面か。

最相葉月著
青いバラ
それは永遠の夢。幻の花を求めて、人間の欲望が科学の進歩と結び合う……不可能に挑戦する長い旅を追う、渾身のノンフィクション。

俠《きょう》　客《かく》（下）

新潮文庫　　い - 16 - 88

平成十四年九月十日発行
平成十六年六月十日三刷

著者　池《いけ》波《なみ》正《しょう》太《た》郎《ろう》

発行者　佐藤隆信

発行所　株式会社 新潮社

郵便番号　一六二―八七一一
東京都新宿区矢来町七一
電話　編集部（〇三）三二六六―五四四〇
　　　読者係（〇三）三二六六―五一一一
http://www.shinchosha.co.jp

価格はカバーに表示してあります。

乱丁・落丁本は、ご面倒ですが小社読者係宛ご送付ください。送料小社負担にてお取替えいたします。

印刷・錦明印刷株式会社　製本・錦明印刷株式会社

ISBN4-10-115688-3 C0193